metr

Tony Hillerman
Stunde der Skinwalker

metro wurde begründet
von Thomas Wörtche

Zu diesem Buch

Officer Jim Chee erkennt draußen im Dunkeln gerade noch die Umrisse einer Gestalt, als drei Schüsse die Wand seines Wohnwagens durchschlagen und ihn nur knapp verfehlen. Am nächsten Morgen landet der Fall auf dem Schreibtisch von Lieutenant Joe Leaphorn, der seit Wochen über seiner Landkarte brütet: Zwischen Arizona und dem menschenleeren Gebiet des Big Mountain stecken drei Nadeln für drei ungelöste Mordfälle, alle scheinbar ohne Motiv. Sollte Jim Chee das vierte Opfer werden? Auf der Suche nach einer Verbindung zwischen den Fällen beginnen Leaphorn und Chee zusammenzuarbeiten. Und Chee stößt bald auf eine beunruhigende Spur: Ist der Täter ein Skinwalker – eine dunkle Macht in Menschengestalt?

»Mit diesem Band gelang Hillerman der Durchbruch. Ein Seiltanz zwischen dem Übernatürlichen und allzu menschlichen Niederlagen. Spannend, aufreibend, eindringlich – und der Tod lauert um die Ecke.« *CrimeReads*

Der Autor

Tony Hillerman (1925–2008) besuchte acht Jahre lang ein Mädchen-Internat für Native Americans, kämpfte im Zweiten Weltkrieg, studierte danach Journalismus und war anschließend als Journalist und Dozent an der University of New Mexico tätig. Für seine Romane um die Navajo-Cops Joe Leaphorn und Jim Chee wurde er vielfach ausgezeichnet, u. a. mit dem Edgar Allan Poe Award, dem Grandmaster Award, dem Grand Prix de Littérature Policière, dem Special Friend of the Diné Award und dem Agatha Award. Hillermans Romane wurden in siebzehn Sprachen übersetzt.

Der Übersetzer

Klaus Fröba (*1934) ist Schriftsteller, Drehbuchautor und Übersetzer, er veröffentlichte Jugendbücher und Kriminalromane. Er übersetzte aus dem Englischen, u. a. Werke von Jeffrey Deaver, Ira Levin, Tony Hillerman und Douglas Preston. Fröba lebt in der Nähe von Bonn.

Mehr über den Autor und sein Werk auf *www.unionsverlag.com*

Tony Hillerman

Stunde der Skinwalker

Kriminalroman

Aus dem Englischen
von Klaus Fröba

Nach dem Original
durchgesehen und überarbeitet
von Andreas Heckmann

Unionsverlag

**Worterklärungen und Hintergrundinformationen zu diesem Buch auf
https://ehillerman.unm.edu/encyclopedia-main**
Für die vorliegende Ausgabe wurde die Übersetzung von Andreas Heckmann
nach dem Original durchgesehen und grundlegend überarbeitet.
Die Originalausgabe erschien 1986 bei Harper & Row, New York.
Die deutsche Erstausgabe erschien 1988 unter dem Titel *Die Nacht der Skinwalkers*
im Rowohlt Verlag, Reinbek.

Im Internet
Aktuelle Informationen, Dokumente und Materialien
zu Tony Hillerman und diesem Buch
www.unionsverlag.com

Unionsverlag Taschenbuch 958
© by Anthony G. Hillerman 1986
Alle Rechte an der deutschen Übersetzung von Klaus Fröba
beim Rowohlt Verlag GmbH, Hamburg
Originaltitel: Skinwalkers
© by Unionsverlag 2024
Neptunstrasse 20, CH-8032 Zürich
Telefon +41 44 283 20 00
mail@unionsverlag.ch
Alle Rechte vorbehalten
Reihengestaltung: Heinz Unternährer
Umschlagmotiv: Hintergrund – Charles Harker (Alamy Stock Foto);
Symbol – Valerii Egorov (Alamy Vektorgrafik)
Umschlaggestaltung: Sven Schrape
Satz: Fotosatz Amann, Memmingen
Druck und Bindung: CPI – Clausen & Bosse, Leck
ISBN 978-3-293-20958-9

Der Unionsverlag wird vom Bundesamt für Kultur mit einem
Verlagsförderungs-Strukturbeitrag für die Jahre 2021–2024 unterstützt.

Auch als E-Book erhältlich

Ich widme dieses Buch Katy Goodwin, Ursula Wilson, Faye Bia Knoki, Bill Gloyd, Annie Kahn, Robert Bergman, George Bock und allen Medizinmännern der Navajo und den Ärzten der *belacani*, die sich um die Diné kümmern und sorgen. Danken möchte ich Dr. Albert Rizzoli für seine freundliche Hilfe. Und ich möchte dem Indian Health Service meinen Respekt ausdrücken, dessen gute Arbeit viel zu selten Anerkennung findet.

Vorbemerkung des Autors

Wer diesen Navajo-Krimi mit einer Landkarte der Big Reservation neben sich liest, sei gewarnt: Der Ort Badwater Wash, sein Krankenhaus und seine Handelsstation sind ebenso fiktiv wie die Menschen, die dort leben. Gleiches gilt für Short Mountain. Ich verwende auch eine ungebräuchliche Schreibung des Navajo-Begriffs für den Schamanen, Medizinmann oder Singer, der normalerweise »hataalii« buchstabiert wird. Außerdem hat mich mein guter Freund Ernie Bulow mit Recht darauf hingewiesen, dass traditionell orientierte Schamanen die Art und Weise missbilligen würden, in der Jim Chee aufgefordert wird, den Blessing Way zu singen – so eine Einladung sollte mündlich, nicht brieflich erfolgen. Ablehnen würden sie auch, dass Chee unter freiem Himmel in den Sand malt. Ein so heiliges und machtvolles Ritual sollte nur in einem Hogan vollzogen werden.

*Wir Navajo wissen, dass der Kojote immer
dort draußen lauert, knapp außer Sichtweite.
Und dass er immer hungrig ist.*

ALEX ETCITTY,
mütterlicherseits aus dem Water Is Close Clan

I

Klack-klack machte es, als die Katze durch die kleine Klappe unten in der Fliegengittertür schlüpfte. Das leise Geräusch genügte, um Jim Chee aufzuwecken. Er hatte sich auf der schmalen Pritsche im Halbschlaf unruhig hin und her gewälzt und war immer wieder unsanft gegen die Metallstreben gestoßen, die die Aluminiumhaut seines Wohnwagens stabilisierten. Als er nun hochschreckte, merkte er, dass das Laken zerknüllt um seine Brust lag.

Noch halb betäubt von seinem Albtraum, in dem er sich in einem Lasso verfangen hatte, mit dem er die Schafe seiner Mutter davon abhalten wollte, in etwas Vages, Gefährliches zu stürzen, zog er das Laken glatt. Möglich, dass sein wilder Traum ihm nun auch ein paar sorgenvolle Gedanken eingab, was seine Katze betraf. Was hatte sie nach drinnen verjagt? Etwas, das einer Katze Angst macht, jedenfalls dieser Katze. Etwas, das auch für ihn bedrohlich war? Doch das bedrückende Gefühl dauerte nur einen Augenblick, dann wich es dem glücklichen Gedanken, dass Mary Landon bald kommen würde. Die faszinierende, schlanke Mary Landon mit ihren schönen blauen Augen würde aus Wisconsin zurückkehren. Nur noch ein paar Wochen, dann hatte das Warten ein Ende.

Jim Chee, verwurzelt in den Traditionen der Navajo, schob den Gedanken aber wieder beiseite. Alles hatte seine Zeit. An Mary Landon konnte er später denken. Jetzt galt es, an morgen zu denken, eigentlich an heute, denn sicher war es weit nach

Mitternacht. Er und Jay Kennedy mussten losfahren und Roosevelt Bistie festnehmen. Bistie sollte wegen eines Tötungsdelikts angeklagt werden, vielleicht war es sogar Mord. Nichts, was besonders schwierig gewesen wäre, aber doch so unerfreulich, dass Jim Chee sich mit seinen Überlegungen rasch wieder woanders festhakte. Wieder dachte er an die Katze. Was hatte sie bloß in den Wohnwagen getrieben? Ein Kojote? Oder was sonst könnte es gewesen sein?

Letzten Winter war sie hier aufgetaucht und hatte sich ein Stück östlich von Chees Wohnwagen, wo der niedrige Ast eines Wacholders, ein Felsbrocken und ein verrostetes Fass einen Unterschlupf bildeten, ein Lager eingerichtet. Sie war ihm eine vertraute, wenngleich misstrauische Nachbarin geworden. Chee hatte sich angewöhnt, ihr Essensreste hinzustellen, um sie durchzufüttern, solange alles verschneit war. Nach der Schneeschmelze, als schon die Trockenheit einsetzte, stellte er eine mit Wasser befüllte Kaffeedose dazu. Aber das lockte auch andere Tiere an, Vögel vor allem, die das Gefäß manchmal umkippten.

Darum hatte Chee eines Nachmittags, als es gerade nichts Besseres zu tun gab, die Tür ausgehängt, unten aus dem Rahmen ein Viereck in Katzengröße ausgesägt und dann eine Sperrholzklappe mit Lederscharnieren und Wunderkleber befestigt. Das war aus einer Laune heraus geschehen, auch weil er sehen wollte, ob die misstrauische Katze sich überhaupt darauf einließ. Falls sie sich daran gewöhnte, die Klappe zu benutzen, war nicht nur das Problem mit der Tränke gelöst, sondern sie konnte sich auch mit dem Rudel Feldmäuse beschäftigen, das sich, wie Chee vermutete, in seinem Wohnwagen eingenistet hatte. Chee machte sich ein bisschen Vorwürfe, ihr überhaupt Wasser hingestellt zu haben. Ohne seine Einmischung hätte alles seinen natürlichen Lauf genommen. Die Katze hätte sich einen anderen Unterschlupf gesucht, weiter den Hügel hinunter, näher am San Juan

River, der immer Wasser führte. Aber nun hatte er die Katze von sich abhängig gemacht, war für sie verantwortlich.

Mit bloßer Neugier hatte es angefangen. Die Katze musste jemandem gehört haben, das Halsband verriet es, und obwohl sie abgemagert war, am rechten Hinterbein ein Stück Fell verloren und eine lange Narbe über den Rippen hatte, sah man ihr an, dass sie reinrassig war. Er hatte sie der Frau vom Zoogeschäft in Farmington beschrieben: gelbbraunes Fell, kräftige Hinterbeine, runder Kopf mit spitzen Ohren, ein bisschen wie ein Rotluchs, auch nur mit einem Stummelschwanz. Die Frau hatte gemeint, das müsse eine Manx-Katze sein.

»Ein Haustier«, hatte sie missbilligend gesagt. »Die Leute nehmen ihre Tiere in die Ferien mit, dann passen sie nicht auf, lassen sie aus dem Wagen springen, und schon ist es passiert.« Sie hatte Chee vorgeschlagen, die Katze einzufangen und bei ihr vorbeizubringen. »Dann findet sich sicher jemand, der sich um das Tier kümmert.«

Chee war allerdings nicht sicher, ob ihm das gelungen wäre, er hatte es gar nicht erst versucht. Er war zu sehr Navajo, um ohne zwingenden Grund auf ein Tier loszugehen. Aber er war neugierig, ob so ein Geschöpf, das offensichtlich aus einer Zucht stammte und bei Weißen aufgewachsen war, noch genug natürlichen Jagdinstinkt besaß, um in der Welt der Navajo zu überleben. Und allmählich wandelte sich seine Neugier in gelegentliche Bewunderung. Schon im Frühsommer hatte die Katze aus ihren Blessuren und Narben so viel gelernt, dass sie nicht mehr Präriehunden nachjagte, sondern sich auf kleine Nagetiere und Vögel beschränkte. Sie hatte gelernt, wann sie sich verstecken und wann sie Reißaus nehmen musste. Sie hatte gelernt zu überleben.

Und sie war darauf gekommen, dass der Weg zur Wasserbüchse in Chees Wohnwagen weniger mühevoll war als der hinunter zum Fluss. Nach einer Woche ging sie schon durch die Klappe ein und aus, wenn Chee weg war. Und im Sommer kam sie dann auch, wenn er da war. Zuerst hatte sie angespannt am Trittbrett gewartet, bis er sich nicht mehr in der Nähe der Tür aufhielt, hatte ihn beim Trinken nervös beobachtet und war, sobald er auch nur die geringste Bewegung machte, davongesaust. Aber jetzt, im August, nahm sie ihn einfach nicht mehr zur Kenntnis. Nachts war sie allerdings erst einmal hereingekommen, als ein Rudel Hunde sie von ihrem Lager unter dem Wacholderbusch verjagt hatte.

Chee sah sich im Wohnwagen um. Es war viel zu dunkel, um die Katze zu entdecken. Er schob das Laken weg und schwang die Beine aus dem Bett. Durch das Moskitogitter vor dem Fenster sah er den tief stehenden Mond. Ein klarer Sternenhimmel, nur weit im Nordwesten ballten sich dunkle Gewitterwolken. Chee gähnte, reckte sich, ging zum Spülbecken und trank einen Schluck Wasser aus der hohlen Hand, es schmeckte schal. Feiner Staub lag in der Luft, wie seit Wochen schon. Am späten Nachmittag war ein Gewitter über den Chuskas aufgezogen, aber nach Norden gewandert, hoch nach Utah und Colorado, und hier um Shiprock war alles beim Alten geblieben. Chee ließ das Wasser weiter laufen, spritzte sich eine Handvoll ins Gesicht. Die Katze war dicht bei seinen Füßen, vermutete er, hinter dem Abfalleimer. Er gähnte noch einmal. Was hatte sie nur hineingetrieben? Vor ein paar Tagen hatte er die Spur eines Kojoten gesehen, unten am Fluss. Aber ein Kojote jagt nicht so nahe an menschlichen Behausungen, es sei denn, er wäre entsetzlich hungrig. Und Hunde hätte er im Gegensatz zu einem Kojoten gehört. Vielleicht doch ein Kojote. Was sonst?

Chee stand vor dem Spülbecken, halb aufgestützt, gähnte wieder. Zurück ins Bett. Der Tag morgen würde ungemütlich werden. Kennedy hatte gesagt, er wolle um acht beim Wohnwagen sein, und der FBI-Mann war immer pünktlich. Dann kam die lange Fahrt in die Lukachukais, um Roosevelt Bistie zu finden und ihn zu fragen, warum er einen alten Mann namens Dugai Endocheeney mit einem Schlachtermesser getötet hatte. Seit sieben Jahren war Chee nun schon bei der Navajo-Police, seit seinem Abschluss an der University of New Mexico, und er wusste inzwischen, dass er sich mit diesem Teil seiner Arbeit nie anfreunden würde. Das staatliche Gesetz würde Bistie heilen wollen, indem man ihn vor ein staatliches Gericht schleppte, wegen eines Tötungsdelikts im Reservat anklagte und wegsperrte. Diese Art des Umgangs mit Verwirrten würde sie nie zur Harmonie zurückfinden lassen.

Allerdings gefiel Chee das meiste an seinem Job. Das, was morgen kam, musste er eben durchstehen. Er dachte an die schöne Zeit, als er in Crownpoint stationiert war, wo Mary Landon an der Grundschule unterrichtete. Mary Landon war immer da gewesen, hatte ihm immer zugehört. Chee fühlte sich entspannt. Einen Augenblick noch, dann würde er wieder ins Bett kriechen. Durch den Vorhang sah er nur den blendenden Glanz der Sterne über dem nachtschwarzen Land.

Was lauerte dort draußen? Ein Kojote? Oder Shy Girl Beno? Von Shy Girl kam er auf deren Gegenpart, auf Welfare Woman. Und auf den Fall mit dem falschen Begay. Bei diesem Gedanken spielte ein amüsiertes Lächeln um seine Lippen. Eigentlich hieß die Frau von der Wohlfahrt Irma Onesalt und war Sozialarbeiterin in einem Stammesbüro, hart wie Sattelleder und fies wie eine Schlange. Nie würde er ihr Gesicht vergessen, als sie erfuhr, dass der falsche Begay aus der Badwater-Klinik geholt und durch das halbe Reservat gekarrt worden war. Inzwischen war sie tot, jemand hatte sie erschossen. Aber das war unten im Süden passiert, weit weg vom Shiprock-Distrikt, außerhalb von Chees Zuständigkeit. Seltsam nur, dass ihr Tod ihn nicht daran hinderte, immer noch mit dem gleichen Vergnügen an den Fall mit dem falschen Begay zu denken. Es hieß, es werde sich wohl nie herausfinden lassen, wer Welfare Woman erschossen hatte, weil praktisch jeder, der mit ihr zu tun gehabt hatte, verdächtig war und ein einleuchtendes Motiv besaß. Chee konnte sich nicht erinnern, je einer so unausstehlichen Frau begegnet zu sein.

Er streckte sich. Zurück ins Bett. Unversehens fiel ihm eine Alternative zu seiner Kojote-jagt-Katze-Theorie ein. Shy Girl im Camp von Theresa Beno. Sie hatte sich, während er mit Theresa, ihrem Mann und ihrer älteren Tochter sprach, draußen herumgetrieben, immer auf Abstand bedacht, aber sicher deshalb, weil sie mit ihm reden wollte. Die Schüchterne hatte das schmale Gesicht, den zierlichen Körperbau und die Schönheit der Beno-Frauen. Er hatte Shy Girl, als er das Camp verließ, in einen grauen Chevy Pick-up steigen sehen, und als er dann in Roundtop an der Tankstelle hielt, um eine Cola zu trinken, war auch sie dort eingebogen. Sie hatte abseits der Tanksäulen im Wagen gesessen und ihn beobachtet. Deshalb hatte er gewartet. Aber dann war sie davongefahren.

Chee ging vom Spülbecken zur Tür, starrte durch das Moskitogitter in die Dunkelheit und roch die trockene Augustluft. Shy Girl weiß etwas über die Schafe, dachte er, und sie hat es mir sagen wollen. Aber sie wollte nur dort mit mir reden, wo niemand sie beobachten kann. Es ist ihr Schwager, der die Schafe stiehlt. Sie weiß es. Sie will, dass man ihn erwischt. Sie ist hinter mir hergefahren und hat gewartet. Und gleich kommt sie zur Tür und wird mir, sobald ihr Mut groß genug ist, alles erzählen. Sie ist es, die sich da draußen herumtreibt und die Katze aufgescheucht hat.

Natürlich war das eine alberne Idee, einer dieser Einfälle in halb wachem Zustand. Chee konnte draußen nichts entdecken, nur die dunklen Umrisse der Wacholderbüsche; und eine Meile flussaufwärts hatte jemand an der Straßenmeisterei die Lichter brennen lassen. Dahinter ein ferner Schimmer: der Lichtschein der Zivilisation über Shiprock. Er roch die staubhaltige Luft und den eigentümlich süßen Duft von welkem Laub, den Chee wie alle Navajo nur zu gut kannte und der bedrückende Kindheitserinnerungen weckte. An abgemagerte Pferde, verendende Schafe, bekümmerte Erwachsene. An Tage, da sie nicht satt geworden waren und jeder darauf geachtet hatte, mit dem ausgehöhlten Kürbis nicht mehr vom lauwarmen Wasser zu schöpfen, als er wirklich zum Trinken brauchte. Wie lange hatte es schon nicht mehr geregnet? Ein Schauer über Shiprock Ende April, das war alles gewesen.

Nein, Theresa Benos schüchterne Tochter war nicht dort draußen. Vielleicht doch ein Kojote. Wie dem auch sei, er würde sich wieder schlafen legen. Er ließ noch ein bisschen Wasser in die hohle Hand fließen, schlürfte es und merkte am Geschmack, dass der Tank auf dem Wohnwagendach fast leer sein musste. Höchste Zeit, ihn auszuspülen und frisches Wasser nachzufüllen. Wieder dachte er an Kennedy. Chee hatte dieselben Vorurteile gegen das FBI wie die meisten Polizisten, aber Kennedy schien besser zu sein als die meisten. Und schlauer. Was nicht schlecht war, denn er blieb wohl für längere Zeit in Farmington, Chee würde mit ihm zusammenarbeiten und …

In diesem Augenblick bemerkte er die Gestalt in der Dunkelheit. Sie hatte sich wohl durch eine kleine Bewegung verraten. Oder Chees Augen hatten sich jetzt an das nächtliche Licht gewöhnt. Eine Gestalt, nur ein schwarzer Schatten in der Nacht, kaum weiter als drei Meter von dem Fenster entfernt, unter dem Chee schlief. Eine menschliche Gestalt. Zierlich? Vielleicht doch das Mädchen aus Theresa Benos Camp. Aber warum blieb sie so stumm da draußen stehen, wenn sie doch gekommen war, um mit ihm zu reden?

Das gleißende Licht und der Knall waren eins. Ein weißgelber Blitz, der sich tief in Chees Netzhaut brannte. Und ein Knall, der ihm ins Trommelfell fuhr. Und wieder. Und wieder. Chee hatte sich instinktiv auf den Boden geworfen und die Krallen der Katze gespürt, als sie in panischem Schrecken über seinen Rücken zur Türklappe flüchtete.

Dann war es still. Chee richtete den Oberkörper auf. Wo war seine Pistole? Am Gürtel im Wandschrank. Auf allen vieren kroch er hin. Noch immer sah er nur das Weißgelb der Blitze, hörte nur das Klingen in seinen Ohren. Er riss die Tür des Wandschranks auf und tastete blind nach oben, bis seine Finger das Holster fanden, die Pistole herauszogen und sie spannten. Dann saß er mit dem Rücken zum Wandschrank da, wagte kaum zu atmen und wartete darauf, dass die Blendung nachließ. Allmählich begann er, seine Umgebung wieder zu erkennen. Noch war die offene Tür nicht mehr als der Umriss eines dunkelgrauen Vierecks in einer Fläche aus zerfließender Finsternis. Nachtschwärze drang durch das Fenster über dem Bett. Und darunter schienen sich einige kreisrunde Flecke aneinanderzureihen – Flecke, die dort nicht hingehörten, kaum auszumachen, nur eine Spur heller als die Dunkelheit ringsum.

Erst jetzt merkte er, dass das Laken auf dem Boden lag und seine Knie gegen die Schaumstoffmatratze drückten. Aber er hatte sie nicht von der Pritsche gerissen. Die Katze? Ausgeschlossen. Das Dröhnen in seinen Ohren verklang, in der Ferne hörte Chee einen Hund bellen; die Schüsse mussten ihn aufgeschreckt haben. Denn Schüsse waren es gewesen. Drei Schüsse. Oder vier?

Wer immer geschossen hatte, lauerte wohl noch draußen und wartete darauf, dass Chee herauskäme. Oder dachte darüber nach, ob drei Schüsse durch die Aluminiumwand auf Chees Bett genug gewesen waren. Das Flimmern vor Chees Augen hatte aufgehört, er starrte auf die Löcher in der Wand. Es waren riesige

Löcher, so groß, dass eine Faust hineingepasst hätte. Eine Schrotflinte. Das erklärte den höllischen Lärm und das gleißende Licht. Es wäre ein Fehler, jetzt durch die Tür nach draußen zu gehen. Also blieb Chee sitzen, den Rücken am Wandschrank, die Pistole umklammert, und wartete. Das Gebell eines zweiten Hundes, auch weit entfernt. Ein Luftzug wehte durch den Wohnwagen, es roch nach verbranntem Schießpulver, welkem Laub und dem Schlamm, den der Fluss ans Ufer gespült hatte. Die Feuerkreise vor Chees Augen waren erloschen, er konnte wieder sehen. Und er sah jetzt, dass die Matratze zerfetzt war, die Wucht der Geschosse hatte sie von der Pritsche geschleudert. Und durch die Löcher in der dünnen Aluminiumwand sah er den bleichen Schein der Blitze am Horizont, wo sich weit im Nordwesten das Gewitter austobte. In der Mythologie der Navajo galten Blitze als Zeichen für den Zorn des *yei*. Sie symbolisierten den Groll, den die Holy People die Erde spüren ließen.

2

Lieutenant Joe Leaphorn war früh ins Büro gekommen. Kurz vor der Morgendämmerung war er aufgewacht, hatte eine Weile reglos dagelegen, warm Emmas Hüfte neben sich gespürt, ihren Atemzügen gelauscht und ein betäubendes Gefühl der Verlorenheit empfunden. Schließlich war ihm klar geworden, dass er sie zwingen musste, zum Arzt zu gehen. Er selbst würde sie hinbringen, keine Ausreden gelten und sich keinen Aufschub mehr abhandeln lassen. Er gestand sich ein, dass er Emmas Widerstreben, zu einem Arzt der *belacani* zu gehen, nur wegen seiner eigenen Ängste hingenommen hatte. Denn er wusste, was der Arzt sagen würde. Und dass dann auch sein letzter Funke Hoffnung erlöschen musste. »Ihre Frau hat Alzheimer«, würde er sagen, und Leaphorn würde Mitgefühl in seiner Miene lesen, bevor er erklärte, was Leaphorn ohnehin schon wusste: dass die Krankheit unheilbar war. Der Teil des Gehirns, in dem die Erinnerung eines Menschen gespeichert ist und der sein Verhalten bestimmt, erfüllte allmählich seine Funktionen nicht mehr. Bis der Kranke, so jedenfalls erschien es Leaphorn, schließlich vergaß, weiterzuleben. Wie er es sah, tötete die Krankheit ihre Opfer schrittweise, und Emmas Sterben hatte schon begonnen. So hatte er dagelegen, sie neben sich atmen gehört und um sie getrauert. Dann war er aufgestanden, hatte Kaffeewasser aufgesetzt, am Küchentisch gesessen und gewartet, bis hinter der hoch aufragenden Felswand, nach der die kleine Stadt Window Rock benannt war, der Himmel hell wurde. Agnes hatte ihn gehört oder den Kaffee gerochen. Er hatte im Bad Wasser laufen hören, dann war sie zu ihm in die Küche gekommen, schon gewaschen und gekämmt, in einem mit roten Rosen bedruckten Morgenmantel.

Leaphorn mochte Agnes, er war, als Emmas Kopfschmerzen und ihre Vergesslichkeit schlimmer wurden, froh und erleichtert gewesen, als sie zu ihnen zog und, wie Emma sagte, bleiben wollte, bis sie wieder gesund wäre. Aber Agnes war Emmas Schwester, und beide waren – wie alle in der Yazzie-Familie – tief in der Tradition der Navajo verhaftet. Seiner Einschätzung nach waren sie jedoch aufgeklärt genug, um nicht zu erwarten, dass er, wenn Emma starb, eine andere Frau aus der Familie heiratete. Gelegentlich mochte der Gedanke aber vielleicht doch aufkommen. Und das bereitete ihm Unbehagen, wenn er mit Agnes allein war.

Also hatte er seinen Kaffee ausgetrunken und war durch das Dämmerlicht des frühen Morgens zum Dienstgebäude der Navajo-Police gegangen, um Distanz zu gewinnen zur fruchtlosen Sorge um seine Frau und sich einem Problem zuzuwenden, das er zu lösen hoffte. In dieser ruhigen Stunde am Morgen, in der noch kein Telefon läutete, wollte er sich endlich darüber klar werden, ob es zwischen den drei Tötungsdelikten, mit denen er zu tun hatte, einen Zusammenhang gab. Anscheinend waren diese Verbrechen nur dadurch verbunden, dass sie Leaphorn gleichermaßen ratlos machten. Sein ganzes Denken und Fühlen als Navajo lehnte sich dagegen auf, einen Zusammenhang zu konstruieren. Aber der Gedanke, dass es ihn eben doch gab, ließ ihn seit Tagen nicht los. Der Fall war so widersprüchlich und verwickelt, dass Leaphorn darin Zuflucht vor der Sorge um Emma finden konnte. An diesem Morgen wollte er der Lösung des Rätsels einen ersten Schritt näherkommen. Er würde den Hörer neben die Gabel legen, sich vor die Karte des Navajo-Reservats stellen, auf die Nadeln starren, mit denen er Tatorte zu markieren pflegte, und sich zu nüchternem Nachdenken zwingen. Sofern es ringsum still war und Leaphorn ein wenig Zeit hatte, war er sehr gut darin, hinter scheinbar zufälligen Ereignissen logische Zusammenhänge zu erkennen.

Im Eingangskorb lag eine Notiz.

Von: Captain Largo, Shiprock.

An: Lieutenant Leaphorn, Window Rock.

Heute Morgen um etwa 2.15 wurden drei Schüsse in den Wohnwagen von Officer Jim Chee gefeuert, begann die Notiz. Leaphorn las sie rasch. Keine Beschreibung eines Täters oder Fluchtfahrzeugs. Chee war unverletzt. Am Schluss hieß es: *Chee sagt aus, er könne keine Angaben zu einem möglichen Motiv machen.*

Leaphorn las den letzten Satz noch einmal. Von wegen, dachte er. Als ob Chee keine Vermutungen hätte! Natürlich schießt niemand grundlos auf einen Cop. Und natürlich kennt der Cop, auf den geschossen wurde, den Grund genau, und natürlich wirft dieser Grund ein so schlechtes Licht auf das Verhalten des Polizisten, dass er sich lieber nicht daran erinnert. Leaphorn schob den Zettel beiseite. Sobald die Bürozeit begann, würde er Largo anrufen und nachfragen, ob er dem etwas hinzuzufügen habe. Aber nun wollte er über die drei Tötungsdelikte nachdenken.

Er schwang den Stuhl herum und betrachtete die Karte des Reservats, die fast die ganze Breite der Wand hinter ihm bedeckte. Drei Nadeln markierten die Fälle, um die es ging: eine nicht weit von Window Rock, eine weiter oben, an der Grenze zwischen Arizona und Utah, eine im Nordwesten, im menschenleeren Gebiet am Big Mountain. Die Nadeln bildeten ein ungefähr gleichseitiges Dreieck, dessen Eckpunkte etwa hundertzwanzig Meilen voneinander entfernt lagen. Leaphorn fiel auf, dass aus dem Dreieck ein seltsam geformtes Viereck geworden wäre, wenn der Mann mit der Schrotflinte Chee umgebracht hätte. Dann hätte er es mit vier ungeklärten Tötungsdelikten zu tun gehabt. Er wischte den Gedanken weg. Die Sache mit Chee würde nicht ungeklärt bleiben. Die Dinge lagen viel einfacher. Sie mussten nur herausfinden, wo er ein Dienstvergehen begangen hatte, und den Mann finden, mit dem er bei dessen Festnahme unsanft umgesprungen war. Anders als bei den drei Fällen, für die die Stecknadeln standen, handelte es sich hier nicht um ein Verbrechen, dem das Motiv fehlte.

Das Telefon läutete, der Diensthabende unten meldete sich. »Tut mir leid, Sir, aber die Vertreterin des Stammesrats von Cañoncito ist hier.«

»Haben Sie ihr nicht gesagt, dass ich erst ab acht im Büro bin?«

»Sie hat Sie kommen sehen und ist schon unterwegs zu Ihnen.«

Nein, sie schob bereits Leaphorns Tür auf. Und nun saß ihm die Vertreterin des Stammesrats im hölzernen Lehnstuhl am Schreibtisch gegenüber, füllig, mit starkem Busen, wie Leaphorn mittelgroß und in mittlerem Alter. Sie trug eine altmodische, purpurfarbene Bluse und eine schwere Halskette aus silbernen Kürbisblüten. Die Nacht habe sie im *Window Rock Motel* verbracht, unten am Highway, ließ sie Leaphorn wissen. Gestern Nachmittag, gleich nach einer Versammlung ihrer Leute im Gemeindehaus in Cañoncito, sei sie losgefahren, den ganzen Weg bis hierher. Die Leute in Cañoncito seien nämlich unzufrieden mit der Navajo-Police. Die Art, wie man ihnen Polizeischutz gewähre, gefalle ihnen nicht, denn es gebe einfach keinen. Deshalb sei sie heute Morgen gekommen, um mit Lieutenant Leaphorn darüber zu reden, aber das Gebäude sei verschlossen gewesen, und nur zwei Leute hätten überhaupt Dienst geschoben. Eine halbe Stunde habe sie draußen im Wagen warten müssen, bis man endlich aufgeschlossen habe.

Ungefähr fünf Minuten brauchte sie, um ihm das zu erläutern. Währenddessen konnte Leaphorn darüber nachdenken, dass sie in Wirklichkeit hergefahren war, um an der heute beginnenden Versammlung des Tribal Council teilzunehmen; dass der Stammeszweig in Cañoncito schon seit 1868 mit der Stammesverwaltung unzufrieden war, seit der Rückkehr des Stamms aus der Internierung in Fort Stanton also; dass die Vertreterin des Stammesrats garantiert wusste, wie unfair ihre Erwartung war, in aller Frühe mehr als den Mann am Funkgerät und den Diensthabenden im Polizeibüro vorzufinden; dass sie ihm diese Beschwerden schon mindestens zweimal vorgetragen hatte; und dass sie ihr Auftauchen im Morgengrauen sicher nur betonte, um Leaphorn klarzumachen, dass Navajo in amtlicher Funktion wie alle guten Navajo im Morgengrauen schon auf den Beinen sein sollten, um die aufgehende Sonne mit Gebeten und einer Handvoll Pollenstaub zu preisen.

Endlich schwieg sie. Leaphorn wartete nach Navajo-Sitte auf ein Zeichen, ob sie fertig war oder nur eine Denkpause eingelegt hatte. Sie schüttelte seufzend den Kopf.

»Kein Navajo-Polizist, nicht einer«, sagte sie. »Im ganzen Cañoncito-Reservat nicht. Nur einer von der Laguna Police lässt sich manchmal blicken. Manchmal!« Wieder eine Pause. Leaphorn wartete.

»Dann sitzt er in dem Häuschen an der Straße und rührt keinen Finger. Wenn er überhaupt da ist.« Die Vertreterin des Stammesrats wusste genau, dass sie ihm das alles schon gesagt hatte. Darum machte sie sich nicht mehr die Mühe, ihm während ihres Lamentos in die Augen zu blicken, sondern studierte die Landkarte hinter ihm.

»Man ruft an, und niemand hebt ab. Man geht hin, und niemand ist da.« Sie löste den Blick von der Karte und sah Leaphorn an. Jetzt also war sie fertig.

»Euer Polizist in Cañoncito ist Officer des Bureau of Indian Affairs«, sagte Leaphorn. »Er ist Laguna, steht aber in Diensten des BIA. Er arbeitet nicht für die Laguna, sondern für euch.« Leaphorn setzte ihr auseinander, was er ihr schon zweimal erklärt hatte: dass der Rechtsausschuss im Tribal Council beschlossen hatte, keinen eigenen Navajo-Polizeiposten in Cañoncito einzurichten, sondern sich auf Amtshilfe durch das BIA zu stützen, weil ihr Stammeszweig in einem Reservat bei Albuquerque lebte, weit von der Big Reservation entfernt, und es dort unten nur zwölfhundert Navajo gab. Dass die Vertreterin des Stammesrats selbst zum Rechtsausschuss des Tribal Council gehörte, erwähnte Leaphorn so wenig wie sie. Sie hörte ihm geduldig zu, wie es die Höflichkeit der Navajo verlangte, aber ihre Augen wanderten dabei wieder über die Karte.

»Nur zwei Sorten von Nadeln«, stellte sie fest, als Leaphorn fertig war, »das ist alles, im ganzen Cañoncito-Gebiet.«

»Die stammen noch aus der Zeit, ehe der Tribal Council die Zuständigkeit an das Bureau of Indian Affairs abgegeben hat«, sagte Leaphorn und hoffte, ihm bliebe die nächste Frage erspart, die nach der Bedeutung der Nadeln. Es waren, soweit es um das Cañoncito-Gebiet ging, lauter Nadeln in Rottönen, mit denen Leaphorn Festnahmen markierte, bei denen Alkohol eine Rolle gespielt hatte, oder in Schwarz, nach seinem Code Beschwerden wegen Hexerei. Andere Vorkommnisse hatte es im Cañoncito-Gebiet praktisch nicht gegeben. Leaphorn glaubte nicht an Hexer oder Hexen, aber in der Big Reservation gab es Leute, die behaupteten, unten in Cañoncito seien alle Skinwalker.

»Und weil der Stammesrat nun mal so entschieden hat«, fügte Leaphorn hinzu, »kümmert sich das BIA um das Cañoncito-Gebiet.«

»Nein«, widersprach sie, »das tut das BIA eben nicht.«

Der ganze Vormittag war ähnlich verlaufen. Kaum hatte die

Vertreterin des Stammesrats endlich das Büro verlassen, erschien ein schmächtiger, sommersprossiger Weißer, stellte sich als Eigentümer der Firma vor, die alles Vieh für das Navajo-Rodeo lieferte, und verlangte die Zusicherung, dass alle seine nicht eingerittenen Pferde, Rodeo-Bullen und zum Kälberfangen gedachten Rinder während der Nacht angemessen bewacht würden. Und schon steckte Leaphorn in jenem Wust administrativer Entscheidungen, Aktennotizen und amtlicher Vermerke, wie sie für das Rodeo typisch waren, eine Veranstaltung, die alle Polizisten in Window Rock fürchteten. Er musste einen Haufen Anordnungen treffen, um die Flut, die drei Tage lang über die Stadt hereinbrechen würde, einigermaßen zu lenken – eine Flut von weißen und indianischen Cowboys, alle gleichermaßen Machos, von Cowboy-Groupies, Betrunkenen, Dieben, Trickbetrügern, Texanern, Schwindlern, Fotografen und einfachen Touristen, und bevor er damit fertig war, läutete das Telefon.

Der Direktor der Internatsschule von Kinlichee berichtete, Emerson Tso habe wieder mit dem Schwarzbrennen begonnen. Tso verkaufte seinen Schnaps nicht nur den Schülern, die sich die Mühe machten, den kurzen Weg zu ihm zu kommen; er brachte ihnen das Zeug auch bereitwillig nachts in die Schlafsäle. Der Direktor verlangte, dass Tso für immer hinter Schloss und Riegel verschwinde. Leaphorn, der Whiskey so abgrundtief hasste wie Hexerei, versprach, sich Tso noch am selben Tag vorführen zu lassen. Er sagte es derart grimmig, dass der Direktor sich nur kurz bedankte und auflegte.

Und so fand Leaphorn erst kurz vor Mittag Zeit, über die drei ungeklärten Tötungsdelikte und die Frage eines Zusammenhangs nachzudenken. Aber vorher legte er den Hörer neben die Gabel. Er ging zum Fenster und schaute über das schmale Asphaltband der Navajo Route 27 hinweg auf die verstreuten Backsteingebäude, in denen die Verwaltung seines Stamms untergebracht war, auf die hinter dem Ort aufragenden Sandsteinfelsen und auf die dunklen Gewitterwolken, die sich am Augusthimmel zu ballen begannen, in diesem trockenen Sommer aber vermutlich nicht hoch genug steigen würden, um ihnen den ersehnten Regen zu bescheren. Auf diese Weise bekam er die Vertreterin des Stammesrats, das Rodeo und die Schwarzbrennerei aus dem Kopf. Dann setzte er sich wieder, schwang den Stuhl herum und studierte die Karte.

Alle bei der Navajo-Police kannten Leaphorns Karte als Ausdruck seiner Verschrobenheit. Sie prangte auf einer Korkplatte hinter seinem Schreibtisch. Es war die *Indian-Country*-Karte des Auto Club of Southern California, die wegen ihrer Detailtreue und ihres großen Maßstabs allgemein beliebt war. Das Besondere an Leaphorns Karte war die Art, wie er sie benutzte.

Sie war mit Hunderten bunter Nadeln gespickt, wobei jede Farbe für ein bestimmtes Verbrechen stand. Und es gab Hunderte handschriftlicher Vermerke, alle von Leaphorn, in Kürzeln, die Außenstehenden rätselhaft bleiben mussten. Für ihn aber bedeutete jedes Kürzel ein Stück von dem Wissen, das er während seines Lebens im Reservat und während der vielen Jahre im Polizeidienst zusammengetragen hatte. Das winzige *t* zum Beispiel, westlich von Three Turkey Ruins, markierte Treibsand im Tse Des Zygee Wash. Das *e* neben der Straße nach Ojleto an der Grenze zu Utah (und neben Dutzenden anderer kleiner Straßen) kennzeichnete Stellen, an denen man mit Erdrutschen als Folge von Unwettern rechnen musste. Das häufige *r* neben den Initialen von Familien bezeichnete Berghänge, an denen während des Sommers die Camps für die Schafherden zu finden waren. Unzählige solcher Merkzeichen waren über die Karte verstreut. *H* stand für Orte, an denen man Fälle von Hexerei gemeldet hatte, und *S* war das Zeichen für Schwarzbrennerei.

Die handschriftlichen Vermerke blieben an Ort und Stelle,

die Nadeln dagegen wanderten mit den Gezeiten menschlichen Fehlverhaltens. Blau zeigte an, wo Vieh gestohlen worden war; sobald der Dieb auf einer abgelegenen Straße mit einer Ladung Färsen erwischt worden war, verschwand die blaue Nadel indes wieder von Leaphorns Karte. Wie grelle Leuchtpünktchen nahmen sich die roten und pinken Nadeln aus, mit denen Leaphorn Straftaten im Zusammenhang mit Alkohol markierte. Zog er einige von ihnen heraus, war zugleich das Schicksal eines Schwarzbrenners besiegelt. Rot in allen Schattierungen leuchtete rund um die Ortschaften am Rand des Reservats und entlang der Einfallstraßen. Oft steckte neben dem Rot eine Nadel für Vergewaltigung, Körperverletzung, häusliche Gewalt oder andere rabiate, aber weniger verheerende Kontrollverluste. Zu den Verbrechen, die eher im Leben der Weißen eine Rolle spielten, zu Einbrüchen, Vandalismus und Banküberfällen, kam es nur selten und meist, wie Leaphorns Nadeln auswiesen, an den Rändern des Reservats. Aber im Augenblick interessierten ihn nur die Nadeln mit braunem Kopf und weißem Punkt, die die drei ungeklärten Tötungsdelikte markierten.

Solche Verbrechen waren im Reservat nicht üblich. Wenn jemand gewaltsam zu Tode kam, dann meist durch einen Unfall: Betrunkene liefen frontal in ein Auto, schlugen sich in der Kneipe den Schädel ein oder gingen im Alkoholrausch zu Hause auf Familienmitglieder los. Es handelte sich da weniger um vorsätzliche Gewalt, eher um Kurzschlusshandlungen. Braune Nadeln mit einem weißen Kopf verschwanden meist nach ein, zwei Tagen wieder von Leaphorns Karte.

Aber die drei Nadeln, um die es hier ging, steckten seit Wochen und hatten sich nicht nur in die Korkplatte gebohrt, sondern auch in Leaphorns Denken. Eine der Nadeln steckte schon fast zwei Monate.

Irma Onesalt war der Name des Opfers. Leaphorn hatte ihre

Nadel vor vierundfünfzig Tagen neben die Straße zwischen Upper Greasewood und Lukachukai gesteckt. Ein Geschoss vom Kaliber 30-06. Waffen dieses Kalibers hingen bei jedem dritten Pick-up im Reservat in der Halterung vor der Heckscheibe. Anscheinend hatte praktisch jeder eine 30-06, wenn er nicht eine 30-30 bevorzugte. Manche hatten auch von beiden Kalibern eine. Irma Onesalt, mütterlicherseits aus dem Bitter Water Clan, väterlicherseits von den Towering House People, Tochter von Alice und Homer Onesalt, einunddreißig Jahre alt, ledig, Angestellte im Navajo Office of Social Services, wurde tot auf dem Fahrersitz ihres Wagens gefunden, einem zweitürigen Datsun, der sich überschlagen hatte und auf dem Dach liegen geblieben war. Der Schuss war durch das Seitenfenster gedrungen, hatte Kinn und Kehle durchbohrt und war auf der Beifahrerseite im Türrahmen stecken geblieben. Es gab auch eine Zeugin, allerdings wusste sie nicht viel und konnte nur vage Aussagen machen, eine Schülerin aus dem Toadlena-Internat, die auf dem Heimweg zu ihren Eltern gewesen war. Sie hatte einen Mann gesehen, einen alten Mann, sagte sie, der mit einem Pick-up etwa dort geparkt hatte, wo der Schütze sich aufgehalten haben musste. Demzufolge hätte Irma Onesalt nach dem tödlichen Schuss die Kontrolle über ihren Wagen verloren. Leaphorn, der die Tote gesehen hatte, hielt das für eine naheliegende Schlussfolgerung.

Die zweite Nadel, zwei Wochen später, stand für Dugai Endocheeney. Seine Mutter hatte zum Mud People, sein Vater zum Streams Come Together Clan gehört. Er war fünfundsiebzig oder siebenundsiebzig Jahre alt, je nachdem, wem man traute. Er war im Schafspferch hinter seinem Hogan am Nokaito Bench erstochen worden, nicht weit von dort, wo der Chinle Creek in den San Juan River mündet. Das Schlachtermesser hatte noch in der Leiche gesteckt. Dilly Streib, der für den Fall zuständige FBI-Agent, hatte gemeint, es gebe einen klaren Zusammenhang zwischen beiden Fällen. »Onesalt hatte keine Freunde und Endocheeney keine Feinde. Also ist jemand dabei, das Ganze von beiden Enden aufzurollen, und nimmt sich die Guten wie die Schlechten vor, bis nur die Mitte übrig ist.«

»Wir Durchschnittsmenschen«, hatte Leaphorn gesagt.

Streib hatte gelacht. »Kann nicht lange dauern, bis er hinter Ihnen her ist – wenn er mit denen aufräumt, die unausstehlich sind.«

Delbert L. Streib war kein typischer FBI-Mann. Leaphorn, der an einem Kurs der FBI Academy teilgenommen und sein halbes Leben den Laufburschen für die Bundespolizei gespielt hatte, hielt ihn für schlauer als die meisten. Ein Mann von rascher, zupackender Intelligenz, was ihn in den Jahren von J. Edgar Hoover gehörig in Misskredit gebracht und zu seiner Versetzung ins Indianergebiet geführt hatte. Aber bei aller Intelligenz: Die Tötungsdelikte an Onesalt und Endocheeney, die ja in seine Zuständigkeit fielen, stellten ihn genauso vor ein Rätsel wie Leaphorn.

Nach einem Blick auf die Karte hatte er gemeint, was Leaphorn als »Nadel zwei« bezeichne, sei eigentlich die dritte Nadel. Und vielleicht hatte er recht. Leaphorn hatte »Nadel drei« zum Fall Wilson Sam gesteckt, der mütterlicherseits zum One Walks Around Clan, väterlicherseits zum Turning Mountain People gehörte, ein Schafhirte von siebenundfünfzig Jahren, der gelegentlich Jobs bei Straßenarbeiten am Arizona Highway annahm. Ein Schaufelblatt hatte ihn im Genick getroffen, so heftig, dass der Tod auf der Stelle eingetreten sein musste. Doch hinsichtlich des Todeszeitpunkts tappte man im Dunkeln. Sams Neffe hatte seinen Hütehund gefunden, der sich am Klippenrand über dem Chilchinbito Canyon heiser geheult hatte und zu Tode erschöpft war vor Durst. Wilson Sams Leiche hatte man unten in der Schlucht entdeckt, offensichtlich hatte der Täter sie zu den

Klippen geschleift und hinuntergestoßen. Laut Autopsie war die Tatzeit etwa die gleiche wie bei Endocheeney. Wer zuerst gestorben war, ließ sich also nur vermuten. Wieder gab es keine Zeugen, keine Anhaltspunkte, kein offenkundiges Motiv. Es gab eigentlich überhaupt nichts, abgesehen von der Annahme des Coroners hinsichtlich der Tatzeit, da es schwer vorstellbar war, dass ein und derselbe Mann zur gleichen Zeit Endocheeney und Sam getötet hatte.

»Es sei denn, er war ein Skinwalker«, hatte Streib düster gemurmelt. »Vielleicht habt ihr Indianer ja recht, und Skinwalker können wirklich fliegen, schneller als Pick-ups mit Turboantrieb.«

Streibs Frotzeleien störten Leaphorn nicht, Witze über Hexerei dagegen schon. Deshalb hatte er nicht gelacht.

Wenn er jetzt daran dachte, konnte er immer noch nicht lachen. Er seufzte, kratzte sich am Ohr und setzte sich anders hin. Auf die Karte zu starren, hatte ihn auch heute nicht weiter gebracht als in all den Wochen zuvor. Die erste Nadel gehörte sozusagen nach Window Rock, die beiden anderen führten in die Wildnis.

Das erste Opfer war eine jüngere Frau aus der Verwaltung, ziemlich gebildet, Distanzschuss. Die beiden anderen waren traditionsverhaftete Männer, die sich um ihre Herden kümmerten, wahrscheinlich kaum Englisch konnten und aus nächster Nähe getötet worden waren. Hatte Leaphorn es mit zwei getrennten Fällen zu tun? Manches sprach dafür. Im Window-Rock-Fall ging es um Vorsatz, so selten er auch im Reservat vorkommen mochte. Natürlich konnte das auch in der Wildnis der Fall gewesen sein, aber es sah nicht danach aus. Wer einen Mord plant, greift nicht zur Schaufel. Und auch das Schlachtermesser war nicht gerade eine typische Mordwaffe für einen Navajo.

Leaphorn betrachtete die Sache so, als gäbe es keinen Zusammenhang, und kam zu keinem brauchbaren Ergebnis. Daraufhin nahm er die Fälle als Trio: wieder dasselbe. Er probierte zunächst, den Mord an Onesalt isoliert zu sehen, und zog alles in Erwägung, was sie über die Frau wussten. Sie schien böse wie eine Schlange gewesen zu sein. Jeder hütete sich, schlecht über Tote zu reden, aber über Irma wusste keiner etwas Gutes zu sagen. Sie war übereifrig, streitbar und ungeduldig. Sie eckte überall an. Es gab, soweit er in Erfahrung hatte bringen können, niemanden, den sie hatte sitzen lassen. Von ihren nächsten Verwandten abgesehen, schien nur einer wirklich um sie zu trauern, ein Lehrer in Lukachukai, der als junger Mann bei der Familie ein und aus gegangen war und offenbar ein hingebungsvoller Hausfreund Irmas gewesen war. Hingebungsvolle Hausfreunde hielt Leaphorn in Mordfällen grundsätzlich für verdächtig – aber er hatte zur Tatzeit achtundzwanzig Schülerinnen und Schüler in Mathematik unterrichtet.

Die Post kam. Ohne sich in seiner Konzentration stören zu lassen, sah Leaphorn, in Gedanken immer noch bei Irma Onesalt, den Stapel durch. Obenauf zwei Fernschreiben vom FBI. Das erste Telex enthielt Details in der Sache Jim Chee, Leaphorn las es rasch. Nicht viel Neues. Chee hatte den Täter nicht verfolgt. Er blieb dabei, keine Ahnung zu haben, wer es gewesen sein könnte. Rings um den Wohnwagen gab es Spuren von Joggingschuhen, Größe 39. Man hatte sie knapp vierhundert Meter weit verfolgen können, bis dorthin, wo ein Wagen geparkt hatte. Abdrücke von abgefahrenen Reifen. Und Ölspuren, die auf eine längere Standzeit des Fahrzeugs oder auf ein Leck in der Leitung hindeuteten.

Leaphorn legte das Fernschreiben mit mürrischer Miene beiseite. Wieder kein Motiv. Dabei musste es eins geben. Wenn jemand einen Cop aus dem Hinterhalt umlegen will, gibt es immer ein starkes Motiv, das für den Betroffenen in der Regel nicht angenehm ist. Na ja, Chee war Captain Largos Mann, also sollte der herausfinden, wie und wann der Officer jemanden so gereizt hatte, dass der auf Mord aus war.

Das zweite Telex enthielt die Mitteilung, dass Jay Kennedy vom FBI-Büro in Farmington heute einen gewissen Roosevelt Bistie aufspüren und im Zusammenhang mit der Tötung von Dugai Endocheeney vernehmen wollte. Zwei Zeugen wollten Bisties Wagen zur Tatzeit an Endocheeneys Hogan gesehen haben. Und ein weiterer Zeuge hatte angegeben, der Fahrer dieses Wagens habe gesagt, er werde Endocheeney umbringen. Jeder Officer, der Informationen über besagten Roosevelt Bistie beisteuern könne, wurde gebeten, mit Jay Kennedy Kontakt aufzunehmen.

Leaphorn sah auf der Rückseite nach, aber da stand nichts mehr. Er wandte sich zur Karte und zog im Geiste die Nadel für den Mordfall Endocheeney heraus. Aus dem Dreieck war eine Linie geworden. Zwei Punkte – und eigentlich nichts, was sie verband. Anscheinend hatte er sich mit der Idee, es müsse einen Zusammenhang zwischen den Taten geben, verrannt. Immerhin, zwei ungeklärte Fälle waren sehr viel besser als drei. Und vielleicht stellte sich ja heraus, dass Bistie auch Wilson Sam umgebracht hatte. Das war gar nicht so weit hergeholt. Es waren Männer vom gleichen Schlag, es konnte in ihrem Leben eine Menge gegeben haben, was sie verband. Leaphorn fühlte sich um vieles besser. Allmählich schien wieder Ordnung in seine Welt zu kommen.

Das Telefon läutete. »Heute hat die Politik es auf Sie abgesehen, Lieutenant«, sagte der Diensthabende. »Dr. Yellowhorse möchte Sie sprechen.«

Leaphorn suchte nach einem plausiblen Grund, um sich vor dem Gespräch drücken zu können. Yellowhorse vertrat im Stammesrat das Badwater Chapter, saß im Rechtsausschuss und war zudem Mediziner. Er hatte die Badwater-Klinik gegründet und war dort Chefarzt.

Da ihm nichts einfiel, womit er Yellowhorse hätte abwimmeln können, sagte Leaphorn: »Soll hochkommen.«

»Ich glaube, er ist schon oben«, kam zur Antwort.

Leaphorns Bürotür schwang auf.

Dr. Bahe Yellowhorse war ein Fass von einem Mann. Er trug den im Reservat üblichen breitkrempigen schwarzen Filzhut mit einem Band in Silber und Türkis, in dem eine Truthahnfeder steckte. Links und rechts hinter den Ohren hing ihm nach Sioux-Art ein eng geflochtener Zopf herab, um dessen Ende ein rotes Band geschlungen war. Ein fünf Zentimeter breiter, mit Halbedelsteinen besetzter Gürtel hielt die Jeans über seinem breiten Bauch; auf der silbernen Schnalle prangte das Symbol von Father Sun, um den sich Rainbow Man krümmte.

»*Ya-tah*«, grüßte Yellowhorse mit einem Grinsen, das mechanisch anmutete.

»*Ya-ta-hey*«, antwortete Leaphorn. »Nehmen Sie doch –«

»Ich bin unterwegs zum Rechtsausschuss«, fiel ihm Yellowhorse ins Wort und machte es sich in Leaphorns Lehnstuhl bequem. »Wir haben heute Nachmittag Sitzung. Meine Leute möchten, dass ich ein bisschen Druck mache. Damit endlich etwas unternommen wird, um den Kerl zu kriegen, der Hosteen Endocheeney getötet hat.«

Yellowhorse fingerte eine Packung Zigaretten aus seinem Baumwollhemd, um Leaphorn Gelegenheit zu geben, etwas zu sagen. Leaphorn schwieg. Old Man Endocheeney hatte oben im Badwater Chapter gelebt, dem weiten Grenzland von Utah und Arizona. Trotzdem hatte Leaphorn nicht die Absicht, den Fall mit dem Stammesratsmitglied Bahe Yellowhorse zu erörtern.

»Wir arbeiten an der Sache«, sagte er.

»Das heißt, Sie machen keine Fortschritte«, erwiderte Yellowhorse. »Haben Sie überhaupt schon was herausgefunden?«

»Die Sache fällt in die Zuständigkeit des FBI«, sagte Leaphorn.

Anscheinend war es ihm heute bestimmt, Leuten dauernd Dinge zu erklären, die sie schon wussten. »Wenn auf staatlichem Treuhandgebiet ein Kapitalverbrechen begangen wird –«

Yellowhorse hob eine braune Pranke. »Sparen Sie sich das, ich weiß, wie die Dinge geregelt sind. Aber die vom FBI finden nichts raus, wenn ihr ihnen nicht auf die Sprünge helft. Ermitteln Sie nun, wer Endocheeney umgebracht hat? Ich muss meinen Leuten etwas sagen können, wenn ich wieder zu Hause bin.«

Er lehnte sich zurück, zog eine Zigarette aus dem Päckchen, klopfte mit dem Filter ein paar Mal auf den Daumennagel und sah Leaphorn dabei an.

Leaphorn überlegte und wog die alte Polizeiakademie-Regel: Was es auch sei und wer dich auch fragt, sag keinem etwas, gegen den gesunden Menschenverstand ab. Yellowhorse konnte einem den letzten Nerv rauben, aber sein Interesse war legitim. Darüber hinaus bewunderte ihn Leaphorn und hatte Respekt vor seiner Leistung. Bahe Yellowhorse stammte mütterlicherseits aus dem Dolii Diné Clan, der zu Blue Bird People gehörte; väterlicherseits gab es keinen Clan, denn sein Vater war ein Oglala Sioux. Yellowhorse hatte die Gründung der Badwater-Klinik größtenteils aus eigener Tasche finanziert. Sicher, einige Geldgeber hatten ihn unterstützt, die Kellogg-Stiftung zum Beispiel, und auch staatliche Gelder waren geflossen. Aber soweit Leaphorn wusste, waren das meiste Geld und alle Energie von Yellowhorse gekommen.

»Sie können Ihren Leuten mitteilen, dass wir im Fall Endocheeney einen Verdächtigen haben«, sagte Leaphorn. »Zeugen haben ihn zur fraglichen Zeit am Hogan gesehen. Er soll heute abgeholt und verhört werden.«

»Haben Sie auch den Richtigen erwischt?«, fragte Yellowhorse. »Hatte er ein Motiv?«

»Wir haben noch nicht mit ihm gesprochen. Aber er soll

gesagt haben, dass er Endocheeney umbringen will. Also können Sie davon ausgehen, dass er ein Motiv hatte.«

Yellowhorse zuckte die Achseln. »Und was ist mit dem anderen Getöteten, wie auch immer der hieß?«

»Da wissen wir noch nichts«, sagte Leaphorn. »Vielleicht besteht ein Zusammenhang.«

»Ihr Verdächtiger …« Yellowhorse schob die Zigarette zwischen die Lippen, zündete sie mit einem silbernen Feuerzeug an, nahm einen Zug und atmete den Rauch aus. »Ist das auch einer von meinen Wählern?«

»Er lebt oben in den Lukachukais. Weit weg von Ihrem Gebiet.«

Yellowhorse musterte Leaphorn und wartete auf weitere Erklärungen. Vergeblich. Er nahm wieder einen Zug, behielt den Rauch eine Weile in der Lunge und atmete ihn langsam durch die Nase aus. Dann nahm er die Zigarette aus dem Mund und schien damit auf Leaphorn deuten zu wollen, führte die kränkende Geste aber nicht zu Ende. Navajo zeigen nicht mit dem Finger auf andere. »Mit der Religion habt ihr es nicht mehr so, was? Das Bundesgericht hat euch die Tour gründlich vermasselt. Jetzt müsst ihr weggucken, wenn einer Peyote kaut.«

Ein roter Hauch huschte über Leaphorns Gesicht. »Wir haben seit Jahren niemanden mehr wegen Peyotebesitz festgenommen.« Er war ein sehr junger Mann gewesen, als der Stammesrat das unselige Gesetz erlassen hatte, mit dem der Gebrauch von Halluzinogenen verboten wurde – ein Gesetz, das klar gegen die Native American Church gerichtet war, weil dort das Kauen von Peyote zum sakralen Ritus gehörte. Er war mit dem Gesetz nie einverstanden gewesen und hatte die Feststellung des Bundesgerichts begrüßt, es verletze indianische Grundrechte. Und er wollte an die Sache nicht erinnert werden, schon gar nicht in der penetranten Art, wie Yellowhorse das tat.

»Wie steht es denn mit der Navajo-Religion?«, fragte Yellowhorse nun. »Hat sich eure Polizei wieder ein paar neue Maßnahmen dagegen einfallen lassen?«

»Nein«, sagte Leaphorn.

Yellowhorse nickte. »Habe ich auch nicht angenommen. Aber unter euren Cops ist einer, der zu denken scheint, es wäre so. Drüben in Shiprock sitzt er.«

Yellowhorse zog an seiner Zigarette. Leaphorn wartete. Yellowhorse wartete. Leaphorn wartete länger.

»Ich arbeite als Hellseher, mit einer Kugel«, sagte Yellowhorse. »Dafür habe ich eine Gabe, seit der Kindheit. Aber richtig praktiziert habe ich das erst in den letzten Jahren. Die Leute kommen deswegen zu mir in die Klinik. Ich sage ihnen, was bei ihnen nicht stimmt. Und wie man sie heilen kann.«

Leaphorn schwieg. Yellowhorse rauchte, atmete den Rauch aus, zog wieder an der Zigarette.

»Wenn sie Holz verarbeitet haben, in das der Blitz gefahren ist, oder sich zu lange an einem Grab aufgehalten haben oder mit einem bösen Geist in Berührung gekommen sind, dann sage ich ihnen, was helfen kann, ein Mountaintop Sign oder ein Enemy Way oder was weiß ich. Wenn es natürlich um einen Gallenstein geht oder die Mandeln rausmüssen oder wenn sie sich Streptokokken eingefangen haben und Antibiotika brauchen, dann überweise ich sie in die Klinik. Das kostet nichts, obwohl die American Medical Association damit bestimmt nicht einverstanden ist. Ich verlange nichts. Und viele Leute da draußen wissen, dass es so ist. Darum kommen sie auch, sonst könnten wir uns gar nicht um sie kümmern. Die Kranken würden vielleicht zu einem anderen Medizinmann gehen, aber in die Klinik kämen sie nicht. Und dass sie kommen, macht es überhaupt erst möglich, einen Haufen Fälle früh zu erkennen, Diabetes, grünen Star, Hautkrebs, Blutvergiftungen und Gott weiß was alles.«

»Ich habe davon gehört«, sagte Leaphorn. Und ihm fiel ein, was er sonst noch gehört hatte: dass Yellowhorse oft die Geschichte erzählte, wie seine Mutter da draußen im menschenleeren Land wegen einer kleinen Schnittwunde am Fuß gestorben war. Die Wunde hatte sich entzündet, und weil es keine medizinische Versorgung gab, war sie schließlich brandig geworden. So war Yellowhorse als Waise aufgewachsen, in einem Waisenhaus der Mormonen, bis ihn jemand, der im Landmaschinengeschäft viel Geld gemacht hatte, adoptiert und als Erben eingesetzt hatte. Mit dem Geld hatte er seine Klinik aufgebaut, womit der Kreis geschlossen war.

»Klingt alles gut, was Sie mir erzählen«, sagte Leaphorn. »Dagegen würden wir sicher nichts unternehmen.«

»Einer Ihrer Cops sieht das anders«, sagte Yellowhorse. »Er redet den Leuten ein, dass ich ein Schwindler bin und sie nicht zu mir kommen sollen. Wie ich höre, will der Bastard selbst ein *yataalii* sein. Vielleicht sieht er in mir eine unfaire Konkurrenz. Jedenfalls will ich von Ihnen wissen, ob das, was er tut, gesetzmäßig ist. Und wenn nicht, will ich, dass es aufhört.«

»Ich kümmere mich darum«, sagte Leaphorn und griff nach seinem Notizblock. »Wie heißt er?«

»Sein Name ist Jim Chee«, sagte Yellowhorse.

3

Roosevelt Bistie sei nicht zu Hause, sagte ihnen seine Tochter. Er sei am Vortag nach Farmington gefahren, um Medizin zu besorgen, und habe vorgehabt, die Nacht bei seiner anderen Tochter in Shiprock zu verbringen und heute Morgen wieder heimzukommen.

»Wann erwarten Sie ihn?«, fragte Jay Kennedy. Die unbarmherzige Sonne über der Hochlandwüste des Reservats hatte sein blondes Haar fast weiß gebleicht, und seine Haut begann, sich zu schälen. Er sah Chee an, der seine Frage übersetzen sollte. Bisties Tochter verstand Englisch wahrscheinlich so gut wie Kennedy und sprach es vermutlich so gut wie Chee, aber heute hatte sie sich offenbar vorgenommen, nur Navajo zu verstehen. Sie kam Chee ein bisschen unsicher vor, vielleicht weil hier oben nicht oft blonde Männer mit Sonnenbrand auftauchten.

»Eine typische *belacani*-Frage«, sagte Chee auf Navajo zu ihr. »Ich werde ihm erklären, dass du das nicht weißt, sondern abwartest, bis er zurück ist. Wie krank ist er?«

»Sehr krank, glaube ich«, antwortete Bisties Tochter. »Er war bei einem Hellseher, unten bei Two Story, und der hat ihm gesagt, dass er einen Mountaintop Sing braucht. Ich glaube, mit seiner Leber stimmt was nicht.« Sie hielt inne. »Was wollt ihr Polizisten von ihm?«

Chee wandte sich an Kennedy. »Sie sagt, sie erwartet ihn zu keiner bestimmten Zeit. Entweder fahren wir zurück, dann treffen wir ihn vielleicht unterwegs. Oder wir warten hier, und ich frage sie schon mal, ob sie weiß, wo der alte Mann vor – wann war das noch mal? –, vor zwei Wochen gewesen ist.«

»Augenblick.« Kennedy winkte Chee zu seinem FBI-Kombi und senkte die Stimme zu einem Flüstern. »Ich vermute, sie versteht ein bisschen Englisch. Wir müssen vorsichtig sein mit dem, was wir reden.«

Chee nickte. »Wundern würde mich das nicht.« Er ging zurück zu Bisties Tochter.

»Vor zwei Wochen?«, fragte sie. »Mal überlegen. Zu dem Hellseher ist er am zweiten Montag im Juli gegangen. Das war an dem Tag, als ich runter zum Handelsposten Red Rock wollte. Ich wasch da meine Wäsche, er hat mich mitgenommen. Und dann ...« Sie dachte nach, Chee hatte Zeit, sie zu mustern. Eine kräftig gebaute junge Frau in einem »I Love Hawaii«-Shirt, Jeans und Stiefeln. Nach innen gestellte Füße. Chee fiel ein, was sein Soziologieprofessor an der University of New Mexico gesagt hatte: dass aufgrund der modernen Zahnmedizin schiefe Zähne inzwischen ein Merkmal für die Herkunft aus den untersten sozialen Schichten sei. Bei den Weißen war es das schiefe Gebiss, bei den Navajo waren es die Geburtsfehler, um die sich niemand gekümmert hatte. Oder, um fair zu sein, bei den Navajo, bis zu denen der Indian Health Service nicht vorgedrungen war. Bisties Tochter verlagerte ihr Gewicht. »Das muss eine Woche später gewesen sein, ungefähr vor vierzehn Tagen. Er hat den kleinen Lastwagen genommen. Ich wollte nicht, dass er fährt, weil es ihm immer schlechter ging. Das Essen kam ihm ständig hoch. Aber er wollte sich unbedingt mit jemandem treffen, weit weg, bei Mexican Hat oder Montezuma Creek.« Sie wies mit dem Kopf nach Norden. »Drüben in Utah.«

»Hat er gesagt, warum?«

»Sagt mir erst mal, was ihr von ihm wollt«, verlangte Bisties Tochter.

Chee wandte sich wieder an Kennedy. »Sie sagt, Bistie ist vor zwei Wochen losgefahren, um einen Mann oben an der Grenze nach Utah zu treffen.«

»Ach«, meinte Kennedy. »Die Zeit stimmt. Und der Ort auch.«

»Ich erzähle dir jetzt gar nichts mehr«, sagte Bisties Tochter, »jedenfalls nicht, bevor du mir sagst, weshalb ihr meinen Vater sprechen wollt. Warum sieht eigentlich das Gesicht dieses *belacani* so komisch aus?«

»Das kommt von der Sonne, das ist bei Weißen so«, sagte Chee. »Oben bei Mexican Hat ist vor zwei Wochen jemand umgebracht worden. Womöglich hat dein Vater etwas beobachtet und kann uns mehr darüber erzählen.«

Bisties Tochter wirkte schockiert. »Umgebracht?«

»Ja«, sagte Chee.

»Ich rede nicht mehr mit dir«, sagte Bisties Tochter. »Ich gehe jetzt ins Haus.« Und das tat sie.

Chee und Kennedy berieten sich. Chee empfahl, noch eine Weile zu warten, und Kennedy meinte, gut, auf eine Stunde komme es nicht an. Sie saßen im Kombi, ließen die Füße aus den Wagenfenstern hängen und nippten an den Coladosen, die ihnen Bisties Tochter bei ihrer Ankunft gegeben hatte. »Das Zeug ist ja warm«, sagte Kennedy, und es klang, als könnte er das gar nicht fassen. Chee war mit seinen Gedanken weit weg. Er dachte an die Schrotladungen, die seine Schaumstoffmatratze aufgerissen und zerfetzt hatten, ungefähr da, wo normalerweise seine Nieren gewesen wären. Und er grübelte, wer ihn töten wollte. Und warum. Den ganzen Tag war ihm das durch den Kopf gegangen, gelegentlich unterbrochen von sehnsüchtigen Gedanken an Mary, die nun sehr bald nach Crownpoint zurückkommen würde. Geholfen hatte ihm beides nicht. Vielleicht war es besser, über warme Cola nachzudenken. Für ihn war es ein vertrauter Geschmack, der Erinnerungen weckte. Warum musste bei den Weißen eigentlich alles eiskalt oder kochend heiß sein? Chee war ungefähr zwölf gewesen, als er zum ersten Mal eine Flasche gekühlte Limonade getrunken hatte. Am Handelsposten Teec Nos Pos war das gewesen, der Schulbusfahrer hatte jedem aus der Baseballmannschaft so eine Flasche spendiert. Chee erinnerte sich, wie er unter dem Vordach im Schatten gestanden und sie getrunken hatte. Und mitten in die schöne Erinnerung schob sich wieder der Gedanke, dass jemand mit einer Schrotflinte ihn in der Nacht fast umgebracht hätte. Jemand, der jetzt vielleicht am Bergkamm hinter Bisties Hogan lauerte und den Gewehrlauf auf seinen Rücken richtete.

Beklommen bewegte Chee die Schultern, nippte an der Cola, fragte sich wieder, warum die Weißen das Zeug immer eiskalt wollten. Weniger Hitze, weniger Energieverbrauch, weniger Molekularbewegungen, rätselte er herum, bis er auf einmal in Gedanken wieder den Knall der Schrotflinte hörte und den grellen Lichtblitz sah. Was hatte er getan, um eine derart gewalttätige Reaktion auszulösen?

Unvermittelt wollte er unbedingt mit jemandem darüber reden. »Kennedy, was halten Sie von der Geschichte heute Nacht?«

»Dass jemand auf Sie geschossen hat?« Auf der Fahrt von Shiprock in die Berge hatten sie schon zwei-, dreimal darüber gesprochen, und Kennedy hatte bereits gesagt, was er darüber dachte. Nun wiederholte er es, wenn auch mit etwas anderen Worten. »Zum Teufel, ich habe keine Ahnung. Ich an Ihrer Stelle würde mein Gewissen befragen. Wessen Frau habe ich nachgestellt? Wessen Gefühle habe ich verletzt? Welche Feinde habe ich mir gemacht? Wurde kürzlich jemand aus dem Gefängnis entlassen, den ich geschnappt habe?«

»Die Leute, die ich festnehme, sind meist viel zu blau, um sich zu erinnern, wer sie inhaftiert hat«, sagte Chee. »Oder es ist ihnen egal. Wenn die Geld für ein paar Schrotladungen hätten, würden sie davon die nächste Flasche kaufen. Die haben alle schon viel Zittersuppe gelöffelt.« Und Frauen, die mit anderen Männern zusammen waren, hatte er noch nie nachgestellt.

»Zittersuppe?«, fragte Kennedy.

»Das ist ein Scherz aus dieser Gegend«, sagte Chee. »Unten in Gallup hat eine Lady eine Suppenküche. Wenn die Cops die Betrunkenen aus dem Bau lassen, zieht es sie meist dorthin. Und weil sie beim Löffeln zittern, sagen alle Zittersuppe.« Bei dieser Erklärung wollte Chee es belassen. Tatsächlich aber klang der Ausdruck so ähnlich wie ein ziemlich derbes Navajo-Wort für Penis, und die Leute benutzten ihn gern für ihre beliebten zotigen Wortspiele. Doch er hatte schon mal versucht, Kennedy ein Wortspiel zu erklären, bei dem die Ähnlichkeit der Navajo-Worte für Rodeo und Huhn eine Rolle spielte. Damals hatte Kennedy nicht mal die Miene verzogen.

»Also ich würde mein Gewissen befragen«, wiederholte Kennedy. »Wenn jemand auf einen Cop schießt …« Er zuckte die Achseln und ließ den Rest des Satzes ungesagt.

Captain Largo hatte sich am Morgen in seinem Büro nicht die Mühe gemacht, so höflich zu sein. »Wenn auf einen Polizisten geschossen wird«, hatte er geknurrt, »hat der sich das nach meiner Erfahrung selbst eingebrockt.« Er hatte, während er das sagte, am Schreibtisch gesessen, die Finger zu einem Zeltdach geformt, und Chee eindringlich gemustert. Chee hatte sich zunächst nichts bei der Bemerkung gedacht; erst als er schon in seinem Streifenwagen saß, begann der Ärger zu rumoren. Diesmal reagierte er schneller und spürte, wie das Blut ihm in die Wangen schoss.

»Hören Sie«, begann er, »ich kann es nicht leiden, wenn —«

In diesem Augenblick hörten sie einen Wagen rumpelnd und mit keuchendem Motor den Weg heraufkommen.

Kennedy griff nach seiner Jacke, die auf dem Sitz lag, nahm

die Pistole aus dem Holster, zog die Jacke an und steckte die Waffe in die Tasche. Chee beobachtete den Weg. Ein älterer rostgrüner GMC Pick-up tauchte zwischen den Wacholderbüschen auf. In der Halterung an der hinteren Windschutzscheibe hing ein halbautomatischer Karabiner vom Kaliber 30-30. Der Wagen rollte langsam aus und wirbelte dabei kaum Staub auf. Hinter dem Lenkrad saß ein hagerer alter Mann, dessen schwarzer Filzhut ihm fast ins Genick gerutscht war. Er blieb sitzen, bis der Motor den letzten Schnaufer getan hatte, schaute neugierig zu ihnen herüber und stieg aus.

Chee stand noch immer neben dem Kombi. »*Ya-tah-hey.*«

Bistie erwiderte den Gruß bedächtig und richtete den Blick erst auf Chee, dann auf Kennedy.

»Meine Mutter ist Tessie Chee aus dem Clan der Red Forehead People, aber ich arbeite bei der Navajo-Police für alle Diné.« Chee wies, wie es bei den Navajo Brauch war, mit einer Lippenbewegung auf Kennedy. »Dieser Mann ist vom FBI. Wir sind gekommen, um mit Ihnen zu reden.«

Roosevelt Bistie musterte sie immer noch und steckte den Zündschlüssel ein. Er war groß, doch Alter und Krankheit hatten ihn ein wenig gebeugt. Die seltsame Kupferfärbung seines Gesichts war typisch für fortgeschrittene Gelbsucht. Aber er lächelte matt. »Polizei? Hab ich den Scheißkerl also erwischt?«

Chee brauchte einen Augenblick, bis er begriff, dass es sich um ein Geständnis handelte.

»Was hat er —«, begann Kennedy, doch Chee hob die Hand. »Erwischt?«, fragte er. »Womit?«

Bistie guckte verblüfft. »Geschossen hab ich auf den Kerl. Mit dem Gewehr da im Wagen. Ist er tot?«

Kennedy runzelte die Stirn. »Was hat er gesagt?«

»Auf wen haben Sie geschossen?«, fragte Chee. »Und wo?«

»Drüben hinter Mexican Hat, nicht weit vom San Juan River«,

antwortete Bistie. »Es war einer vom Mud Clan, den Namen habe ich vergessen.« Er grinste. »Ist er tot? Ich dachte schon, ich hätte vorbeigeschossen.«

»Ja, er ist tot.« Chee wandte sich an Kennedy. »Seltsame Sache. Er sagt, er hat Old Man Endocheeney erschossen. Mit seinem Gewehr.«

»Erschossen?«, fragte Kennedy. »Was ist mit dem Schlachtermesser? Er kann doch nicht –«

Chee unterbrach ihn. »Vermutlich versteht er etwas Englisch. Wir sollten mit ihm an den Tatort fahren. Dort kann er uns zeigen, was passiert ist.«

Kennedy wurde sogar unter seinem Sonnenbrand noch rot. »Wir haben ihm seine Rechte nicht vorgelesen. Es geht nicht an, dass er –«

»Auf Englisch hat er uns noch nichts gesagt, nur auf Navajo«, unterbrach Chee ihn erneut. »Erst wenn er Englisch mit uns redet, hat er das Recht, bis zu einem Gespräch mit seinem Anwalt die Aussage zu verweigern.«

Auf der langen, staubigen Fahrt aus den Lukachukais runter nach Shiprock, weiter nach Arizona im Westen, schließlich Richtung Norden, nach Utah, erzählte Bistie ihnen praktisch alles.

»Navajo oder nicht«, hatte Kennedy gesagt, »wir lesen ihm besser seine Rechte vor.« Das hatte er getan, und Chee hatte das Ganze übersetzt.

Kennedy schien erleichtert. »Besser spät als nie. Aber wer hätte gedacht, dass ein Verdächtiger einfach daherkommt und freiweg erklärt, er habe das Opfer erschossen.«

»Obwohl er das gar nicht getan hat«, sagte Chee.

»Weil er ihn mit einem Schlachtermesser erstochen hat«, sagte Kennedy.

»Was redet der weiße Mann dauernd von einem Messer?«, fragte Bistie.

45

»Das erkläre ich Ihnen später«, sagte Chee. »Sie haben uns noch nicht gesagt, warum Sie ihn erschossen haben.«

Das tat Bistie auch jetzt nicht. Vielmehr berichtete er alle Einzelheiten. Wie er nachgesehen hatte, ob die 30-30 geladen war. Wie er das Visier überprüft hatte, weil er nicht mehr mit der Waffe geschossen hatte, seit er im Winter auf der Jagd gewesen war. Und von der langen Fahrt nach Mexican Hat. Davon, wie er dort nach dem Mann aus dem Mud Clan herumgefragt hatte. Und wie er zum Hogan hochgefahren war, etwa zu dieser Tageszeit, als gerade Gewitterwolken aufzogen. Wie er das Gewehr genommen und gespannt hatte. Und dass er am Hogan niemanden angetroffen, sich aber gedacht hatte, der Mann aus dem Mud Clan könne nicht weit sein, weil sein Pick-up neben dem Hogan geparkt war. Und wie er schließlich Hämmern gehört und gesehen hatte, dass der Mann aus dem Mud Clan lose Bretter auf einem Schuppendach festnagelte, nicht weit vom Hogan, bei einem ausgetrockneten Wasserlauf. Bistie beschrieb, wie er dagestanden hatte, den Mann aus dem Mud Clan über Kimme und Korn im Visier, und wie der sich umgedreht und ihn angeschaut hatte – genau in dem Augenblick, als Bistie abdrückte. Und dass, als der Pulverdampf verflogen war, der Mann nicht mehr auf dem Dach gestanden hatte.

Bistie ließ nichts aus, erzählte jede Kleinigkeit, alles in der richtigen Reihenfolge und bis in die unwichtigsten Details. Aber warum er es getan hatte, darüber schwieg er. Chee fragte ihn noch einmal danach, aber Bistie saß bloß da, stumm und verbissen. Und Chee verzichtete darauf, ihn zu fragen, warum er unbedingt jemanden erschossen haben wollte, der doch erstochen worden war. Denn ihm fielen ganz andere Fragen ein, während Roosevelt Bistie mit seiner bestimmten und ruhigen Altmännerstimme all diesen Unsinn erzählte.

»Sie waren letzte Nacht in Shiprock? Im Haus Ihrer Tochter? Sagen Sie mir ihren Namen und wo sie wohnt.«

Er schrieb Namen und Adresse in sein Notizbuch und dachte, dass Old Man Bistie vom Haus seiner Tochter nicht länger als zehn Minuten bis zu Chees Wohnwagen gebraucht hätte.

»Was schreiben Sie da auf?«, wollte Kennedy wissen.

Chee ächzte bloß und wandte sich an Bistie. »Haben Sie eine Schrotflinte?«

Da es kein Navajo-Wort für diese Waffe gibt, musste Chee *shotgun* sagen, und Kennedy horchte auf.

»He, worum geht es hier eigentlich?«, fragte er.

»Nur das Gewehr«, sagte Bistie.

»Es geht darum, wer Jim Chee erschießen wollte«, sagte Jim Chee.

4

Jähes Hochschrecken aus dem Schlaf. Gegen die Nacht hob sich ein Rechteck ab, einen Schimmer heller als das Schwarz ringsum: die offene Tür des Sommerhogans. Am östlichen Horizont ein schwacher Schimmer, der noch nicht die erste Dämmerung war. Hatte der Junge geschrien? Jetzt war alles still. Kein Lufthauch, kein Insekt, das leise summte. Es musste wohl die Angst gewesen sein, die stärker war als der Schlaf. Staub lag in der Luft, der Geruch der endlosen Dürre, an der die Schafe eingingen. Und ein sehr schwacher Geruch von etwas Chemischem, vielleicht von Öl. Der Motor des kleinen Lastwagens verlor immer mehr davon. Drüben im Hof neben der Hecke, wo er geparkt stand, war der Boden schon schwarz und hart davon. Bei jeder Fahrt verlor der Motor viel Öl. Und die Gallone kostete fast fünf Dollar. Aber das Geld für eine Reparatur fehlte erst recht. Die Geburt des Jungen hatte alle Ersparnisse verschlungen, die Wochen im Krankenhaus hatten sie aufgezehrt. Anenzephalie hatte die Ärztin es genannt, ihnen das Wort auf ein Stück Papier geschrieben und dabei neben dem Bett des Jungen gestanden in einem Zimmer, das furchtbar kühl wirkte und streng nach der Medizin des weißen Mannes roch. »Eine seltene Missbildung«, hatte sie gesagt, »aber an zwei Fälle im Reservat erinnere ich mich, der eine liegt schon fast zwanzig Jahre zurück. Es kann jeden treffen, auch einen Navajo.«

Was hieß das: Anenzephalie? Es hieß, dass Boy Child, der Sohn, nur kurz zu leben hatte. »Sehen Sie selbst«, hatte die

Ärztin gesagt und sein spärliches Haar nach hinten gestrichen. Doch sie hatte es bereits gesehen: Der Kopf des Kindes war oben flach wie eine Platte. »Das Gehirn ist nicht ausgebildet«, hatte sie gesagt, »und ohne Gehirn kann das Kind nicht lange leben. Ein paar Wochen, mehr nicht. Wir kennen die Ursache der Missbildung nicht, und wir können nichts dagegen tun.«

Es gab eben Dinge, die die *belacani*-Ärzte nicht wussten. Alles hatte seine Ursache, darum musste es etwas geben, was man tun konnte, was die Ursache auslöschte und so die Harmonie in Boy Childs kleinem, so zerbrechlich wirkenden Kopf wiederherstellte. Der Skinwalker war daran schuld. Warum er es getan hatte, lag im Dunkel des Bösen verborgen. Darum musste der Skinwalker sterben. Sein Gehirn musste schrumpfen, damit Boy Childs Gehirn wachsen konnte. Und schnell musste es geschehen. Sehr schnell.

Den Hexer töten. Die Unruhe wuchs zur Panik, der Magen verkrampfte sich, trotz der morgendlichen Kälte war die Decke an ihrer Wange verschwitzt. Die Schrotflinte, die Schüsse durch das dünne Aluminium des Wohnwagens auf das Bett, in dem der Hexer schlief – hätte das nicht reichen müssen? Aber es war schwierig, einen Skinwalker zu töten. Dieser hatte es wohl geahnt und war rechtzeitig aus dem Bett geflohen. Der Knochen hatte ihn nicht getroffen.

Boy Child wurde unruhig. Schlaf war für ihn flüchtig und dauerte meist weniger als eine Stunde. Danach begann wieder das Wimmern. Als flehte er um die Hilfe derer, die ihn liebten, aus deren Fleisch er geboren war. Da war es wieder, das Wimmern, nichts sonst in der Dunkelheit. Nur ein Laut, wie ihn neugeborene Tiere machen. Helft mir, hieß es. Helft mir doch!

An Schlaf war jetzt nicht mehr zu denken. Für einige Zeit nicht mehr. Boy Child schien jeden Tag schwächer zu werden. Er schleppte sein Leben jetzt schon länger hin, als die *belacani*-Frau im Krankenhaus gesagt hatte. Da blieb keine Zeit für Schlaf, nur dafür, einen Weg zu finden, den Hexer zu töten. Er war Polizist, so einen zu töten, war nicht einfach. Und als Skinwalker verfügte er über unheimliche Fähigkeiten. Er konnte durch die Lüfte fliegen, sich schnell wie der Wind bewegen, sich in einen Hund verwandeln, in einen Wolf, vielleicht auch in andere Tiere. Dennoch musste es einen Weg geben, ihn zu töten.

Das Rechteck der offenen Tür wurde heller. Ideen kamen, wie es gelingen könnte, ihn zu töten, Hoffnungen, Zweifel. Am Schluss stand immer wieder die Einsicht, dass es so doch nicht ging. Manche Ideen scheiterten an der Unmöglichkeit, sie auszuführen. Andere daran, dass sie einem Selbstmord gleichgekommen wären – und was würde der Tod des Skinwalkers Boy Child schon nützen, wenn es niemanden mehr gab, der ihn vor dem Verhungern bewahren konnte? Es musste einen Weg geben, die Tat unentdeckt zu begehen – jede andere Möglichkeit war untauglich.

Drüben im Pappkarton, in dem er lag, wimmerte Boy Child vor sich hin, ununterbrochen. Es war ein monotoner Laut, wie von einem Insekt. Dann ein Luftzug, nur ein Hauch. Dawn Girl erwachte, die Vorbotin des Tages. Und plötzlich war die Idee da. Die Idee, wie es geschehen konnte. Verblüffend einfach. Und dennoch sicher. So würde der Hexer, den sie Jim Chee nannten, endlich sein Leben verlieren.

5

Lieutenant Joe Leaphorn lenkte seinen Streifenwagen in den Schatten der Schmalblättrigen Ölweide am Rand des Parkplatzes, stellte den Motor ab, lehnte sich bequem zurück und überlegte einmal mehr, wie er die Sache mit Officer Chee angehen sollte. Chees Auto stand mit vier weiteren Streifenwagen vor dem Dienstgebäude der Navajo-Police in Shiprock: Patrol Car 4. Leaphorn wusste, dass Chee Wagen 4 fuhr, er wusste so gut wie alles Dienstliche über ihn. Um 9.10 hatte er sich Chees Personalakte hochbringen lassen und sie Wort für Wort gelesen. Denn ein paar Minuten zuvor hatte Dilly Streib bei ihm angerufen. Mit schlechten Neuigkeiten.

»Seltsame Sache«, begann Streib, »Kennedy hat Roosevelt Bistie aufgespürt. Der sagt, er habe Endocheeney erschossen.«

Leaphorn begriff sofort. »Erschossen? Nicht erstochen?«

»Erschossen«, wiederholte Streib. »Er sagt, er sei zu Endocheeney gefahren, der gerade das Dach seines Schuppens reparierte. Er habe auf ihn geschossen, und Endocheeney sei verschwunden – ich nehme an, er fiel runter. Dann sei Bistie nach Hause gefahren.«

»Was halten Sie davon?«

»Kennedy schien nicht den geringsten Zweifel zu haben, dass Bistie die Wahrheit gesagt hatte. Sie haben vor seinem Haus auf ihn gewartet, er kam angefahren, und als er gesehen hat, dass zwei Cops rumstehen, hat er ihnen erzählt, er habe auf Endocheeney geschossen.«

»Spricht Bistie Englisch?«

»Navajo«, sagte Streib.

»Wer war von uns dabei? Wer hat übersetzt?« Was Streib ihm da erzählte, klang verrückt. Möglicherweise handelte es sich um ein Missverständnis.

»Augenblick.« Leaphorn hörte Papier rascheln, dann war Streib wieder da. »Officer Jim Chee. Kennen Sie ihn?«

»Den kenne ich«, sagte Leaphorn, wünschte sich aber, ihn besser zu kennen.

»Na gut, ich schicke Ihnen die Akte. Bestimmt wollen Sie wissen, was da Seltsames passiert ist.«

»Ja, danke«, sagte Leaphorn. »Warum wollte Bistie Endocheeney töten?«

»Hat er nicht gesagt. Hat sich keine Silbe entlocken lassen. Er scheint zunächst angenommen zu haben, er habe den Mann verfehlt, jedenfalls war das Kennedys Eindruck. Umso mehr hat ihn gefreut, dass er tot ist. Aber was er gegen ihn hatte … Kein Wort hat er darüber gesagt.«

»Chee hat ihn vernommen?«

»Sicher. Denke ich doch. Kennedy spricht kein Navajo.«

»Noch was: Hat Chee von Anfang an mit Kennedy zusammengearbeitet? Ich meine, war er die ganze Zeit mit dem Fall beschäftigt?«

»Augenblick.« Es raschelte wieder, dann kam die Antwort: »Hier stehts. Ja, es war Chee.«

»Danke«, sagte Leaphorn, »ich warte dann auf die Unterlagen.«

Danach ließ er sich aus dem Archiv Chees Personalakte bringen, zog die Schreibtischschublade auf, kramte nach einer Nadel mit braunem Kopf und weißem Punkt und steckte sie zurück an die Stelle, die schon vorher den Endocheeney-Fall markiert hatte. Einen Moment verweilte sein Blick auf der Karte, dann langte er wieder in die Schublade, nahm noch eine dieser Nadeln heraus und stach sie in das *p* von Shiprock. Jetzt waren es vier Nadeln. Eine nördlich von Window Rock, eine im Grenzgebiet zu Utah, eine im Chilchinbito Canyon, eine drüben in New Mexico. Und jetzt gab es einen Zusammenhang, wenn auch vage und mit vielen Ungewissheiten. Jim Chee hatte das Verbrechen an Endocheeney untersucht, bevor der Anschlag auf ihn verübt worden war. Hatte Chee etwas in Erfahrung gebracht, was Endocheeneys Mörder gefährlich werden konnte? Aber was Leaphorn sich auch durch den Kopf gehen ließ, es brachte ihn nicht weiter.

Ich werde alt, dachte er, es geht jedes Jahr ein Stück abwärts. Dieser Gedanke bedrückte ihn nicht, sondern trieb ihn an, hetzte ihn vorwärts. Die Zeit lief ihm davon, und es gab noch so viel zu tun, ehe es zu spät war. Leaphorn lachte grimmig in sich hinein. Lauter Gedanken, die nicht zu einem Navajo passten. Er war wohl schon zu lange mit Weißen zusammen.

Er griff zum Telefon, rief Captain Largo in Shiprock an und sagte ihm, er wolle mit Jim Chee sprechen.

»Was hat er nun wieder angestellt?«, fragte Largo und schien erleichtert zu sein, als Leaphorn ihm erklärte, worum es ging.

Die kürzeste Strecke von Window Rock nach Shiprock führt über Crystal und Sheep Springs, hundertzwanzig Meilen über den Bergrücken der Chuska Mountains. Leaphorn, der sich meist ans Tempolimit hielt, war diesmal viel zu schnell gefahren. Die Nerven, dachte er.

Nun saß er hier auf dem Parkplatz in Shiprock, und die innere Anspannung hatte immer noch nicht nachgelassen. Die Kumuluswolken über den Chuskas waren besonders hoch getürmt und oben wie ein Amboss geformt – das versprach Regen. Aber hier unten, jenseits von Leaphorns Schattenplatz, flimmerte der Asphalt unter der sengenden Augustsonne. Mittags um eins wolle er da sein, hatte er Largo gesagt, und der hatte dafür sorgen wollen, dass Chee dann im Büro war. Jetzt war es noch nicht mal halb eins, und Largo aß wahrscheinlich irgendwo zu Mittag. Leaphorn überlegte, ob er auch etwas essen sollte, einen Hamburger im Schnellimbiss am Highway. Aber er war nicht hungrig, sondern mit seinen Gedanken bei Emma und dem Termin, den er für sie bei der Neurologin des Indian Health Service Hospital in Gallup gemacht hatte.

(»Bitte, Joe«, hatte Emma gesagt, »du weißt, wie ich darüber denke. Was können die schon tun? Es sind einfach Kopfschmerzen. Ich bin eben nicht in *hozro*. Ich brauche einen Gesang, dann geht es mir wieder besser. Was kann der *belacani* für mich tun? Soll er mir den Schädel aufsägen?« Dann hatte sie gelacht, wie sie immer nur lachte, wenn er über ihre Gesundheit sprechen wollte. »Die würden mir den Kopf aufschneiden und allen Wind rauslassen«, hatte sie lächelnd gesagt. Er hatte auf sie eingeredet, und sie hatte abgewinkt, wie immer. Dann war sie auf einmal ernst geworden und hatte gefragt: »Was glaubst du denn, was mir fehlt?«

»Du hast Alzheimer«, hatte er sagen wollen, aber diese Worte waren ihm nicht über die Lippen gekommen, und er hatte nur geantwortet: »Ich weiß es nicht, aber ich mache mir Sorgen.« Und sie hatte gesagt: »Ich lasse mir von keinem Doktor im Kopf herumstochern.«

Er hatte sich trotzdem den Termin bei der Neurologin geben lassen. Aber vielleicht, dachte er und atmete tief durch, vielleicht hat Emma recht? Sie konnte zu einem *listener* gehen oder zu einem *hand trembler*. Oder zu jemandem, der aus einer Kristallkugel las, Yellowhorse behauptete ja, dass er sich darauf verstand. Die würden ihr sagen, welcher Gesang sie heilen konnte. Dann würde der Singer für die Zeremonie bestellt, und alle Verwandten würden zum Ritual geladen. Wäre das etwa schlimmer für sie, als wenn die Ärzte in Gallup ihr sagten, sie wüssten auch kein Mittel gegen den schleichenden Tod, der sie bedrohte?

Was würde ihr Yellowhorse sagen, falls sie zu ihm ginge? Wusste er genug, um das abzuschätzen? Was wusste er eigentlich über ihn?

Er wusste, dass Yellowhorse sein Erbe in die Badwater-Klinik gesteckt hatte, sein Leben dafür aufopferte und von seiner Aufgabe besessen war. Er wusste, dass er sich ausländische Ärzte und Schwestern in die Klinik geholt hatte, Flüchtlinge aus Vietnam, Kambodscha, El Salvador und Pakistan, weil er sich die Gehälter für amerikanisches Krankenhauspersonal nicht mehr leisten konnte. Seine finanziellen Mittel schienen also kleiner zu sein als seine Besessenheit. Und er wusste, dass Yellowhorse ein geschickter Politiker war, aber er kannte ihn nicht gut genug, um abschätzen zu können, welche Art der Behandlung er in Emmas Fall vorschlagen würde. Würde er sie zu einem Singer schicken oder zu einem Neurologen?)

Die Tür der Polizeistation ging auf, und drei Männer in der kakifarbenen Sommeruniform der Navajo-Police kamen heraus. Einer von ihnen war George Benaly, der vor langer Zeit draußen in Many Farms für Leaphorn gearbeitet hatte. Den Zweiten kannte Leaphorn nicht, es war ein gedrungener junger Bursche mit einem fröhlichen Lächeln unter dem dünnen Schnurrbart. Der Dritte musste Jim Chee sein. Obwohl er die Hutkrempe tief ins Gesicht gezogen hatte, erkannte Leaphorn ihn anhand des Fotos aus der Personalakte. Ein längliches, schmales Gesicht über einem langen, schlanken Oberkörper mit breiten Schultern und schmalen Hüften – der »Tuba City Navajo«, wie ein Anthropologe diesen Typus genannt hatte. Ein Athabaskane in Reinkultur. Aus solchen Männern wurden später hagere Alte. Leaphorn selbst entsprach mehr dem »Checkerboard-Typ«, der laut besagtem Anthropologen eine Mischung aus Navajo- und

Pueblo-Indianer war. Eigentlich hielt Leaphorn nichts von dieser Theorie, berief sich aber jedes Mal auf sie, wenn Emma ihn drängte, mehr auf sein Gewicht zu achten, um den Gürtel mal wieder etwas enger schnallen zu können.

Die drei Officer gingen redend zu den Streifenwagen. Der Gedrungene hatte Leaphorns Wagen nicht bemerkt. Benaly hatte kurz hingesehen, aber nicht reagiert. Nur Chee war offenbar sofort aufgefallen, dass in dem geparkten Wagen jemand saß und die Szene beobachtete. Vielleicht hatte der Mordanschlag seine Sinne geschärft, aber Leaphorn vermutete, dass Chee von Natur aus wachsam war.

Benaly und der Gedrungene stiegen in ihre Wagen und fuhren los. Chee nahm etwas vom Rücksitz und schlenderte zum Dienstgebäude zurück. Kein Zweifel, er hatte den Beobachter bemerkt. Leaphorn entschloss sich, nicht bis zu Largos Rückkehr zu warten, er konnte später mit dem Captain reden.

Auf Leaphorns Vorschlag nahmen sie Chees Streifenwagen für die Fahrt. Chee fuhr, er war offenkundig nervös. Sein Wohnwagen stand im Schatten eines Pappelwäldchens, nur wenige Schritte vom Nordufer des San Juan River entfernt, ein verbeultes und verschrammtes altes Ding, nahezu schrottreif. Cool, dachte Leaphorn. Der Platz war wie geschaffen für jemanden, über den die Moskitos – anders als bei ihm – nicht herfielen. Er sah sich die drei Klebestreifen an, mit denen Chee die Einschusslöcher in der Aluminiumverkleidung abgedichtet hatte. Sie wiesen einen gleichmäßigen Abstand von insgesamt einem halben Meter auf und lagen einige Zentimeter über Hüfthöhe. Sauber platziert, wenn man jemanden töten wollte, der im Bett lag. Sofern man wusste, wo sich das Bett in so einem Wohnwagen befand.

»Sieht nicht nach Zufall aus.« Leaphorn sagte das mehr zu sich.

»Nein«, bestätigte Chee, »ich glaube, jemand hat sich da etwas gedacht.«

»Ist es bei so einem Wohnwagen schwer, herauszufinden, wo das Bett steht? Und wie hoch es über dem Boden ist?«

»Sie meinen, wohin man zielen muss?«, fragte Chee zurück. »Nein, das ist ein Standardmodell. Ich habe es gebraucht in Flagstaff gekauft, da standen drei davon herum. Ein Wohnwagen sieht da wie der andere aus, und die Betten werden anscheinend auch immer an der gleichen Stelle montiert.«

»Wir hören uns trotzdem mal um«, meinte Leaphorn, »vielleicht erinnern sich die Leute, die solche Dinger in Farmington, Gallup oder Flag verkaufen, an irgendwas.« Er warf Chee einen Blick zu. »Kann ja sein, dass ein Kunde auf den Hof spaziert ist, sich genau nach diesem Modell erkundigt und dann einen Zollstock genommen und sorgfältig ausgemessen hat, wohin er mit der Schrotflinte zielen muss, um einen Navajo-Polizisten umzubringen.«

In Chees ausdruckslose Miene trat der Anflug eines Lächelns. »So viel Glück habe ich normalerweise nicht.«

Leaphorn betastete das Klebeband über dem ersten Einschussloch. Wieder ein Blick zu Chee.

»Reißen Sie es ruhig ab, ich habe noch mehr von dem Zeug.«

Leaphorn zog das Band ab, untersuchte die scharfen Ränder der Einschussstelle, bückte sich und blickte durch das Loch nach innen. Er sah nur ein blau-weißes Stück Stoff, geblümt, Chees Kopfkissenbezug. Leaphorn vermutete, dass der alte Bezug zerfetzt war. Ein Junggeselle, der sein Kopfkissen bezog. Erstaunlich, fand er. Sehr ordentlich.

»Sie hatten bei dieser Sache eine Menge Glück«, sagte Leaphorn, der skeptisch war, was Glück anging, und allem misstraute, was der Wahrscheinlichkeit widersprach. »Im Protokoll steht, Ihre Katze hat Sie geweckt. Sie halten eine Katze?«

»Sie ist eher eine Nachbarin«, sagte Chee, »und lebt da draußen.« Er deutete auf einen von der Sonne ausgedörrten Hang. Leaphorns Blick aber war weiter auf das Einschussloch gerichtet, er maß es mit den Fingern aus. »Dort unter dem Wacholder«, sagte Chee. »Nur manchmal, wenn ihr etwas Angst macht, kommt sie rein.«

»Wie?«

Chee zeigte ihm die Klappe in der Tür. Leaphorn beugte sich runter. Die Klappe sah nicht so aus, als wäre sie erst nach den nächtlichen Schüssen eingebaut worden. Leaphorn spürte, dass Chee seine misstrauischen Gedanken ahnte.

»Wer hat versucht, Sie umzubringen?«, fragte er.

»Ich weiß es nicht.«

»Eine neue Freundin?«, hakte Leaphorn nach. »So was kann einem Ärger einbringen.«

Chees Miene wurde eisig. »Nein, nichts dergleichen.«

»Es könnte ja was Harmloses sein. Vielleicht haben Sie ein bisschen zu oft mit einer Frau gesprochen, und ihr Freund hat das falsch verstanden und verrücktgespielt.«

»Ich habe eine Freundin«, sagte Chee beherrscht.

»Haben Sie sich das alles also schon durch den Kopf gehen lassen?« Leaphorn deutete auf die Löcher in der Wohnwagenwand. »Na gut, um meinen Hintern geht es ja nicht.«

»Ich habe darüber nachgedacht«, sagte Chee, und die Geste, mit der er die Hände ausbreitete, verriet Ärger über die eigene Ratlosigkeit. »Nichts. Absolut nichts.«

Leaphorn hatte ihn genau beobachtet, und wenn er langsam davon überzeugt war, dass Chee die Wahrheit sagte, dann vor allem wegen dieser letzten Geste. »Wo haben Sie heute Nacht geschlafen?«

»Draußen.« Chee zeigte auf die Böschung. »Im Schlafsack.«

»Draußen, wie die Katze.« Leaphorn zog ein Päckchen

Zigaretten aus der Tasche, hielt es Chee hin und nahm selbst eine. »Was halten Sie von der Sache mit Roosevelt Bistie und Endocheeney?«

»Komische Geschichte, sehr seltsam. Bistie …« Chee stockte. »Gehen wir doch rein und trinken einen Kaffee.«

Leaphorn nickte. »Warum nicht.«

Der Kaffee war noch vom Frühstück. Leaphorn, durch über zwei Jahrzehnte im Polizeidienst an miserablen Kaffee gewöhnt, fand, dass er nicht viel schlechter schmeckte als das übliche Zeug. Immerhin war er warm. Er trank in kleinen Schlucken, während Chee auf der Schlafpritsche saß und ihm von seiner Begegnung mit Roosevelt Bistie erzählte.

»Ich glaube, er hat uns nichts vorgemacht. Er war nicht mal überrascht, dass wir bei ihm auftauchten. Und dass Endocheeney tot ist, hat ihn anscheinend wirklich gefreut. Dann die ganze Geschichte, wie Endocheeney auf dem Dach gestanden und er auf ihn geschossen und gedacht hat, er habe ihn erwischt. Er hat überhaupt nicht daran gezweifelt, bis er wieder zu Hause war. Und auch dann ist er nicht zurückgefahren, um sich davon zu überzeugen, weil er sich gedacht hat, dass Endocheeney nicht noch mal Zielscheibe für ihn machen würde.« Chee zuckte die Achseln und fuhr kopfschüttelnd fort: »Seine Erleichterung darüber, dass Endocheeney tot ist, war nicht gespielt. Ich glaube nicht, dass er so eine Geschichte einfach erfinden kann. Er hätte gar keinen Grund dazu gehabt und hätte ja auch sagen können, dass er nichts damit zu tun habe.«

»Na schön. Nun erzählen Sie mir noch mal genau, was er auf Ihre Frage geantwortet hat, warum er Endocheeney töten wollte«, sagte Leaphorn.

»Das habe ich doch schon getan.«

»Dann tun Sie es eben noch mal.«

»Er hat gar nichts geantwortet, nur die Lippen zusammengepresst, finster geguckt und geschwiegen.«

»Und was halten Sie davon?«

Chee zuckte die Achseln. Das Licht, das durchs Fenster über der Spüle fiel, wurde schwächer, und durchs Moskitogitter wehte ein kühler Hauch. Die Gewitterwolke, die über den Chuskas aufgeragt hatte, zog nun über Shiprock. Aber es würde nicht regnen, das hatte Leaphorn ihr angesehen. Jetzt musterte er Chees Gesicht, in dem Unbehagen und Widerwille standen. Leaphorn spürte sich ironisch lächeln. Jetzt geht das wieder los, dachte er.

»Hexerei?«, fragte er. »Ein Skinwalker?«

Chee antwortete nicht. Leaphorn nippte am Kaffee. Chee zuckte die Achseln und sagte dann: »Das wäre jedenfalls eine Erklärung dafür, warum Bistie nicht darüber reden will.«

»Richtig«, meinte Leaphorn und wartete.

»Natürlich kann es auch andere Erklärungen geben«, fuhr Chee fort. »Zum Beispiel, dass er jemanden in seiner Familie schützen will.«

»Richtig«, sagte Leaphorn noch einmal. »Sobald er uns sagt, warum er das getan hat, kennen wir auch das Motiv desjenigen, der mit dem Schlachtermesser zugestochen hat, ob Bruder oder Cousin, Sohn, Onkel … Was hat er denn so alles in der Verwandtschaft?«

»Er stammt mütterlicherseits aus dem Streams Come Together Diné, väterlicherseits aus dem Standing Rock Clan. Vonseiten der Mutter gibt es drei Tanten und vier Onkel, vonseiten des Vaters zwei Tanten und fünf Onkel. Außerdem hat er drei Schwestern und einen Bruder, zwei Töchter und einen Sohn. Seine Frau ist gestorben. Praktisch ist er mit jedem, der nördlich von Kayenta wohnt, verwandt oder verschwägert, da muss ich nicht mal seine Clanbrüder und -schwestern mitzählen.«

»Fällt Ihnen noch ein Grund ein, warum er nicht reden will?«

»Vielleicht Scham«, sagte Chee. »Wegen eines Inzests. Oder weil er einem Verwandten etwas Böses angetan hat. Oder wegen etwas, das mit Hexerei zu tun hat.«

Leaphorn spürte, dass Chee diese dritte Möglichkeit so wenig mochte wie er selbst.

»Wenn es um Hexerei geht, wer ist dann der Skinwalker?«

»Endocheeney«, sagte Chee.

Leaphorn nickte nachdenklich. »Wenn Sie recht haben, hat also Bistie einen Hexer getötet. Oder es jedenfalls versucht.« An diese Möglichkeit hatte er auch schon gedacht. Keine abwegige Theorie, nur kaum zu beweisen. »Haben Sie etwas über Endocheeney erfahren, das dafürspricht? Oder versucht, von Bistie in dieser Hinsicht etwas zu erfahren?«

»Aus dem war nichts rauszukriegen. Ich habe auch die Leute an der Grenze zu Utah über Endocheeney ausgefragt. Hat nichts gebracht.« Chee sah den Lieutenant gespannt an.

Er weiß, was ich von Hexerei halte, dachte Leaphorn. »Mit anderen Worten: Die Leute wollen nichts sagen. Und was ist mit Wilson Sam? Gibt es da was?«

Chee zögerte. »Sie meinen, die beiden Fälle haben miteinander zu tun?«

Leaphorn nickte. Chee hatte es sofort erfasst. Es stimmte also: Er war ein heller Kopf.

»Die Sache fällt nicht in unsere Zuständigkeit«, sagte Chee. »Der Tatort gehört zum Territorium von Chinle.«

»Das weiß ich. Sind Sie trotzdem dort gewesen? Haben Sie sich umgesehen? Sich etwas umgehört?« Das jedenfalls hätte Leaphorn getan bei zwei Tötungsdelikten zu fast gleicher Zeit.

Chee wirkte überrascht und ein wenig verlegen. »An meinem freien Tag«, gab er zu. »Kennedy und ich kamen in der Endocheeney-Sache nicht weiter, da hab ich gedacht —«

Leaphorn unterbrach ihn mit erhobener Hand. »Ist doch in Ordnung. Haben Sie Hinweise auf einen Zusammenhang der Verbrechen entdeckt?«

Chee schüttelte den Kopf. »Keine Verbindung zwischen den Familien oder Clans. Endocheeney hat Schafe gezüchtet und früher von Zeit zu Zeit für die Santa-Fe-Eisenbahn gearbeitet, Gleisbau. Er hat Lebensmittelgutscheine bekommen und manchmal Brennholz verkauft. Wilson Sam war auch Schafzüchter und hat bei Straßenbauarbeiten nahe Winslow die Warnfahne geschwungen. Er war in den Fünfzigern, und Endocheeney ist Mitte siebzig.«

»Haben Sie mal bei Leuten, die Endocheeney kannten, Sams Namen erwähnt? Nur um zu sehen, ob …« Leaphorns Handbewegung schien alle Möglichkeiten einzuschließen.

Chee nickte. »Ohne Erfolg. Die beiden hatten wohl keine gemeinsamen Bekannten. Endocheeneys Leute kannten Sam nicht und umgekehrt.«

»Und Sie? Kannten Sie einen der beiden? Vielleicht entfernt? Oder sogar aus dienstlichem Anlass?«

»Nein«, sagte Chee, »das sind nicht die Leute, die mit der Polizei zu tun haben. Trunkenheit, Diebstahl und so was – da ist nichts.«

»Keine gemeinsamen Freunde?«

Chee lachte. »Und keine gemeinsamen Feinde, soweit ich weiß.«

Leaphorn kam das Lachen ungekünstelt vor. »Gut«, sagte er, »sprechen wir noch mal über die Schüsse auf Sie.«

Chee erzählte von Neuem, was vorgefallen war. Während er redete, kam die Katze durch die Klappe in den Wohnwagen.

Gleich hinter der Tür erstarrte sie, duckte sich und hielt die tiefblauen Augen auf Leaphorn gerichtet. Tolle Katze, war dessen erster Gedanke. Groß, kurzes, gelbbraunes Fell, ohne Schwanz, mit spitzen Ohren. Dann fielen ihm die kräftigen Hinterbeine, das verfilzte Fell links am Kopf und die Narbe an der Flanke auf. Eine entlaufene Hauskatze, vermutete er, wahrscheinlich von einem *belacani*-Touristen.

Währenddessen hörte er mit einem Ohr zu, was Chee erzählte. Largo hatte ihn schon telefonisch unterrichtet, und auch das Protokoll hatte Leaphorn gelesen, zweimal sogar. Wenn Chee etwas erzählt hätte, das davon abwich, wäre ihm das sofort aufgefallen. Einen Teil seiner Aufmerksamkeit konnte er also der Katze widmen. Sie saß weiter mit gekrümmtem Buckel bei der Tür, schien sich noch nicht schlüssig zu sein, ob sie dem Fremden trauen konnte. Das Geräusch der Klappe, überlegte Leaphorn, mochte tatsächlich laut genug sein, um jemanden mit leichtem Schlaf zu wecken.

Die Katze war schlank und knochig, und sie hatte die Muskeln eines Räubers, der in der Wildnis lebt. Falls sie mal ein Haustier gewesen war, hatte sie sich gut an ihre veränderte Umgebung angepasst. Sie hatte eine neue Harmonie gefunden und überlebte wie ein Navajo.

Chee war mit seinem Bericht fertig, etwas Neues hatte er nicht gesagt. Oder etwas, das vom Protokoll abwich. Der Metallrahmen des Stuhls drückte gegen Leaphorns Steißbein. Der Lieutenant fühlte sich müder, als er hätte sein sollen, da er eigentlich nur von Window Rock hierhergefahren war. Chee war ein kluger Kopf, das sagten alle. Vor allem Largo schätzte ihn so ein. Und nun auch Leaphorn. Ein kluger Mann musste doch mindestens eine Ahnung haben, wer ihn töten wollte. Und warum. Wenn er also nicht dumm war, was dann? Log er?

»Als es hell wurde, haben Sie sich draußen umgesehen. Was haben Sie gefunden?«, fragte Leaphorn.

»Drei leere Schrotpatronen.« Chees Blick zeigte: Ihm war klar, dass Leaphorn das alles wusste. »Kaliber zwölf. Und Spuren von

Gummisohlen, ziemlich klein, Größe 39, fast neu. Sie führten den Hang hinauf, bis zur Straße. Auf der Anhöhe war ein Wagen geparkt. Abgefahrene Reifen. Hat eine Menge Öl verloren.«

»Hat der Schütze hierher denselben Weg genommen?«

»Nein«, sagte Chee. Diese Frage hatte er sich auch gestellt. »Da ist er am Flussufer langgegangen.«

»Also ungefähr da, wo die Katze ihr Lager hat?«

»Richtig.«

Leaphorn wartete. Nach langem Schweigen fügte Chee hinzu: »Ich hatte den Eindruck, da unten könnte etwas passiert sein, das die Katze vertrieben hat. Also habe ich mich da umgesehen.« Er machte eine wegwerfende Handbewegung. »War nicht sehr ergiebig. Anscheinend hat jemand hinter dem Wacholder gekauert. Da unten liegt eine Menge Abfall herum, die Leute laden alles mögliche Gerümpel ab. Aber das hier habe ich gefunden.« Er zog seine Brieftasche heraus, klappte sie auf und gab Leaphorn ein Stück gelbes Papier: die Verpackung eines Streifens Fruchtkaugummi. »Sieht neu aus. Hat noch nicht lange da draußen gelegen.« Er zuckte verlegen die Achseln. »Viel ist das nicht.«

Es war wirklich nicht viel. Und wie es ihnen weiterhelfen sollte, konnte Leaphorn sich nicht vorstellen. Im Gegenteil, das Stück Papier machte erst richtig deutlich, wie wenig nützliche Anhaltspunkte es in diesem Fall gab. »Immerhin etwas«, sagte Leaphorn.

Er versuchte, sich vorzustellen, wie jemand hinter dem Wacholder gekauert und Chees Wohnwagen beobachtet hatte, schmächtig, eine große Schrotflinte in der einen Hand, die andere Hand langte in die Hemdtasche nach einem Streifen Kaugummi. Bedächtig und ohne Erregung. Jemand, der erledigen will, was er sich vorgenommen hat. Jemand, der umsichtig vorgeht und sich Zeit nimmt. Er weiß nicht, dass unter dem Wacholder eine Katze lebt. Er ahnt nicht, dass er sie mit seiner Ruhe und Gelassenheit allmählich dazu bringt, ihren Instinkt zu überwinden und sich nicht länger ins schützende Dunkel zu ducken, sondern an einen sichereren Ort zu fliehen. Leaphorn lächelte ein wenig, als ihm die Ironie des Ganzen aufging.

»Viel wissen wir nicht über ihn. Oder über sie«, sagte Chee. »Kaut Kaugummi. Mit Fruchtgeschmack. Und ist …«, er suchte nach dem richtigen Wort, »… kaltblütig.«

Und ich weiß, dachte Leaphorn, dass Jim Chee schlau genug ist, sich den Kopf darüber zu zerbrechen, was die Katze erschreckt haben mag. Er sah zu dem Tier, das immer noch mit krummem Buckel in der Nähe der Klappe saß. Sein Blick traf die blauen Augen der Katze, und das brachte die Entscheidung: Zwei Menschen auf so engem Raum mit ihr zusammen, das war zu viel. Klack-klack machte es, schon war sie durch die Klappe verschwunden. Wieder fand Leaphorn das Geräusch laut genug, um jemanden mit leichtem Schlaf zu wecken. Vor allem, wenn er nervös war. Hatte Chee Grund, nervös zu sein? Leaphorn setzte sich anders hin, um es bequemer zu haben.

»Sie haben das Protokoll in der Sache Wilson Sam gelesen«, sagte er. »Und Sie sind rüber nach Arizona gefahren. Wann war das? Erzählen Sie mal.«

Vier Tage nach dem Mord war Chee an den Tatort gefahren. Er war auf nichts Wesentliches gestoßen, was nicht schon im Protokoll gestanden hätte. Und was dort stand, war spärlich genug. Eine Wasserstelle, an der Wilson Sam seine Schafe tränkte, war ausgetrocknet. Also war er losgezogen, um anderswo Wasser für seine Herde zu finden. Als die Dunkelheit hereinbrach, war er noch nicht zurück. Am nächsten Morgen war einer von den Yazzies, in deren Familie Sam eingeheiratet hatte, ihn suchen gegangen – der Sohn seiner Schwägerin. Er erinnerte sich, einen Hund jaulen gehört zu haben, und fand das Tier südlich der Greasewood Flats in einem Arroyo, der zum Tyende Creek führt.

Der Hund bewachte seinen toten Herrn. Der junge Mann war sofort zur Handelsstation Dennehotso gefahren, hatte die Polizei angerufen und dann, wie ihm aufgetragen wurde, dafür gesorgt, dass niemand sich dem Tatort näherte. Kurz vor Mittag kamen Polizisten aus Chinle und stellten fest, dass Sams Schädel eingeschlagen war, dicht über dem Nacken. Eine in der Nähe gefundene Schaufel war, wie die Autopsie bestätigte, die Tatwaffe gewesen. Die Verwandten waren sich einig, dass es sich nicht um Sams Schaufel handelte. Die Leiche war ein Stück weit den Hang hinuntergestürzt oder -gerollt, und auch der Täter hatte sich in dieselbe Richtung entfernt.

»Als ich dort war, habe ich noch ein paar brauchbare Spuren gefunden«, sagte Chee. »Am Tag vor dem Verbrechen gab es einen kurzen Schauer, und der Wasserlauf war noch feucht. Der Täter trug spitze Cowboystiefel mit abgenutzten Absätzen, Größe 44. Muss ziemlich schwer sein, etwa zwei Zentner. Oder er hat etwas Schweres getragen. Er ist um den Toten herumgegangen und hat sich neben ihn gehockt.« Chee sah nachdenklich vor sich hin. »Dann hat er sich eine ganze Weile lang hingekniet, den Spuren nach. Ich hatte gedacht, die Abdrücke stammen von einem unserer Leute. Aber Gorman sagt, sie seien schon da gewesen, als er an den Tatort kam.«

»Gorman?«

»Der arbeitet wieder bei uns«, sagte Chee. »Damals im Juni war er drüben in Chinle als Urlaubsvertretung. Sie müssen ihn heute Mittag gesehen haben, als wir auf den Parkplatz gekommen sind. Der Stämmige, das war Gorman.«

»War der Täter ein Navajo?«, fragte Leaphorn.

Chee war überrascht. »Ja«, antwortete er nach kurzem Zögern, »ein Navajo.«

»Hört sich an, als wären Sie sich da sicher. Wieso?«

»Tja, das ist merkwürdig. Ich weiß, dass es ein Navajo war.

Aber wieso ich so sicher bin, darüber habe ich mir noch keine Gedanken gemacht.« Er zählte die Gründe, wie sie ihm einfielen, an den Fingern auf. »Er ist um den Toten herumgegangen, nicht über ihn gestiegen, doch das könnte Zufall gewesen sein. Aber im Arroyo hat er sorgfältig darauf geachtet, nicht in den noch feuchten Wasserlauf zu treten. Und als er zur Straße zurückging, hat er sich an einer Stelle im Gras die Füße abgetreten. Die Navajo tun das, wenn eine Schlange ihren Weg kreuzt. Oder ist das bei den Weißen auch Brauch?«

»Kaum«, sagte Leaphorn. Nicht über andere zu steigen, war die Gewohnheit von Leuten, die in einem Hogan ohne unterteilte Räume lebten, wo alle auf dem Boden schliefen, und hatte mit Respekt zu tun. Und wer eine Schafherde hält, tritt eben nicht in einen Arroyo, der Wasser führt – auch das ein Tabu, das mit Respekt zu tun hat. Und die Sache mit den Schlangen? Leaphorn erinnerte sich, was seine Großmutter ihn gelehrt hatte: Wenn man eine Schlangenspur kreuzt und sich danach nicht gründlich die Füße abstreift, folgt einem die Schlange bis nach Hause. Allerdings hatte sie ihm auch weismachen wollen, es sei für Kinder tabu, vor Großmüttern Geheimnisse zu haben.

»Und Endocheeneys Mörder? War das auch ein Navajo? Vielleicht derselbe?«

»Da gab es kaum Spuren am Tatort«, sagte Chee. »Der Tote lag ungefähr hundert Schritte vom Hogan entfernt, die ganze Familie hatte sich um ihn versammelt. Und der Boden war trocken, es hatte keinen Regen gegeben.«

»Sagen Sie mir trotzdem, was Sie vermuten. Auch ein Navajo?«

Chee dachte nach. »Schwer zu sagen. Aber wir haben bei allen Familienmitgliedern die Schuhe untersucht. Demnach konnte nur eine Spur dem Mörder zugeordnet werden: Stiefel mit flachen Gummiabsätzen und vermutlich einem kleinen Loch in der rechten Sohle.«

»Also ein anderer Täter oder andere Schuhe«, schloss Leaphorn. Den Spuren nach handelte es sich in allen drei Fällen um verschiedene Täter. Oder sogar in allen vier Fällen, wenn er Onesalt dazurechnete. Verworren und ohne erkennbare Logik, dachte er kopfschüttelnd. Dann dachte er wieder an Chee: ein beeindruckender junger Mann. Und trotzdem wollte er nicht die leiseste Ahnung haben, wer auf ihn geschossen hatte? Und warum? War das glaubwürdig? Leaphorns Rücken schmerzte, das passierte ihm neuerdings immer, wenn er zu lange saß. Vorsichtig stand er auf, ging zum Fenster über der Spüle und sah hinaus. Etwas knirschte unter seinem Stiefel. Er beugte sich runter und fand ein Stück Schrotkorn.

Er zeigte es Chee. »Noch ein Überrest von den Schüssen?«

»Vermutlich. Ich habe gefegt, aber die Dinger waren zum Teil in der Matratze und sind erst nach und nach herausgefallen. Überall stecken die.«

Überall, nur nicht in Jim Chee, dachte Leaphorn. Schade, dass es ihm so schwerfiel, an glückliche Zufälle zu glauben. »Gibt es nicht doch etwas, das auf einen Zusammenhang zwischen den Verbrechen an Endocheeney und Sam deutet? Oder etwas, das einen dieser Fälle in Zusammenhang bringen könnte mit dem, was hier passiert ist?« Er zeigte auf die drei mit Klebeband abgedeckten Einschusslöcher.

»Ich habe schon darüber nachgedacht«, sagte Chee. »Da ist nichts.«

»Ist bei einem der beiden Fälle der Name Irma Onesalt aufgetaucht?«

»Das ist doch die Frau, die bei Window Rock erschossen wurde? Nein.«

»Ich werde Largo bitten, Sie von sämtlichen anderen Aufgaben freizustellen, damit Sie in den Fällen Endocheeney und Sam alles noch mal durcharbeiten. Sind Sie dazu bereit? Ich will, dass Sie mit jedem über alles reden, was von Belang sein könnte. Mit wem die Leute gesprochen und wen sie gesehen haben. Vielleicht ergibt sich ein Hinweis, welche Fahrzeuge die Täter hatten. Finden Sie alles Erdenkliche heraus. Bleiben Sie so lange dran, bis wir eine Ahnung haben, was dahintersteckt. Einverstanden?«

»Sicher«, sagte Chee, »von mir aus gern.«

»Und bei den Schüssen auf Sie, gibt es da etwas, das Sie bisher nicht erwähnt haben? Vielleicht, weil es nicht in einen FBI-Bericht passt?«

Chee nagte an seiner Lippe. Es schien etwas zu geben, aber er war sich offenbar nicht sicher, ob es sich lohnte, darüber zu reden.

»Ich weiß nicht«, sagte er schließlich. »Heute Morgen habe ich was gefunden. Gut möglich, dass es keine Bedeutung hat.« Er nahm noch mal die Brieftasche, holte etwas Kleines, Rundes, Elfenbeinfarbenes heraus und gab es Leaphorn. Es war ein Kügelchen, offenbar aus Knochen.

»Wo lag das?«

»Auf dem Boden unter der Pritsche. Ist wahrscheinlich heruntergefallen, als ich die Bettwäsche gewechselt habe.«

»Und was halten Sie davon?«, fragte Leaphorn.

»Ich habe nie etwas besessen, das mit solchen kleinen Kugeln verziert war. Ich kenne auch niemanden, der so etwas besitzt. Und ich frage mich, wie das Ding in den Wohnwagen kommt.«

»Oder warum es hier rumliegt«, sagte Leaphorn.

»Oder warum es hier rumliegt, ja.«

Wer an Hexen glaubt – und das tut Chee vermutlich, dachte Leaphorn –, weiß, dass sie mit solchen Knochenkugeln töten, indem sie ihren Opfern eine unheilbare Krankheit einpflanzen, *corpse sickness* genannt. Und wenn jemand sich die Schrotladung selbst stopft oder sich nur die kleine Mühe macht, den Verschluss einer vorgefertigten Ladung zu öffnen, ist es nicht schwer, zwischen die Bleikügelchen eine andere Kugel zu mischen. Eine, die aus Menschenknochen gefertigt wurde.

6

Der heiße, trockene Südwestwind trieb Sand über die zerfurchte Fahrspur vor Jim Chees Streifenwagen. Chee war auf der Schotterstraße zum Handelsposten Badwater Wash unterwegs gewesen, als ihm plötzlich die Idee gekommen war, anzuhalten und rückwärts auf den ausgefahrenen Seitenweg zu stoßen, bis unter das knorrige Astwerk eines Wacholders. Der richtige Platz für jemanden, der Schatten suchte und viel sehen wollte. Der Blick reichte bis weit ins Tal, ein gutes Stück die Strecke hinunter, auf der Chee gekommen war. Er saß da und wartete gespannt, ob ihm jemand folgte.

»Lieutenant Leaphorn hat mich gebeten, dich auf die Mordfälle anzusetzen«, hatte Captain Largo zu ihm gesagt. »Ich bin einverstanden.« Largos Hände hielten keinen Moment still, das war immer so, wenn er redete. Sie kramten in Akten, schafften Ordnung in der obersten Schublade, langten nach dem Hut und fuhren glättend über eine Falte im Filz. »Ich glaube allerdings nicht, dass das viel Zweck hat. Wir sollten das dem FBI überlassen. Es wird die Fälle so wenig lösen wie wir, aber die Leute dort werden dafür bezahlt. Und wenn wir nicht verdammtes Glück haben, tun wir ihnen nicht mal einen Gefallen. Ganz davon abgesehen, dass deine normale Arbeit liegen bleibt.«

»Ja, Sir.« Chee war sich unsicher gewesen, ob Largo überhaupt einen Kommentar erwartete, aber es konnte nicht schaden, ihm recht zu geben.

»Ich glaube, Leaphorn denkt, dass die Schüsse auf dich etwas mit einem der Mordfälle zu tun haben. Oder mit beiden. Er hat das nicht ausdrücklich gesagt, aber ich glaube, er vermutet so was. Was denkst du darüber?«

Chee zuckte die Achseln. »Ich sehe keine Anhaltspunkte dafür.«

»Eben.« Largos Miene zeigte, dass er von Leaphorns Theorie wenig hielt. »Es sei denn, du verschweigst mir was.« Das Fragezeichen war unüberhörbar.

»Ich verschweige Ihnen nichts«, sagte Chee.

»Es wäre nicht das erste Mal.« Aber Largo hakte nicht nach. »Tatsächlich bin ich nur darum mit Leaphorns Vorschlag einverstanden, weil ich möchte, dass du am Leben bleibst. Dass jemand auf dich geschossen hat, ist schlimm genug.« Er deutete auf die Akte vor ihm auf dem Schreibtisch. »Guck dir das an. Und die ist noch nicht fertig. Stell dir vor, wie dick das Ding wäre, wenn der Kerl dich umgebracht hätte.« Seine ausgebreiteten Arme deuteten an, welche Berge von Akten dann auf ihn zugekommen wären. »Damals in den Sechzigern, als sie einen von unseren Leuten drüben in Crownpoint umgelegt haben, waren die Akten nach zwei Jahren noch nicht geschlossen.«

»Ich verstehe«, sagte Chee.

»Was ich sagen will: Kümmere dich um die Sache mit Endocheeney und Wilson Sam, aber sieh vor allem zu, dass du dich dort herumtreibst, wo man dich schwer vor die Flinte bekommt. Irgendwann beruhigt sich der Kerl, und bis dahin musst du vorsichtig sein.«

»Mach ich«, sagte Chee und meinte es auch so.

Wenn er schon mal draußen sei, fuhr Largo fort, könne er gleich etwas Vernünftiges tun. Da war zum Beispiel die Sache mit der Raffinerie am Montezuma Creek. Die Leute hatten Ärger, jemand stahl ihnen laufend Benzin aus den Tanks. Außerdem gab es Beschwerden von Touristen, dass auf den Parkplätzen ihre

Autos ausgeraubt wurden. Und so ging es weiter, die Litanei wollte kein Ende nehmen. Menschliche Schwächen schienen in Utah so verbreitet zu sein wie im New-Mexico-Distrikt, in dem er normalerweise arbeitete. »Hier sind die Unterlagen«, sagte Largo, suchte Kopien aus verschiedenen Akten zusammen und heftete sie in einen Ordner. »Das mit den Parkplatzdiebstählen muss aufhören. Die Touristen machen eine Menge Wirbel deswegen, und irgendwann kriegen die ganz oben Wind davon, und dann machen die Wirbel. Sieh zu, dass du das erledigst. Und sei vorsichtig.«

Darum parkte Chee jetzt unter dem Wacholder und suchte mit den Augen die Strecke ab, die er gekommen war. Es gab keine andere Straße. Falls ihn jemand verfolgte, dann auf diesem Weg. Der Mann mit der Schrotflinte. Oder die Frau mit der Schrotflinte. Die einzige andere Möglichkeit wäre, sich den San Juan River hinuntertreiben zu lassen und dann einen der Trampelpfade zu nehmen, die die weit verstreuten Hogans verbanden. Badwater Wash lag so einsam, dass niemand aus Zufall dort vorbeikam.

Doch es gab keine Staubwolke über der Straße, nur das, was der Wind vor sich hertrieb. Weit im Süden, über der Black Mesa, ballten sich die ersten Abendwolken. Da unten zuckten Blitze, und der Wind frischte zum Sturm auf, aber es regnete nicht, soweit Chee das aus dreißig Meilen Entfernung abschätzen konnte. Er beobachtete die Wolken, ihre Grau- und Farbtöne, ihre Umrisse, ihre Bewegung, dachte dabei aber an dunklere Dinge. Die vielen Stunden des Grübelns darüber, wer ihm nach dem Leben trachtete, hatten eine niederdrückende Wirkung. Als stünde er vor einer riesigen, spiegelblank polierten Felswand und suchte vergebens nach Klettergriffen, die es nicht gab. Und dass er überall nach Bosheit, Feindseligkeit und Hass suchte, all seine Freunde und Kontakte mit Argwohn betrachtete, hatte ihn traurig gemacht.

Und dann war da Lieutenant Leaphorn, der ihm zwar unerwartet weit entgegengekommen war, aber der Mann traute ihm von Anfang an nicht, auch jetzt noch nicht. Das mit der kleinen Knochenkugel hatte Leaphorn nicht gepasst. Chee hatte, als er ihm das Ding gab, in seinem Gesicht Widerwillen, vielleicht sogar Verachtung gelesen.

Die Navajo-Police war eine kleine Truppe, in der knapp hundertzwanzig vereidigte Officer Dienst taten. In diesem Kreis war Lieutenant Leaphorn ziemlich wichtig und so etwas wie eine lebende Legende. Alle kannten seinen Hass auf die Schwarzbrenner – eine Abneigung, die Chee teilte. Und alle wussten, dass Leaphorn kein Verständnis aufbrachte für all das, was mit Hexerei zusammenhing. Es war ihm unbegreiflich, wie jemand an Geschichten über Skinwalker, an *corpse sickness* und die Möglichkeiten ihrer Heilung oder an Navajo-Wölfe glauben konnte.

Es gab zwei Geschichten dazu, wie Leaphorn zu seiner Skepsis gekommen war. Es hieß, vor vielen Jahren, als er gerade erst bei der Navajo-Polizei begonnen hatte, sei Leaphorn Gerüchten über Skinwalker im Checkerboard-Gebiet nicht nachgegangen; daraufhin habe ein Mann drei Hexer ermordet und sich nach seiner Verurteilung zu lebenslanger Haft in der Zelle umgebracht. Deshalb, so hieß es, reagiere der Lieutenant derart empfindlich auf Hexerei. Das leuchtete ein. Der anderen Geschichte zufolge war er ein Nachfahre des großen Chee Dodge und hatte dessen Theorie übernommen, der Glaube an Skinwalker habe an sich nichts mit der Navajo-Kultur zu tun, sondern sei erst während der Internierung in Fort Sumner aufgekommen. Chee vermutete, dass beide Geschichten stimmten.

Dennoch hatte Leaphorn das Kügelchen behalten.

»Das gebe ich ins Labor«, hatte er gesagt. »Mal sehen, ob es wirklich aus Knochen ist. Und aus was für einer Art Knochen.« Er hatte ein Blatt aus seinem Notizbuch gerissen, die Kugel darin eingewickelt, Chee lange angesehen und dann gefragt: »Können Sie sich erklären, wie das Ding in Ihren Wohnwagen gekommen ist?«

»Hört sich komisch an«, hatte Chee gesagt, »aber Sie wissen ja, dass man den Verschluss einer Schrotpatrone öffnen und so eine Kugel unter die Ladung mischen kann.«

Leaphorn hatte nahezu gelächelt. Verächtlich? »Demnach hätte ein Hexer den Knochen verschossen? Soviel ich weiß, verwenden die gewöhnlich ein Blasrohr.« Dazu hatte er Luft aus gespitzten Lippen geblasen.

Chee hatte genickt und war ein klein wenig errötet.

Wenn er jetzt daran zurückdachte, ärgerte er sich immer noch. Zum Teufel mit Leaphorn. Sollte er glauben, was er wollte. Hexerei kam schon im Ursprungsmythos der Navajo vor, der Glaube daran prägte ihre Kultur und bestimmte die Philosophie der Diné. Wenn auf der Ostseite dessen, was uns sichtbar umgibt, das Gute wohnt, die Harmonie und die Schönheit, dann muss im Westen das Böse sein, das Chaos, die Hässlichkeit. Wie aufgeklärte Christen glaubte Chee nicht an den Wortlaut der Schöpfungsgeschichte seines Volkes, liebte aber deren Metaphorik. Es ging nicht darum, ob es Adams Rippe gewesen war oder wie hoch das Schilf gestanden hatte, durch das die Holy People an der Erdoberfläche in die Welt gelangt waren. Chee glaubte nicht an die Bilder, sondern an die Wahrheiten, die sie vermitteln wollten.

Zum Teufel mit Leaphorn und seinen Zweifeln. Chee ließ den Motor an und steuerte den Wagen über das holprige Stück Fahrweg auf die Straße zurück. Er wollte noch vor Mittag in Badwater Wash sein.

Aber ganz konnte er Leaphorn nicht aus seinen Gedanken verbannen. »Übrigens liegt eine Beschwerde gegen Sie vor«, hatte der Lieutenant gesagt und ihm erzählt, worüber sich der Arzt aus der Badwater-Klinik beklagt hatte. »Yellowhorse behauptet, Sie mischen sich in seine religiösen Praktiken ein.« Leaphorns Miene schien zu besagen, dass er der Beschwerde keine große Bedeutung beimaß. Aber dass der Lieutenant die Sache überhaupt erwähnte, konnte wohl nur heißen, dass Chee damit aufhören sollte.

»Ich sage den Leuten, dass Yellowhorse ein Schwindler ist«, hatte Chee in förmlichem Ton geantwortet. »Bei jeder Gelegenheit weise ich darauf hin, dass sein ganzes Getue mit der Kristallkugel nur dazu dient, Patienten in seine Klinik zu locken.«

»Ich hoffe, Sie vertreten solche Ansichten nur privat und nicht im Dienst.«

»Es kann auch mal während der Dienstzeit vorgekommen sein. Warum nicht?«

Auf einmal sah Leaphorn nicht mehr so aus, als fände er das Ganze spaßig. »Weil es gegen die Dienstvorschriften verstößt.«

»Wieso denn das?«

»Ich nehme an, das wissen Sie selbst. Wir haben so wenig zu beurteilen, was unsere Schamanen tun, wie die Regierung über Prediger entscheidet. Egal, ob Yellowhorse behauptet, er sei ein Medizinmann, ein *hand trembler,* ein Prediger der Native American Church oder der Papst – das geht die Navajo-Police nichts an. Er begeht keine Ordnungswidrigkeit und verletzt kein Gesetz.«

»Ich bin ein Navajo«, wandte Chee ein. »Und wenn ich sehe, wie jemand, der nicht an unsere Religion glaubt, sie dazu missbrauchen will ...«

»Welchen Schaden richtet er denn an?«, fragte Leaphorn. »Soweit ich verstanden habe, empfiehlt er den Leuten, zu einem *yataalii* zu gehen, wenn sie einen zeremoniellen Gesang brauchen. Und wenn es um einen Fall geht, der ärztliche Behandlung erfordert, Diabetes zum Beispiel, schickt er sie ins Krankenhaus.«

Chee hatte darauf nicht geantwortet. Wenn Leaphorn das Problem, das Sakrileg, nicht sehen konnte, war er blind. Schlimmer aber war, dass der Lieutenant so zynisch dachte wie Yellowhorse.

»Wie ich hörte, haben Sie sich selber zum *yataalii* erklärt«, hatte Leaphorn gesagt. »Sie sollen einen Blessing Way zelebriert haben.«

Chee hatte nur stumm genickt.

Und Leaphorn hatte ihn angesehen und seufzend gemeint: »Am besten, ich bespreche das mit Largo.«

Also stand Chee eine Diskussion mit Largo bevor, und der Captain würde ihm, wenn er Pech hatte, klipp und klar befehlen, sich künftig alle Bemerkungen über Yellowhorse als Schamane zu verkneifen. In diesem Fall würde er sich fügen, so gut es ging. Aber jetzt musste er sich auf die Straße konzentrieren, denn sie wurde immer schlechter.

Für die Navajo-Police lag Badwater noch in dem Teil der Big Reservation, die zu Arizona gehörte. Ortskundige wussten allerdings, dass der Handelsposten schon in Utah lag, kaum zehn Meter nördlich einer Grenzlinie, die nur auf dem Papier gezogen war. Die Leute witzelten, dass Old Man Isaac Ginsberg, der den Posten errichtet hatte, im Winter nicht in der Kammer hinter dem Laden gehaust habe, sondern in einen Steinhogan hundert Meter weiter südlich umgezogen sei, weil er die Kälte in Utah nicht habe ertragen können. Kaum jemand war in der Lage, den Handelsposten auf der Karte genau zu markieren. Er lag in einer schmalen Schlucht, eingezwängt zwischen bizarren, steil aufragenden Felswänden aus blauschwarzem Gestein, in das sich ein rötlicher Schimmer mischte. So einen Punkt auf der Karte genau festzulegen, wäre eine Mühe gewesen, die niemand lohnend fand.

Ursprünglich hatten die Hirten ihre Herden hierher zur Tränke getrieben. In der riesigen trockenen Einöde der Casa del

Eco Mesa gab es kaum Orte, an denen man genug gutes Wasser fand. Sooft hier oben Regen fiel, löste er Gips und viele andere Mineralien aus dem sandigen Boden, und wenn in den Arroyos endlich wieder Wasser floss, war es so bitter, dass selbst die Steppenläufergewächse und Salzzedern eingingen. Deshalb zogen die Quellen von Badwater Wash alles, was hier lebte, magnetisch an, auch zähe kleine Säuger und Reptilien, die es in derart feindlichen Gebieten aushielten. Es hieß, halbwilde Ziegen hätten den Navajo den Weg zu den Quellen gewiesen, Tiere, die aus Herden davongelaufen waren, die Pueblo-Indianer zusammengestohlen hatten. Danach kamen die Schafhirten. Und schließlich die Geologen, die ein ergiebiges, wenn auch nicht sehr tief reichendes Ölfeld orteten, das dem Hochland eine kurze Blüte bescherte – und eine Menge Schmutz und Staub dazu. Ein paar Überreste zeugten noch von dem Boom, die kleine Raffinerie am Montezuma Creek, die weit über das Plateau verstreuten Stahlgerippe der automatischen Pumpen und ein Netz von Fahrspuren voller Schlaglöcher und Auswaschungen.

Irgendwann in der Zeit zwischen Boom und Versteppung war Isaac Ginsberg hergezogen, hatte den Handelsposten aus rotem Sandstein errichtet, sich den Navajo-Namen Afraid of His Wife verdient und war gestorben. Die Frau, die ihm diesen Namen eingetragen hatte, war Lizzie Tonale aus dem Mud Clan. Sie war zum Judentum konvertiert, hatte Ginsberg in Flagstaff geheiratet und ihm dann so lange zugesetzt, bis er mit ihr ausgerechnet in diesen hintersten Winkel der Einöde zog. Angeblich hatte sie sich den Ort ausgesucht, weil sie hier einigermaßen sicher sein konnte vor Verwandtenbesuch. Falls das stimmte, hatte sie durchaus vernünftig gehandelt, denn sonst wäre die Handelsstation binnen eines Monats bankrott gewesen: Es gehörte sich nicht, einen Verwandten wegzuschicken, der dringend ein paar Dosen Gemüse oder Benzin oder Bargeld braucht. Lizzie Tonale hätte sich also entscheiden müssen, ob sie ihr Ansehen oder ihr Vermögen verlieren wollte. Was immer an der Geschichte dran sein mochte: Die Witwe Tonale-Ginsberg hatte den Laden noch zwanzig Jahre weitergeführt und ihn standhaft jeden Schabbat geschlossen. Das Geschäft hatte sie ihrer Tochter vererbt, dem einzigen Kind aus ihrer Ehe. Chee war erst zweimal mit ihr zusammengetroffen, aber das genügte, um zu verstehen, warum man sie Iron Woman nannte.

Die letzte Kehre der Bergstrecke lag hinter ihm, er lenkte den Wagen auf den holprigen Hof der Handelsstation. Unter dem Vordach erblickte er die stämmige Gestalt von Iron Woman. Chee parkte den Wagen im Schatten unter einer Tamariske und wartete. So hatte er es von Kind auf gelernt, es war eine ungeschriebene Regel in einer Gesellschaft, in der man Zurückhaltung schätzte, die Privatsphäre des anderen achtete und Besuch ohnehin selten war. »Man geht nicht einfach zu jemandem in den Hogan«, hatte seine Mutter ihm beigebracht, »du könntest in etwas hineinplatzen, das nicht für deine Augen bestimmt ist.«

Es war also für Chee selbstverständlich, im Wagen sitzen zu bleiben und zu warten. So hatten die Bewohner von Badwater Wash Zeit, sich mit dem Gedanken vertraut zu machen, dass ein Ordnungshüter der Navajo-Police zu ihnen kommen wollte; sie konnten sich herrichten oder tun, was immer es sonst zu tun gab, wenn man einen Besucher nach den Regeln der Navajo empfangen wollte.

Während er schwitzend am Lenkrad saß, beobachtete er im Rückspiegel, was sich unter dem Vordach tat. Eine andere Frau war neben Iron Woman getreten, nicht stämmig und sehr aufrecht, sondern schmächtig und gebeugt. Kurz darauf tauchten zwei junge Männer im Eingang auf. Mit ihren Jeans und Cowboystiefeln, verwaschenen bunten Hemden und roten Stirnbändern schienen sie genau gleich gekleidet zu sein. Iron Woman sagte etwas zu der Schmächtigen, die nickend lachte. Die beiden jungen Männer standen nebeneinander und starrten ausgesprochen unfreundlich auf Chees Streifenwagen. An der Hausecke stand ein alter Ford, hinten rechts auf einen Betonstein aufgebockt. Daneben parkte ein neuer GMC mit Allradantrieb, die schwarze Karosserie hochgelegt, wie es für das Hinterland typisch war, und mit gelben Zierstreifen beklebt. Chee hatte sich ein ähnliches Modell neulich in Farmington angesehen und festgestellt, dass er es sich nicht annähernd leisten konnte. Der GMC gefiel ihm, ein Wagen, für den kein Gelände zu schwierig war. Aber ein Auto dieser Preisklasse hätte er in Badwater Wash wirklich nicht erwartet.

Die steilen Felswände reflektierten das Sonnenlicht, die Hitze kroch immer drückender ins Wageninnere. Chee atmete heiße, trockene Luft und spürte Unbehagen aufsteigen. Er mochte es nicht, so im Auto eingepfercht zu sein. Also stieg er aus, ging auf das Vordach zu und richtete den Blick fest auf die beiden jungen Männer, die ihn ihrerseits argwöhnisch musterten.

»*Ya-tah-hey*«, begrüßte er Iron Woman.

»*Ya-tah*, sagte sie. »Dich kenne ich. Du bist der neue Polizist aus Shiprock.«

Chee nickte.

»Hab dich neulich schon hier draußen gesehen, mit dem vom FBI. Wegen der Endocheeney-Sache.«

»Stimmt«, sagte Chee.

»Dieser Mann gehört mütterlicherseits zum Clan der Slow Talking People, väterlicherseits zu den Salts«, erklärte Iron Woman der Schmächtigen, nannte ihr den Namen von Chees Mutter, von deren Schwester und von der Mutter der beiden; danach waren Chees Verwandte der väterlichen Linie dran.

Die Schmächtige hatte den Kopf in den Nacken gelegt und blinzelte Chee aus beinahe geschlossenen Lidern an. Deutliche

Anzeichen für grünen Star, dachte Chee. »Dann ist er mein Neffe«, sagte sie. »Ich stamme mütterlicherseits aus dem Clan der Bitter Water People, väterlicherseits aus dem Deer Spring Clan. Meine Mutter war Gray Woman Nez.«

Chee akzeptierte das mit einem Lächeln, obwohl die Verwandtschaft über die Bitter Waters und den Salt Clan, aus dem die Familie seines Vaters stammte, nur sehr weitläufig war. Bei derart weiter Auslegung war Chee, wie alle Navajo, mit dem halben Reservat verwandt.

»Dienstlich hier?«, fragte Iron Woman.

»Ich schau mich nur um. Mal sehen, ob mir was ins Auge fällt.«

Iron Woman sah ihn misstrauisch an. »Hier kommt niemand bloß vorbei. Wer hier auftaucht, hat einen Grund.«

Chee spürte den lauernden Blick der beiden Männer. Junge Kerle, er schätzte sie auf kaum zwanzig. Anscheinend Brüder, aber wohl keine Zwillinge. Der mit der hellen, halbmondförmigen Narbe neben dem linken Auge hatte ein deutlich schmaleres Gesicht. Nach den Höflichkeitsregeln der Navajo hätte es sich gehört, dass die jungen Männer sich ihm, dem Fremden, zuerst vorstellten. Aber von solchen alten Bräuchen hielten sie anscheinend nichts.

»Mütterlicherseits stamme ich aus dem Slow Talking Clan«, sagte Chee zu ihnen, »väterlicherseits aus dem Salt Diné.«

»Leaf People«, sagte der mit dem schmaleren Gesicht mürrisch. »Vom Vater her Mud.«

Chees feine Nase witterte Alkohol. Bier. Der Mann aus dem Leaf Clan sah von Chee wieder zum Streifenwagen und deutete dabei lässig neben sich. »Mein Bruder.«

»Was führt dich her?«, wollte Iron Woman wissen. »Im Radio haben sie was von einer Messerstecherei in Teec Nos Pos gebracht, bei einer Hochzeit. Einer von den Gorman-Leuten wurde verletzt. Geht es darum?«

Chee wusste wenig darüber, nur was er bei der Dienstbesprechung am Morgen aufgeschnappt hatte. Er war vorwiegend südlich und östlich von Shiprock eingesetzt, nicht hier in der menschenleeren Gegend im Nordwesten. Er ließ das Bier Bier sein, obwohl der Besitz im Reservat verboten war, und versuchte, sich zu erinnern, was er über die Messerstecherei gehört hatte.

»Das war nicht so wichtig«, sagte er. »Da hat einer mit einem Mädchen von den Standing Rocks rummachen wollen, und sie hatte ein Messer und hat ihn in den Arm gestochen. Keine große Sache.«

Iron Woman wirkte enttäuscht. »Immerhin kam es im Radio. Die Gormans haben in dieser Gegend viele Verwandte.«

Chee war zu dem verschrammten roten Getränkeautomaten hinter der Tür gegangen, hatte zwei Vierteldollarmünzen eingeworfen und zog an der Klappe.

»Kostet drei«, sagte Iron Woman. »Ist nicht billig, das Zeug bis hierher zu schaffen. Und zu kühlen. Heute will es jeder kalt haben.«

»Ich habe kein Kleingeld mehr.« Chee fischte einen Dollar aus der Tasche und hielt ihn Iron Woman hin. Es war halb dunkel in dem Verkaufsraum, aber angenehm kühl. Iron Woman öffnete die Kasse und gab Chee vier Münzen.

»Als du neulich mit dem FBI-Mann hier warst und rumgefragt hast wegen ...«, diesmal beachtete Iron Woman das Navajo-Tabu, den Namen eines Toten auszusprechen, »... wegen dem, den sie umgebracht haben ... Habt ihr da was rausgefunden?«

Chee schüttelte den Kopf.

»An dem Tag, wo es passierte, kam hier nämlich einer durch und hat nach dem Ermordeten gesucht. Der könnte es gewesen sein, wenn du mich fragst.«

»Verrückte Geschichte«, sagte Chee. »Wir haben den Mann

gefunden. Er hat seinen Hogan in den Chuskas, die Leute nennen ihn Roosevelt Bistie. Und er sagt, er sei hier gewesen und habe den Mann getötet. Auf seinem Dach habe er ihn stehen sehen und auf ihn geschossen. Der andere ist auch vom Dach gefallen. Aber wer immer ihn umgebracht hat, hat das mit einem Schlachtermesser getan.«

»Stimmt«, sagte Iron Woman, »es war ein Messer, seine Tochter hat mir das selber erzählt.« Sie schüttelte den Kopf und musterte Chee einmal mehr. »Warum hat dieser Bistie euch erzählt, dass er auf den Mann geschossen hat?«

»Das können wir uns auch nicht erklären. Er sagt, dass er ihn töten wollte, aber er sagt nicht, warum.«

Iron Woman runzelte die Stirn. »Roosevelt Bistie. Von dem hab ich nie gehört. Als er kam und nach dem Weg fragte, hab ich ihn zum ersten Mal gesehen. Was sagen denn seine Verwandten über ihn?«

»Wir haben sie noch nicht gefragt.« Chee stellte sich vor, wie sehr es Kennedy missbilligen würde, dass er so bereitwillig mit einer Außenstehenden über den Fall redete. Sag keinem was, lautete die erste Regel des FBI, und das steckte so fest in Kennedys Kopf wie das kleine Einmaleins. Er hätte, wenn er jetzt hier gewesen wäre, ungeduldig auf die Übersetzung gewartet, schon ganz kribbelig bei der Ahnung, dass Chee der Frau etwas erzählte, was sie besser nicht erfahren sollte. Übrigens hätte Captain Largo, der sich nie aushorchen ließ, so viel Vertrauensseligkeit ebenso missbilligt. Aber Kennedy und Largo waren nicht hier, und Chee hatte seine eigene Theorie über den Umgang mit Leuten: Je mehr du ihnen erzählst, desto mehr erzählen sie dir. Ein Navajo bringt es nicht fertig, schweigend zuzuhören.

Chee warf drei Münzen ein und zog eine Dose Orangenlimonade aus dem Automaten. Er trank ein paar Schluck, das Zeug war kalt und gut. Unterdessen fing Iron Woman zu erzählen an.

Draußen flimmerte die Mittagshitze über der festgestampften Erde. Chee trank die Dose leer. Ein Motor heulte auf, der GMC jagte los, hüllte den Hof in eine Staubwolke. Die Männer haben Bier dabei, dachte Chee. Oder sie hatten es von Iron Woman. Aber sie stand nicht in dem Ruf, illegal Alkohol zu verkaufen, und auf Largos schwarzer Liste war die Handelsstation Badwater Wash nie aufgetaucht.

Bier am Morgen und mit so einer teuren Karre unterwegs! Die beiden gehörten, wie Iron Woman ihm erzählte, zur Kayonnie-Familie, die Ziegenherden am San Juan River hielt und sich manchmal mit Jobs auf den Ölfeldern ein paar Dollars dazuverdiente. Aber mehr wollte Iron Woman nicht sagen, schließlich waren die Kayonnies ihre Nachbarn, und Chee war ein Fremder.

Das mit dem Mord an einem Mann, der auch aus der Gegend stammte, war etwas anderes. Sie konnte einfach nicht verstehen, wer so etwas getan hatte. Ein harmloser alter Mann, der seit dem Tod seiner Frau sehr zurückgezogen lebte. Höchstens zwei-, dreimal im Jahr ließ er sich bei der Handelsstation blicken. Meist kam er zu Pferd, manchmal fuhr ihn ein Verwandter mit dem Auto her. Er hatte keine Töchter, die ihm Schwiegersöhne ins Haus gebracht hätten, so lebte er für sich allein. Ein Leben ohne Höhepunkte, nur vor sechs oder sieben Jahren war ein Red Ant Way für ihn gesungen worden. Er brauchte das damals, etwas stimmte nicht mit ihm, nachdem seine Frau gestorben war. In all den Jahren, die Iron Woman nun hier lebte, ihr ganzes Leben lang hatte es nie böses Blut mit den Nachbarn gegeben. »Du weißt, was ich meine«, sagte sie, »anderen das Brennholz wegsammeln oder das Wasser abgraben oder die Schafe auf fremde Weideflächen treiben oder einem Nachbarn nicht helfen, wenn er Hilfe braucht. Nie hat jemand so was über ihn gesagt, kein böses Wort. Der alte Mann war immer hilfsbereit und hat sich um seine Verwandten gekümmert, und wenn jemand einen Gesang zelebrieren ließ, war ihm kein Weg zu weit.«

»Habe ich erzählt, dass auch ich ein *yataalii* bin?«, fragte Chee. »Für den Blessing Way und einiges mehr.« Er gab Iron Woman seine Karte:

THE BLESSING WAY
und andere zeremonielle Gesänge durch einen Schüler von Frank Sam Nakai

Darunter standen sein Name, seine Adresse und die Telefonnummer der Polizeistation in Shiprock. Er hatte das mit den Leuten in der Vermittlung besprochen, damit es keinen Ärger gab, falls Largo davon erfuhr. Aber bis jetzt hätte es sowieso keinen Ärger geben können, es waren weder Anrufe noch Briefe gekommen.

Auch auf Iron Woman schien die Karte wenig Eindruck zu machen, sie legte sie nach einem flüchtigen Blick beiseite.

»Alle haben ihn gemocht«, kam sie auf den Ermordeten zurück, »aber jetzt, wo er tot ist, heißt es auf einmal, er war ein Skinwalker.« Widerwillen spiegelte sich in ihrer Miene. »Dieses üble Pack!« Sie meinte nicht die Skinwalker, sondern die Klatschmäuler. »Wenn man zurückgezogen lebt, hängen einem die Leute alles Mögliche an.«

Oder wenn man erstochen wird, ergänzte Chee im Stillen. Ein gewaltsamer Tod führte anscheinend immer zu Gerüchten über Hexerei.

»Wenn er hier allgemein beliebt war«, sagte Chee, »muss der Mörder von weit her sein. Wie Bistie. Hatte der Tote Bekannte, die nicht hier in der Gegend wohnen?«

»Glaub ich nicht«, meinte Iron Woman. »Solange ich zurückdenken kann, ist für ihn nur einmal ein Brief gekommen.«

Chee horchte auf. Endlich doch eine Spur? »Wissen Sie noch, von wem?« Sie musste sich daran erinnern. Post war hier draußen in der Einöde immer ein Ereignis, über das es etwas zu reden gab, vor allem, wenn es Post für jemanden war, der gewöhnlich keine Briefe erhielt und nicht einmal in der Lage gewesen wäre, sie zu lesen. So ein Brief lag dann im Schuhkarton über der Registrierkasse und bot Anlass zu Vermutungen und Spekulationen, bis der Adressat endlich auftauchte oder ein naher Verwandter bei der Handelsstation vorbeikam, dem Iron Woman den Umschlag anvertrauen konnte.

»War keine private Post«, sagte sie. »Kam von der Verwaltung aus Window Rock.«

Also doch keine Spur. »Von einem der Navajo-Büros?«

»Ich glaube, vom Social Service. Eines der Ämter, das die Leute nicht in Ruhe lässt.«

»Er hat doch sicher bei Ihnen anschreiben lassen? Gegen Pfand, nehme ich an. Gab es da etwas Ungewöhnliches?«

Iron Woman zog Chee hinter den Ladentisch, fischte aus den Falten ihres weiten Rocks einen Schlüssel und öffnete das Schränkchen, in dem sie die Pfandsachen verwahrte.

In Endocheeneys Fach lagen ein schwerer, mit handgetriebenem muschelförmigem Silberschmuck besetzter Gürtel, ein Beutel mit neun alten mexikanischen Silbermünzen zu zwanzig Pesos und eine im Sandgussverfahren hergestellte silberne Gürtelschnalle. Die Schnalle gefiel Chee besonders, eine wundervolle Arbeit mit strengen geometrischen Formen und einem prächtigen Türkis in der Mitte.

»Und das hier.« Iron Woman warf einen Beutel aus Hirschleder auf den Tresen und ließ eine Handvoll ungeschliffene Türkise über den Ladentisch kullern, einige groß wie Nuggets. »Der alte Mann hat früher Schmuck gefertigt. In den letzten Jahren nicht mehr. War wohl zu zittrig geworden.«

Die Türkise mochten rund zweihundert Dollar wert sein. Kamen noch mal zweihundert für den Gürtel dazu und vielleicht hundert für die Schnalle. Die neun alten Münzen schätzte Chee auf jeweils fünfzehn bis zwanzig Dollar. Vor etlichen Jahren hatte man sie noch überall preiswert erstehen können, die Navajo verwendeten sie gern als Gürtelschmuck. Aber nun war der Silberpreis gestiegen, und Mexiko prägte die Münzen schon lange nicht mehr.

Doch es gab nichts Besonderes an diesen Pfandsachen, abgesehen von der wundervollen Gürtelschnalle. Ob Endocheeney sie selbst gegossen hatte? Merkwürdig, dass noch niemand von der Verwandtschaft vorbeigekommen war und die Pfandsachen ausgelöst hatte. Einst war es Tradition gewesen, solche Wertgegenstände dem Toten mit ins Grab zu legen, aber heutzutage waren die alten Bräuche weitgehend in Vergessenheit geraten. Vielleicht ahnten die Verwandten gar nichts von diesen Sachen. Oder sie besaßen nicht genug Geld, um sie auszulösen.

»Wie viel hat der alte Mann denn anschreiben lassen?«, erkundigte sich Chee.

Iron Woman musste nicht erst nachschlagen. »Hundertachtzehn Dollar und ein paar Cent.«

Nicht viel, weit weniger, als die Sachen wert sind, dachte Chee. Um hundertachtzehn Dollar zusammenzukratzen, musste man nur ein paar Ziegen verkaufen.

»Und die da drüben.« Iron Woman deutete mit dem Kopf auf einen Haufen Gerümpel in der Ecke hinter dem Ladentisch. Dort lagen ein Erdbohrer, zwei Äxte, eine alte Eismaschine mit Handkurbel, die Achse von einem Karren und ein Paar Krücken.

Chee guckte verdutzt.

»Die Krücken«, sagte Iron Woman ungeduldig. »Er wollte sie mir als Pfand dalassen, aber wer will schon Krücken? Die Dinger leihen sie einem in der Badwater-Klinik kostenlos. Ich wollte sie nicht nehmen, aber er hat sie dagelassen und gesagt, ich soll ihm die Hälfte vom Erlös geben, wenn sich doch ein Käufer findet.«

»War er mal verletzt?« Sofort dachte Chee, dass er seine Frage geschickter hätte stellen können.

Iron Woman schien der gleichen Meinung zu sein. »Hat sich das Bein gebrochen. Ist irgendwo runtergefallen. In der Klinik haben sie es ihm in Gips gelegt und ihm die Krücken mitgegeben.«

»Und dann ist er gleich wieder aufs Dach geklettert?«, fragte Chee. »Hat wohl nichts dazugelernt.«

»Nein, nein«, sagte Iron Woman, »das mit dem Bein war letzten Herbst. Da war er nicht auf dem Dach. Ich glaube, er ist von einem Bauzaun gefallen. Und das Bein …« Sie schnippte mit den Fingern. »Knacks!«

Dass die Verwandten nicht gekommen waren, um die Pfandgegenstände auszulösen, ging Chee nicht aus dem Kopf. »Wer hat den alten Mann begraben?«, fragte er.

»Ein Weißer. Arbeitet draußen auf den Ölfeldern.« Ihre weit ausholende Handbewegung schloss die ganze Hochebene ein. »Er übernimmt das manchmal, weil es ihm nichts ausmacht, mit Leichen zu tun zu haben.«

»Und das Gerede über Hexerei, hat das schon früher angefangen oder erst jetzt?«

Iron Woman verzog das Gesicht. Sie hatte, wie Chee wusste, das College in Ganado besucht, eine gute Schule. Und sie war Jüdin, wenigstens dem Glauben nach. Aber sie war auch eine Navajo aus dem Halgai Diné, vom People of the Valley Clan. Darum sprach sie ungern mit Fremden über Hexerei.

»Erst jetzt«, sagte sie, »nach dem Mord.«

»Das übliche Gerede, wenn jemand gewaltsam ums Leben gekommen ist?«

Iron Woman befeuchtete mit der Zunge den Mund, biss sich auf die Unterlippe und musterte Chee. Sie wechselte das Standbein, und die Dielenbretter knarrten unter ihrem Gewicht. Als sie endlich den Mund öffnete, kam ihre Antwort so leise, dass Chee sie kaum verstehen konnte.

»Man soll ein Stück Knochen in der Wunde gefunden haben. Dort, wo das Messer gesteckt hat.«

Hatte Chee sich wirklich nicht verhört? »Ein Stück Knochen?«, fragte er.

Winzig, nur ein paar Millimeter groß, Iron Woman zeigte es ihm, mit Daumen und Zeigefinger.

Das genügte. Chee dachte an das Knochenkügelchen, das er in seinem Wohnwagen gefunden hatte.

7

Dr. Randall Jenks hielt ein Blatt Papier in der Hand, vermutlich das Untersuchungsergebnis. Deswegen war Leaphorn jedenfalls gekommen, das Labor hatte angerufen und ihm mitgeteilt, sie seien fertig. Jetzt machte Jenks jedoch keine Anstalten, Leaphorn den Bericht über das Kügelchen zu geben.

Er setzte sich an den langen Tisch im Besprechungsraum und wies auf den Stuhl gegenüber. »Bitte.« In sein rotes Stirnband waren Kornkäfer gewoben, ein altes Navajo-Symbol. Er trug das blonde Haar schulterlang. Unter dem offenen blauen Laborkittel war eine abgetragene Jeansjacke zu sehen, wie jeder zweite Navajo sie trug. Leaphorn mochte Klischees nicht, aber jetzt war er selbst nahe dran, Dr. Jenks in das Klischee eines Indianerfans zu pressen, der sich vor lauter Begeisterung der Kleidung der Navajo anpasste. So etwas ging Leaphorn gegen den Strich, auch wenn es sich um jemanden handelte, dem er für manche Gefälligkeit Dank schuldete. Außerdem hatte er es eilig. Aber er folgte der Aufforderung und setzte sich.

Jenks musterte ihn über seine Brille hinweg. »Die Kugel ist aus Knochen.« Gespannt wartete er, wie Leaphorn das aufnahm.

Der Lieutenant war nicht in der Stimmung, Überraschung zu heucheln. »Das hatte ich schon vermutet.«

»Rinderknochen«, fuhr Jenks fort. »Die Altersbestimmung ist schwierig. Jedenfalls ist er völlig trocken und dürfte von einem Tier stammen, das vor längerer Zeit verendet ist, vor zwanzig Jahren vielleicht oder auch vor hundert.«

Leaphorn stand auf und griff nach seinem Hut. »Danke für Ihre Mühe. Ich weiß das zu schätzen.«

»Hatten Sie damit gerechnet, dass es sich um einen Menschenknochen handelt?«, fragte Jenks.

Leaphorn zögerte. In Window Rock wartete eine Menge Arbeit auf ihn. Und vermutlich auch Ärger. Beim Rodeo vielleicht, bei der Sitzung des Stammesrats mit Sicherheit. Wenn sich so viele Politiker versammelten, brachte das immer Ärger. Und er wollte möglichst noch mal mit der Neurologin reden und sich den Termin wegen Emma bestätigen lassen, bevor er nach Window Rock zurückfuhr. Ganz davon abgesehen, dass er drei Morde aufklären musste. Dreieinhalb, wenn er den Anschlag auf Officer Chee mitzählte. Außerdem wollte er über das nachdenken, was er eben erfahren hatte. Womit er bei der Knochenuntersuchung gerechnet hatte, ging Jenks nichts an. Der Doktor war für die medizinische Versorgung der Navajo, Zuñi, Acoma, Laguna und Hopi zuständig, dafür wurde er am U. S. Indian Service Hospital in Gallup bezahlt. Wobei Dr. Jenks vor allem Pathologe war, eine Fachrichtung, von der Leaphorn gern mehr verstanden hätte, um nicht immer wieder Jenks um Gefälligkeiten bitten zu müssen.

»Ich hatte mit der Möglichkeit gerechnet«, gab er zu.

»Gibt es einen Zusammenhang mit Irma Onesalt?«

Leaphorn schreckte aus seinen Gedanken hoch. »Nein. Haben Sie sie gekannt?«

Jenks lachte. »Das nicht gerade, jedenfalls nicht privat. Sie war ein-, zweimal hier, um sich Auskünfte zu holen.«

»Auskünfte?« Warum hatte Onesalt Informationen bei einem Pathologen einholen wollen?

»Es ging um eine ganze Reihe Leute, die verstorben waren. Sie hatte eine Namensliste dabei.«

»Was für Leute?«

»Ich habe mir die Liste nur flüchtig angesehen. Es schien sich um Navajo-Namen zu handeln.«

Leaphorn legte den Hut weg und setzte sich wieder.

»Erzählen Sie mir davon«, sagte er. »Erzählen Sie mir alles, woran Sie sich erinnern. Und erklären Sie mir, warum Sie bei dem Knochenkügelchen an Irma Onesalt gedacht haben.«

Jenks wirkte zufrieden und berichtete ihm.

Vor ungefähr zwei Monaten, vielleicht auch vor zehn Wochen, nötigenfalls könne er das nachschlagen, sei Irma Onesalt eines Morgens im Krankenhaus erschienen. Er habe sie zuvor schon gekannt, weil sie gelegentlich vorbeigekommen sei, um Erkundigungen einzuziehen, etwa darüber, ob in der inzwischen geschlossenen Halbleiterfabrik in Shiprock gesundheitliche Schäden für die Arbeiter zu befürchten seien. Seither habe er immer mal wieder etwas für sie recherchiert.

Jenks schwieg einen Augenblick, um seine Gedanken zu ordnen.

»Was haben Sie denn da recherchiert?«, fragte Leaphorn.

Jenks' schmales, bleiches Gesicht wirkte etwas verlegen. »Na ja, einmal kam sie, um mit mir über verschiedene Krankheiten zu reden, wie man sie behandelt, ob der Patient in die Klinik muss und wie lange, solche Dinge. Und einmal hat sie mich gefragt, ob ein bei uns an Alkohol Gestorbener zuvor geschlagen worden war.«

Jenks sagte nicht, wen Irma Onesalt wegen der Schläge verdächtigt hatte. Das brauchte er nicht. Leaphorn ahnte, dass sie wieder mal darauf aus gewesen war, der Polizei – und am liebsten der Navajo-Police – etwas anzuhängen. Für die Polizei hatte sie wenig übrig gehabt, für die Navajo-Polizisten schon gar nicht. Bei ihr hatten sie »Kosaken« geheißen, und sie hatte ihnen nachgesagt, die Navajo unter der Knute zu halten.

»An dem Morgen vor etwa zwei Monaten brachte sie also

diese Namensliste. Sonst stand nichts auf dem Blatt. Sie bat mich, ihr anhand meiner Unterlagen zu jedem Namen das Todesdatum herauszusuchen.«

»Konnten Sie das denn?«

»Nur wenn die Leute hier im Krankenhaus verstorben waren. Oder wenn wir mit einer Autopsie beauftragt waren. Aber Sie wissen ja, wie das ist. Die meisten Navajo-Familien wehren sich gegen eine Autopsie, und wenn sie religiöse Gründe geltend machen, kommen sie meist damit durch. Ich hätte ihr also ohnehin nur in wenigen Fällen helfen können.«

»Wollte sie auch die Todesursache wissen?«

»Das glaube ich nicht. Es ging ihr wohl bloß um die Daten. Ich habe ihr gesagt, dass sie die Auskünfte nur bei den Gesundheitsämtern in Santa Fe, Phoenix und Salt Lake City bekommen kann, wo diese Angaben gespeichert werden.«

»Daten«, wiederholte Leaphorn, »Todesdaten.« Er runzelte die Stirn. Das erschien ihm seltsam. »Hat sie gesagt, warum sie das wissen wollte?«

Jenks schüttelte den Kopf, was sein langes, blondes Haar zum Schwingen brachte. »Ich habe sie danach gefragt, aber sie hat nur gesagt, es gebe Dinge, in die sie nun mal ihre Nase stecken müsse.« Er lachte. »Deshalb habe ich auch bei der kleinen Kugel aus Rinderknochen an sie denken müssen. Ihre Neugier hatte nämlich offenbar mit Hexerei zu tun, damit, dass ihrer Meinung nach die Navajo-Singer den Leuten so lange einreden, ein Skinwalker habe sie verhext, bis sie sich in ihrer Angst nicht mehr in ärztliche Behandlung begeben. Oder alle möglichen Medikamente schlucken, obwohl sie gar nicht krank sind. Deshalb habe ich in diesem Zusammenhang an Irma Onesalt gedacht.« Er warf Leaphorn einen Blick zu, um sich zu vergewissern, dass er sich deutlich genug ausgedrückt hatte. »Verstehen Sie? Hexer blasen doch kleine Knochenstücke in Leute, damit die *corpse sickness* bekommen. Aber sie hat nicht gesagt, dass das etwas mit der Namensliste und ihrer Recherche zu tun habe. Es sei einfach noch zu früh, darüber zu reden, sagte sie. Wenn bei ihren Erkundungen etwas herauskäme, würde sie es mich wissen lassen.«

»Sie ist aber nicht wiedergekommen?«

»Doch, einmal.« Jenks fuhr nachdenklich mit dem Daumen unter das Stirnband und zog es gerade. »Das muss ein paar Wochen vor ihrem Tod gewesen sein. Da hat sie mich über zwei, drei Krankheiten und deren Behandlung ausgefragt, darüber, wie lange man gewöhnlich ins Krankenhaus komme und so.«

»Um welche Krankheiten ging es?«, fragte Leaphorn, ohne zu erwarten, mit der Antwort etwas anfangen zu können.

»Sie sprach von Tuberkulose und einer Leberkrankheit«, antwortete Jenks. »Beides nichts Ausgefallenes, wir haben leider oft damit zu tun.«

»Und hat sie Ihnen bei diesem letzten Besuch gesagt, warum sie sich für die Daten interessiert?« Leaphorn musste an Roosevelt Bistie denken, der versucht hatte, Endocheeney zu töten, und jetzt in Shiprock im Gefängnis saß, laut Kennedys Bericht ohne triftigen Grund. Bei Bistie stimmte etwas mit der Leber nicht, aber so ging es vielen. Was also hatte das alles zu bedeuten?

»Ich war damals in Eile«, sagte Jenks. »Aus unserem Team waren zwei in Urlaub, den einen hatte ich zu vertreten. Und ich wollte selbst in Urlaub fahren und musste mich sputen, um mit allem fertig zu werden. Darum habe ich keine Fragen gestellt. Ich habe ihr gesagt, was sie wissen wollte, und war froh, sie schnell wieder los zu sein.«

»Und sie hat Ihnen ihr Interesse nie erklärt? Nicht mal andeutungsweise?«

»Als ich zwei Wochen später aus dem Urlaub zurückkam, hörte ich, dass sie erschossen wurde.«

»Ja«, sagte Leaphorn. Onesalt war tot, und er rätselte, warum man sie getötet hatte, obwohl sie allen ziemlich gleichgültig gewesen zu sein schien. Aber vielleicht war das das Motiv: Niemand hatte Onesalt gemocht, weil sie dauernd ihre Nase in Dinge steckte, die sie nichts angingen. Leaphorns Mutter hätte gesagt: »Sie ist eine Frau, die den Schafen beibringen will, welches Gras sie fressen sollen.« Onesalt hatte für den Social Service gearbeitet. Was musste sie sich da um Todesdaten kümmern oder um das Halbleiterwerk in Shiprock oder – um an einen wunden Punkt von Leaphorn zu rühren – darum, wie die Navajo-Polizei bisweilen mit Verdächtigen umsprang?

»Glauben Sie, es gibt einen Zusammenhang zwischen Irma Onesalts Interesse und …?« Jenks ließ den Rest in der Luft hängen.

»Wer weiß?«, sagte Leaphorn. »Mordfälle im Reservat sind Sache des FBI.« Missbilligend bemerkte er seinen knappen, unfreundlichen Ton. Warum hatte er eigentlich etwas gegen Jenks? Es lag nicht daran, dass der Arzt die Karikatur eines Navajo aus sich machte. Es lag an Leaphorns Abneigung allen Ärzten gegenüber. Sie taten immer so, als wüssten sie alles. Aber wenn er dann mit Emma kam, stellte sich heraus, dass sie nichts wussten. Das war es, was an ihm nagte. Und das war nicht fair, weder gegenüber Jenks noch gegenüber den anderen.

Jenks war – wie viele Ärzte des Indian Health Service – in die Big Reservation gekommen, weil er in der Ausbildung staatliche Stipendien in Anspruch genommen und sich im Gegenzug verpflichtet hatte, nach dem Studium zwei Jahre beim Militär oder beim IHS zu arbeiten. Aber Jenks war wie einige andere freiwillig länger geblieben. Er hatte auf den Mercedes verzichtet und auf die Mitgliedschaft im Country Club, auf die Drei-Tage-Woche und den Winterurlaub auf den Bahamas, weil er den Navajo helfen wollte im Kampf gegen Diabetes, Ruhr, Beulenpest und all die Krankheiten, die mit falscher Ernährung, schlechtem Wasser und mangelnder Hygiene in der Einöde zu tun hatten. Leaphorn hatte keinen Grund, Jenks abzulehnen. Es war unfair, und es half ihm bestimmt nicht dabei, aus ihm vielleicht doch noch mehr rauszukriegen.

»Wir wissen natürlich ein wenig über die Mordfälle«, fügte er darum hinzu. »Aber was wir wissen, zeigt leider nur, dass das FBI im Dunkeln tappt.« Genau wie ich, dachte Leaphorn. Rabenschwarzes Dunkel, sonst nichts. Und es gab keinen Hinweis, wie die dreieinhalb Morde zusammenhängen mochten, ihre einzige Gemeinsamkeit war, dass es kein Motiv zu geben schien. »Vielleicht hilft uns Irmas Namensliste weiter. Sie sagen, es waren alles Namen von Navajo? Können Sie sich an einige erinnern?«

Leaphorn sah Jenks an, wie angestrengt er nachdachte. Als Onesalt mit der Liste aufgetaucht war, hatten die Opfer alle noch gelebt. Aber wenn es nun vielleicht doch so etwas wie ein Wunder gab?

»Ethelmary Largewhiskers stand auf der Liste«, erinnerte sich Jenks, leise belustigt. »Und Woody's Mother.«

Leaphorn ließ sich Verärgerung selten ansehen, auch diesmal nicht. Typisch, dass Jenks sich ausgerechnet an Namen erinnerte, die in den Ohren von Weißen komisch und lächerlich klangen und mit denen er eines Tages auf Cocktailpartys zur Belustigung beitragen mochte – wenn es ihm zu langweilig geworden wäre bei den Navajo, weil inzwischen zu wenige mit einem Fuhrwerk das Trinkwasser aus vierzig Meilen Entfernung holten und nachts bei ihren Schafherden schliefen und inzwischen fast alle im Reservat einen Kombi fuhren und sich beim Kieferorthopäden die Zähne richten ließen.

»Andere Namen?«, fragte Leaphorn. »Das könnte wichtig sein.«

Jenks schien abermals angestrengt nachzudenken, aber vergeblich. Er hob bedauernd die Schultern.

»Würden Ihnen einige Namen wieder einfallen, wenn Sie sie hören?«

»Vielleicht«, meinte Jenks.

»Was ist mit Wilson Sam?«

Jenks grübelte, schüttelte den Kopf. »Ist das nicht der, der im Frühsommer umgebracht wurde?«

»Richtig«, sagte Leaphorn. »Stand er auf der Liste?«

»Kann mich nicht erinnern. Aber er hat damals noch gelebt und wurde erst nach Onesalt getötet. Die Autopsie wurde in Farmington durchgeführt, und der Pathologe dort hat noch mit mir telefoniert.«

»Stimmt, war nur ein Versuch. Wie steht es mit Dugai Endocheeney?«

Wieder setzte Jenks eine zutiefst nachdenkliche Miene auf. »Nein«, sagte er dann, »ist ja auch schon einige Zeit her.« Er schüttelte den Kopf, hielt aber plötzlich inne und runzelte die Stirn. »Gehört habe ich den Namen schon. Er stand nicht auf der Liste, glaube ich, aber ...« Er stockte und zog wieder sein Stirnband zurecht. »War der nicht auch ein Mordopfer? Ungefähr zur selben Zeit?«

»Ja«, sagte Leaphorn.

»Die Autopsie wurde auch von Joe Harris in Farmington durchgeführt. Jetzt weiß ich es wieder. Er meinte, er habe ein Zehncentstück aus einer der Stichwunden geholt. Darum erinnere ich mich vermutlich daran.«

»Er hat eine Münze in der Wunde entdeckt?«, fragte Leaphorn. Harris war Pathologe im Krankenhaus von Farmington und Coroner des San Juan County. Pathologen schienen sich wie Polizisten untereinander zu kennen und gern beruflichen Klatsch auszutauschen.

»Harris hat mir erzählt«, fuhr Jenks fort, »dass Endocheeney an mehreren Messerstichen gestorben ist, Stiche durch die

Jackentasche hindurch. Da findet man immer was in den Wunden, Knöpfe, Bindfäden, Zettel. Und diesmal ein Zehncentstück.«

Leaphorn ging in Gedanken noch mal den Autopsiebericht in der FBI-Akte durch. Auf sein Gedächtnis konnte er sich verlassen. Er war sicher, dass im Bericht nichts über eine Münze gestanden hatte. Es war allerdings von »Fremdkörpern« die Rede gewesen. Dabei konnte es sich natürlich auch um ein Geldstück gehandelt haben, obwohl Leaphorn an Textilfasern gedacht hatte. Eine Münze also? Das erschien ihm etwas seltsam, aber durchaus möglich.

»Und Endocheeney hat nicht auf der Liste gestanden?«

»Ich glaube nicht«, sagte Jenks.

Leaphorn zögerte, dann fragte er: »Und Jim Chee?«

Wieder kramte Jenks in seinem Gedächtnis, aber er konnte sich nicht erinnern, ob er den Namen auf der Liste gelesen hatte.

8

Es war fast dunkel, als Chee auf den Parkplatz der Polizei in Shiprock fuhr und das Auto unter einer Weide abstellte. Ihr Schatten würde am nächsten Morgen so fallen, dass sich sein Streifenwagen nicht schon bei den ersten Sonnenstrahlen aufheizte. Müde und ein bisschen steifbeinig ging Chee zu seinem Pick-up, den er am Morgen so geparkt hatte, dass das Laub einer anderen Weide ihn vor der Nachmittagssonne schützte. Jetzt hüllte dieses Laub ihn in tiefes Dunkel. Und auf einmal war das Unbehagen wieder da, das Chee oben bei Badwater Wash abgeschüttelt und während der langen Fahrt zurück fast vergessen hatte. Er blieb stehen und starrte ins Dunkel. Der Lichtschein aus dem Gebäude hinter ihm reichte nicht bis zum Wagen. Chee drehte sich hastig um und eilte in die Dienststelle.

Nelson McDonald hatte Nachtschicht, saß entspannt in der Telefonzentrale und hatte die beiden obersten Uniformknöpfe geöffnet. Vor ihm lag die *Farmington Times,* der Sportteil. Er guckte kurz hoch, sah, dass es Chee war, und nickte.

»Na, lebst du noch?«, fragte er ohne den Anflug eines Lächelns.

»Bis jetzt ja.« Chee fand die Frage nicht spaßig. In zehn Jahren konnte er vielleicht darüber lachen. Dann wäre der Spuk vorbei und vergessen. Es braucht Zeit, aber irgendwann lachen Polizisten über jede Gefahr, der sie entronnen sind. Aber so weit war es noch nicht. Im Augenblick spürte er die Angst an seinem Magen zerren. »Hat jemand beobachtet, dass einer verdächtig um meinen Wagen herumgeschlichen ist?«

Officer McDonald kam ein Stück hoch, merkte, dass es Chee ernst war, und bereute seine frotzelnde Frage. »Nicht dass ich wüsste. Du hast ihn doch gleich draußen stehen. Wenn da was gewesen wäre … das hätte bestimmt einer gemerkt. Ich bin mir ziemlich sicher …«, begann er, hielt es aber für besser, den Satz nicht zu Ende zu bringen.

»Nachrichten für mich?«, fragte Chee.

McDonald sah die auf ein Nagelbrett gespießten Zettel durch. »Ja, eine.« Er gab Chee die Notiz.

Sofort Lt. Leaphorn anrufen. Und zwei Telefonnummern.

Chee erreichte den Lieutenant unter der zweiten Nummer zu Hause.

»Eigentlich wollte ich nur wissen, ob Sie was Neues über Endocheeney herausgefunden haben«, sagte Leaphorn. »Aber inzwischen haben sich noch ein paar andere Fragen ergeben. Haben Sie mir nicht mal erzählt, dass Sie vor nicht allzu langer Zeit ein Gespräch mit Irma Onesalt hatten? Wann war das?«

»Da müsste ich in meinem Notizbuch nachsehen. Ich glaube, im April. Zweite Hälfte April.«

»Hat sie dabei eine Liste von Verstorbenen erwähnt? Sie wollte die Todesdaten feststellen.«

»Nein, Sir, daran würde ich mich bestimmt erinnern.«

»Sie haben mir erzählt, dass Sie für Onesalt einen Mann aus der Badwater-Klinik abgeholt haben, der an einer Versammlung teilnehmen sollte. Aber man hat Ihnen den Falschen mitgegeben, und Onesalt war ziemlich aufgebracht deswegen. Habe ich das richtig in Erinnerung?«

»Ja, Sir. Es ging um einen alten Mann namens Begay. Aber Sie wissen ja, wie das mit den Begays ist.« Begay war der häufigste Name im Reservat. Es war wie mit Smith und Jones in Kansas City oder mit Chavez in Santa Fe.

»Hat sie dabei mit Ihnen über die Namensliste gesprochen? Oder darüber, wie man Todesdaten feststellen kann?«

»Nein, Sir«, sagte Chee. »Wir haben nur kurz miteinander geredet. Sie wartete schon vor dem Gemeindehaus, als ich mit dem alten Mann ankam. Ich war ein bisschen spät dran, und sie wollte wissen, warum. Dann habe ich draußen gewartet, weil ich Begay wieder zurückbringen sollte. Und plötzlich kam sie raus und hat mir die Hölle heißgemacht, warum ich ihr den Falschen anschleppe. Dann kam der alte Mann, und ich habe ihn in die Klinik zurückgebracht. Viel Zeit für eine Unterhaltung ist da nicht geblieben.«

»Nein«, sagte Leaphorn. »Ich hatte selbst mehrmals mit Onesalt zu tun.« Er lachte leise. »Wahrscheinlich haben Sie ein paar Kraftausdrücke dazugelernt?«

»Allerdings, Sir.«

Eine Weile war es still, dann sagte Leaphorn: »Kurz bevor sie erschossen wurde, ist sie mit einer Namensliste bei dem Pathologen im Krankenhaus von Gallup aufgekreuzt und wollte Todesdaten feststellen. Falls Sie was darüber aufschnappen, lassen Sie es mich sofort wissen, ja?«

»Mach ich«, sagte Chee.

»Gut. Was haben Sie oben in Bad Water herausgebracht?«

»Nicht viel. Endocheeney hatte Pfandsachen im Wert von einigen Hundert Dollar deponiert, wesentlich mehr als die Summe seiner Schulden, aber die Verwandten haben sie nicht eingelöst. Und letzten Sommer ist er von einem Bauzaun gefallen und hat sich das Bein gebrochen. Wie gesagt, nicht viel.«

Wieder war es lange still, dann sagte Leaphorn in sehr sanftem Ton: »In einem Punkt bin ich komisch. Ich mag es nicht, wenn jemand ›nicht viel‹ sagt. Ich höre mir lieber die Details an, und dann bin ich es, der feststellt, dass es nicht viel ist. Es kann aber auch sein, dass ich sage: ›Interessant, das mit den Pfandsachen passt genau zu einer anderen Information, die ich bekommen habe.‹ Was ich damit sagen will: Erzählen Sie mir alles, was Sie wissen, und ich entscheide, ob es wichtig ist oder nicht.«

Also berichtete Chee etwas gekränkt von der zierlichen, gebeugten Frau und den Brüdern Kayonnie, die morgens schon eine Bierfahne hatten, von dem Brief aus Window Rock und von den Krücken, die Iron Woman nicht hatte annehmen wollen und nicht verkaufen konnte. Er erzählte alles, was ihm einfiel, und als er fertig war, blieb es am anderen Ende der Leitung so lange still, dass er sich fragte, ob Leaphorn noch dran war. Er räusperte sich.

»Dieser Brief aus Window Rock«, begann Leaphorn, »von welcher Behörde kam der? Und wann?«

»Im Juni«, sagte Chee, »vom Navajo Social Service. Jedenfalls laut Iron Woman.«

»Dort war Irma Onesalt beschäftigt.«

»Ach«, meinte Chee.

»Wo hatte er die Krücken her?«, wollte Leaphorn wissen.

»Aus der Badwater-Klinik. Da wurde sein gebrochenes Bein geschient. Die leihen die Dinger kostenlos an ihre Patienten aus.«

»Und kriegen sie nie zurück«, sagte Leaphorn. »Fällt Ihnen sonst noch was ein, das Sie mir nicht erzählt haben?«

»Nein, Sir.« Es klang sehr förmlich.

Leaphorn merkte, dass Chee auf Distanz ging. »Ich hoffe, Sie verstehen jetzt, warum ich die Details brauche. Sie waren bisher in der Mordsache Onesalt nicht tätig, darum konnte Ihnen nicht auffallen, dass hinter dem Brief vom Navajo Social Service möglicherweise Irma Onesalt steckt. Aber für mich gibt es einen Zusammenhang: Das Opfer Onesalt hat einen Brief an das Opfer Endocheeney geschrieben oder schreiben lassen.«

»Und das hilft uns weiter?«

Leaphorn lachte. »Nicht sehr. Aber wir haben sonst nichts,

was uns weiterhilft. Haben Sie inzwischen eine Idee, warum auf Sie geschossen wurde?«

»Nein, Sir.«

Wieder Stille. »Denken Sie weiter darüber nach. Ich wette, das Motiv beruht auf einem Sachverhalt, den Sie schon kennen, und Sie werden später sagen: ›Darauf hätte ich eigentlich kommen müssen.‹«

»Kann sein«, sagte Chee nachdenklich und legte auf. Der Lieutenant stand in dem Ruf, mit seinen Vermutungen immer ins Schwarze zu treffen. Aber diesmal, glaubte Chee, hatte Leaphorn ins Leere gezielt.

Eigentlich war Chee ins Büro gekommen, um die Handlampe zu holen und den Parkplatz abzusuchen. Im hell erleuchteten Dienstgebäude kamen ihm seine Ängste auf einmal lächerlich vor. McDonald, der sich wieder in die *Times* vertieft hatte, würde bestimmt nur verwundert den Kopf schütteln. Also ließ Chee das mit der Lampe, setzte sich an die Schreibmaschine und tippte eine Notiz für Largo.

An: Dienststellenleiter
Von: Chee
Betrifft: Aufgebrochene Touristenautos sowie Benzindiebstahl auf Parkplätzen.
Zufällige Begegnung mit zwei jungen Männern aus der Familie Kayonnie an der Handelsstation Badwater Wash. Die Männer fuhren einen neuen GMC Allrad, hatten schon vormittags Alkohol getrunken und sind angeblich arbeitslos. Ich ermittle in der Sache weiter.

Er setzte sein Namenskürzel darunter und drückte McDonald die Notiz in die Hand. »Ich fahre nach Hause«, sagte er und ging.

Einen Augenblick blieb er vor dem Eingang stehen, bis seine Augen sich an die Dunkelheit gewöhnt hatten und er seinen Pick-up sehen konnte. Prompt war die Angst wieder da, stärker noch als zuvor. Den Gedanken, über den dunklen Parkplatz zu gehen, ins Auto zu steigen und nach Hause zu fahren, wo ringsum auch nur Dunkelheit war, konnte er schlicht nicht ertragen. Er würde zu Fuß gehen. Wenn er den Weg am Flussufer nahm, waren es kaum zwei Meilen bis zu seinem Wohnwagen unter den Pappeln. Keine schwierige Strecke, auch bei Nacht nicht. Und nach den vielen Stunden hinter dem Lenkrad täte ihm das gut. Er überquerte die U. S. 666 und ging ein Stück die Straße entlang, bis der Fußweg zum Fluss abzweigte.

Er war gut zu Fuß, normalerweise brauchte er für die Strecke knapp eine halbe Stunde. Jetzt dauerte es länger, das lag an der Dunkelheit und daran, dass Chee möglichst lautlos vorankommen wollte. Auf den letzten Metern schlich er sogar und suchte mit entsicherter Pistole das Buschgelände um den Wohnwagen ab, um sich zu vergewissern, dass niemand mit der Schrotflinte auf ihn lauerte. Nichts zu entdecken. Aber vielleicht wartete der Schütze im Wohnwagen.

Er blieb hinter einem Wacholderbusch stehen und musterte die Karosserie. Im bleichen Licht des Halbmonds warfen die Pappeln bizarre Schatten auf den Wohnwagen. Kein Lufthauch. Ringsum war alles still, nur das dumpfe Röhren eines Lkws drang vom fernen Highway herüber, der Fahrer hatte in einen niedrigeren Gang geschaltet, wegen der langen Steigung auf dem Weg nach Colorado. Es war unmöglich, von hier draußen festzustellen, ob sich jemand im Wohnwagen verborgen hielt. Chee hatte zwar am Morgen abgeschlossen, aber so ein Türschloss war leicht aufzubrechen. Was tun? Er fluchte leise in sich hinein. Sein erster Gedanke war, auf die Nacht im Wohnwagen zu pfeifen, den Weg zurückzugehen, den er gekommen war, in seinen

Streifenwagen zu steigen und sich ein Motel zu suchen. Aber da er schon hier war, lag es näher, mit entsicherter Pistole zum Wohnwagen zu gehen und die Tür aufzuschließen. Dann fiel ihm die Katze ein.

Sie trieb sich wahrscheinlich hier draußen herum und jagte Beute, wie sie es immer getan hatte, bis Chee anfing, sie mit Essensresten zu verwöhnen. Vielleicht war es noch zu früh, um auf die Jagd zu gehen, vielleicht schlief sie noch und brach erst später in der Nacht zu ihren Beutezügen auf? Wahrscheinlich. Chee hatte oft genug beobachtet, dass sie erst im Morgengrauen zu ihrem Lager zurückkam.

Der Wacholderbusch, hinter dem Chee stand, war nicht weit vom Lager der Katze entfernt. Chee nahm im Dunkeln eine Handvoll Erde und kleine Steine und schleuderte sie dahin, wo er die Katze vermutete. Später wurde ihm klar, dass die Katze weder auf der Jagd noch in ihrem Unterschlupf gewesen war. Sie musste ihn schon die ganze Zeit beobachtet haben, denn jetzt schoss sie blitzschnell aus dem Gestrüpp. Im fahlen Mondlicht sah er sie zum Wohnwagen rennen, hörte das vertraute Klack-klack der Katzenklappe und atmete tief durch. Nein, da drin lauerte ihm bestimmt niemand auf.

Aber zugleich war ihm klar, dass er nicht im Wohnwagen schlafen würde. Er suchte Schlafsack, Waschzeug und frische Kleidung für den nächsten Tag zusammen und kehrte zur Polizeistation zurück. Er war jetzt müde, der Vorfall mit der Katze hatte seine Anspannung schwinden lassen. Das Auto in der dunklen Ecke des Parkplatzes war nun wieder, was es immer gewesen war: das vertraute, ihm wohlgesonnene Fahrzeug. Er schloss die Tür auf, stieg ein, ließ den Motor an und fuhr über den San Juan River auf der 504 nach Westen. Der Mond schien auf die Chuskas, die im Süden dunkel und drohend aufragten. Kurz hinter Behclah-beto lenkte er den Wagen auf den Seitenstreifen, schaltete das

Licht aus und wartete. Doch die Scheinwerfer, die er Meilen hinter sich bemerkt hatte, gehörten zu dem Laster einer Autovermietung, der an ihm vorbeidonnerte und hinter der nächsten Steigung verschwand.

Chee ließ den Wagen wieder an und bog auf eine Piste, die durch staubiges Salbeigesträuch zu einem Arroyo führte. Ein Stück das Bachbett hinauf stellte er den Wagen ab und rollte den Schlafsack aus.

Er lag auf dem Rücken, schaute zu den Sternen empor und dachte über die Angst und darüber nach, wie sie von ihm Besitz ergriffen hatte. Dann fiel ihm das Knochenstück ein, das laut Iron Woman in Endocheeneys Leiche gesteckt hatte. Vielleicht war das nur ein Gerücht. Wann immer etwas Schlimmes passierte, wucherten Gerüchte wie Schlangenkraut nach dem Regen. Aber vielleicht war auch etwas dran. Womöglich dachte der Mörder, Endocheeney hätte ihn verhext, und wollte die Hexerei durch ein Knochenstück auf ihn zurücklenken. Möglich aber auch, dass ein Hexer Dugai Endocheeney getötet und das Knochenstück als Markierung verwendet hatte.

Wie hatten die Leute in Badwater Wash das mit dem Knochenstück überhaupt erfahren? Die Antwort war nicht schwer. Man hatte es bei der Autopsie gefunden, und für den Pathologen war es nur ein Fremdkörper in der Wunde gewesen. Immerhin, die Sache schien ihm merkwürdig genug, um sie beiläufig in einem Gespräch zu erwähnen. Und schon machte die Geschichte die Runde. Ein Navajo musste davon gehört haben, eine Krankenschwester oder ein Pfleger. Und jeder Navajo wusste, was das Knochenstück zu bedeuten hatte, und so hatte die Nachricht auch Badwater Wash erreicht.

Warum also hatte er dem Lieutenant nichts davon erzählt, obwohl der alle Details hatte hören wollen? Weil das Ganze nur ein Gerücht war, suchte Chee sich zu beschwichtigen. Doch er kannte den wahren Grund: Chee hatte dem Lieutenant nichts davon erzählt, weil er Leaphorns Aversion gegen alles kannte, was mit Hexerei zu tun hatte. Na, vielleicht würde er es ihm bei nächster Gelegenheit erzählen.

Er rollte sich auf die Seite und versuchte zu schlafen. Morgen würde er nach Farmington fahren, Bistie im Gefängnis besuchen und mit ihm über Hexerei reden. Jedenfalls wollte er das versuchen.

9

Ich schätze, Sie kommen zu spät«, sagte der Officer in Farmington am Telefon. »Es ist schon eine Anwältin unterwegs, um ihn rauszuholen.«

»Was für eine Anwältin?«

»Vom DNA. Sie kommt aus Shiprock rüber.«

»Genau wie ich«, sagte Chee. Er versuchte, sich an den Namen des Officers zu erinnern. Die Stimme war ihm gleich bekannt vorgekommen. Ja, jetzt hatte er ihn. »Hören Sie, Fritz, wenn sie vor mir da ist, können Sie sie doch sicher eine Weile hinhalten? Tun Sie so, als wären noch ein paar Formalitäten zu erledigen.«

»Ich probiere das, Jim«, sagte Fritz. »Die Leute werfen uns ohnehin vor, dass bei uns alles zu lange dauert. Können Sie es bis neun schaffen?«

Chee sah auf die Uhr. »Bestimmt.«

Von der Polizeistation Shiprock bis zum Gefängnis in Farmington waren es etwa dreißig Meilen. Unterwegs überlegte Chee, wie er am besten mit der Anwältin verhandelte. Falls sie sich überhaupt auf Verhandlungen einließ. DNA war die Abkürzung für Dinebeiina Nahiilna be Agaditahe, was roh übersetzt »die Leute mit der schnellen Zunge, die anderen aus der Patsche helfen« hieß, für die Navajo praktisch dasselbe wie die Legal Aid Society für die Weißen, eine Organisation, die kostenlosen Rechtsbeistand gewährt. Früher waren vorwiegend junge, sozial engagierte Leute für das DNA tätig gewesen, Hitzköpfe, die der

Navajo-Police skeptisch, wenn nicht feindlich gegenüberstanden. Jetzt hatte sich das etwas gebessert, aber das Verhältnis war noch immer ausgesprochen kühl und von gegenseitigem Misstrauen geprägt.

Chee erwartete zwar keinen Ärger, war vorsichtshalber aber auf Spannungen gefasst.

Als er in Farmington ankam, saß im Besucherraum des Gefängnistrakts D eine junge Frau in weißer Seidenbluse. Sie war klein und schmächtig, eine Navajo mit kurz geschnittenem schwarzem Haar und dunklen zornigen Augen. In diesen Augen las Chee Misstrauen und eindeutige Ablehnung, wenn nicht gar Verachtung.

»Sie sind Chee und haben meinen Mandanten festgenommen?«, fragte sie.

»Jim Chee.« Er merkte rechtzeitig, dass es wohl nicht angebracht war, ihr die Hand hinzustrecken. »Genau genommen habe nicht ich ihn festgenommen. Die Bundespolizei –«

»Ich weiß«, fiel ihm die Anwältin ins Wort und erhob sich mit einer anmutigen Bewegung. »Hat Agent Kennedy Ihnen und vor allem Mr Bistie erklärt, dass ein Bürger, auch ein Navajo, das Recht hat, sich mit einem Anwalt zu beraten, bevor man ihn verhört?«

»Die Rechte sind ihm vorgelesen –«

»Und sind Sie sich darüber im Klaren, dass Sie absolut kein Recht haben, Mr Bistie ohne konkreten Anklagepunkt zu inhaftieren?« Jedes Wort kam mit abgezirkelter Schärfe. »Sie wissen, dass er den Mord nicht begangen hat. Trotzdem halten Sie ihn hier fest. Um mit ihm zu reden, wie Sie das nennen.«

»Er ist hier, weil wir ihn verhören müssen.« Chee merkte, dass er rot geworden war. Er wusste, dass Officer Fritz Langer von der Polizei in Farmington an seinem Schreibtisch saß und alles mit anhörte. Als er den Kopf drehte, sah er, dass Langer obendrein unverschämt grinste. »Er hat zugegeben, dass er mit dem Gewehr auf –«

Wieder ließ die Anwältin ihm keine Chance. »Er hatte vor dieser Aussage keine Gelegenheit, mit einem Rechtsbeistand zu sprechen. Und im Moment wird Mr Bistie nur festgehalten, weil Sie mit ihm reden wollen, wobei Sie es nicht mal besonders eilig hatten, von Shiprock herzukommen. Dafür gibt es erst recht keine Rechtsgrundlage. Sie haben das mit dem zuständigen Officer abgesprochen, und der lässt natürlich einen alten Kumpel nicht im Stich.«

Langers Grinsen verschwand. »Da ist eine Menge Papierkram zu erledigen. Es dauert eben, wenn das FBI beteiligt ist.«

»Papierkram? Das sind Ausflüchte!«, fuhr die Anwältin ihn an. »Kumpanei ist das. Ihr Kumpel«, sie zeigte mit dem Daumen auf Chee, was eine höfliche Navajo sich nie erlaubt hätte, »Ihr Kumpel hat Sie angerufen und Ihnen zugeredet, Mr Bistie so lange in der Zelle zu behalten, bis er mit ihm geredet hat, notfalls bis heute Abend.«

»Nee«, sagte Langer. »Sie wissen selbst, wie genau das FBI diese Dinge nimmt. Da muss jedes i-Pünktchen stimmen.«

»Na schön, Mr Chee ist jetzt da. Setzen Sie Ihre i-Pünktchen, und lassen Sie Mr Bistie frei.«

Langer warf Chee einen ironischen Blick zu, griff zum Hörer und führte ein kurzes Telefonat. »Er kommt gleich«, sagte er, langte nach unten und zog eine braune Papiertüte hervor, auf der mit rotem Filzstift *R. Bistie, Westflügel* stand. In diese Papiertüte hätte Chee gern mal einen Blick geworfen. Aber auf diese Idee hätte er kommen müssen, ehe die Anwältin aufgekreuzt war.

Er versuchte es mit einem Lächeln. »Ich brauche wirklich nur ein paar Minuten. Nur ein paar Auskünfte.«

»Worüber?«

»Wenn wir wüssten, warum Bistie Endocheeney töten wollte – und er sagt selbst, dass er das vorhatte«, flocht Chee hastig ein, »dann hätten wir vielleicht einen Hinweis auf das Motiv der Person, die Endocheeney später erstochen hat.«

Die Anwältin ließ ihn abblitzen. »Vereinbaren Sie einen Termin mit ihm. Vielleicht will er mit Ihnen reden, vielleicht auch nicht.«

»Vermutlich ist es nicht schwer, ihn erneut festzunehmen. Als wichtigen Zeugen oder so.«

»Ja, vermutlich«, sagte sie. »Aber dann sollte alles legal zugehen. Jetzt wird er nämlich von jemandem vertreten, dem klar ist, dass sogar ein Navajo verfassungsmäßige Rechte hat.«

Ein älterer Gefängnisbeamter schob Roosevelt Bistie durch die Tür und klopfte ihm auf die Schulter. »Bis zum nächsten Mal«, sagte er und verschwand wieder.

»Mr Bistie«, sagte die Anwältin, »ich bin Janet Pete. Wir haben gehört, dass Sie einen Rechtsbeistand brauchen. Deshalb hat mich das DNA hergeschickt. Ich vertrete Sie.«

Bistie nickte ihr zu. »*Ya-ta-hey*«, sagte er. Dann sah er Chee an, nickte wieder und lächelte. »Eine Anwältin brauche ich nicht«, sagte er. »Ich weiß ja inzwischen, dass jemand den Kerl umgelegt hat. Ich habe leider nicht getroffen.« Dabei lachte er, aber Chee sah nur einen kranken alten Mann vor sich.

Janet Pete warf Chee einen raschen Seitenblick zu und sagte zu Bistie: »Sie brauchen Rechtsbeistand. Jemand muss Ihnen klarmachen, dass Sie mit Ihren Äußerungen vorsichtig sein müssen.« Sie wandte sich an Langer. »Ich will irgendwo ungestört mit meinem Klienten reden. Unter vier Augen.«

»Kein Problem«, sagte Langer, gab Bistie die Papiertüte und deutete den Flur entlang. »Erste Tür links.«

»Miss Pete«, sagte Chee, »würden Sie Ihren Klienten fragen, ob ich danach kurz mit ihm reden kann? Sonst …«

»Sonst was?«, fragte sie scharf.

»Sonst müsste ich den weiten Weg bis zu seinem Hogan in den Lukachukais fahren, um mit ihm zu reden. Und das alles wegen drei, vier Fragen, die ich letztes Mal nicht gestellt habe.«

»Mal sehen«, sagte Janet Pete und folgte Bistie den Flur entlang.

Chee sah aus dem Fenster. Der Rasen brauchte Wasser. Warum mussten die Weißen eigentlich dort Gras säen, wo es nicht wachsen konnte, wenn man nicht dauernd hinterher war? Das war ihm schon immer ein Rätsel, er hatte auch mit Mary Landon darüber gesprochen und vermutet, es ginge den Weißen nur darum, der Natur etwas abzutrotzen. Mary hatte gesagt, nein, sie wollten es einfach nur schön haben. Chee hob den Blick. Hinter dem Rasen, am anderen Ufer des San Juan River, begann die Wüste. Er fand sie schöner. Heute sah sogar das Steppenläufergesträuch auf dem Gehweg verdorrt aus. Der Himmel war nahezu wolkenlos, und trockene Hitze lastete auf dem Land.

»Ich habe ihr nichts davon erzählt, dass ich sie etwas hinhalten sollte«, sagte Langer entschuldigend. »Sie muss von selbst darauf gekommen sein.«

Chee nickte. »Schon gut. Ich glaube, sie mag einfach keine Cops.« Unvermittelt kam ihm ein Gedanke. »Wissen Sie noch, was in Bisties Tüte war?«

Langer wirkte überrascht und zuckte die Achseln. »Das Übliche. Portemonnaie. Autoschlüssel. Taschenmesser. Ein kleiner Sack aus Hirschleder, wie ihn einige von euch tragen. Ein Taschentuch. Nichts Besonderes.«

»Haben Sie ins Portemonnaie geschaut?«

»Das Geld wird bei der Einlieferung gezählt.« Langer ging die Zettel an einem Klemmbrett durch. »Er hatte einen Zehndollarschein, drei Eindollarscheine und dreiundsiebzig Cent Kleingeld dabei. Dazu Führerschein und so weiter.«

»Können Sie sich sonst an etwas erinnern?«

»Ich hatte bei der Einlieferung dienstfrei«, sagte Langer, »Al von der Spätschicht hat sich darum gekümmert. Hier steht: Keine sonstigen Wertgegenstände.«

Chee nickte.

»Wonach suchen Sie denn?«

»Ich stochere nur herum. Manchmal kriegt man so auch einen Fisch ins Netz.«

»Apropos – können Sie mir einen Angelschein für den Wheatfields Lake besorgen? Kostenlos natürlich.«

»Na ja, Sie wissen vermutlich –«

Janet Pete erschien auf dem Flur. »Er sagt, er redet mit Ihnen.«

»Haben Sie vielen Dank«, gab Chee zurück.

Im Zimmer gab es nur einen nackten Holztisch und zwei Stühle. Auf einem saß Bistie, die Papiertüte stand darunter. Er sah müde aus und hatte die Augen bis auf einen schmalen Spalt geschlossen. Chee langte nach dem anderen Stuhl, zögerte und sah Janet Pete fragend an. Sie lehnte hinter Bistie an der Wand.

»Könnte ich ihn allein sprechen?«, fragte er.

»Ich bin Mr Bisties Rechtsbeistand, ich bleibe.«

Entmutigt setzte Chee sich. Es war sowieso fraglich, ob Bistie etwas erzählen würde. Das hatte er bisher ja auch nicht getan. Und es war erst recht fraglich, ob er auf das Thema eingehen würde, das Chee anschneiden wollte: Hexerei. Für einen Navajo gab es einen sehr einfachen Grund, dazu lieber nichts zu sagen: Hexer mochten es nicht, wenn man über sie und ihr finsteres Treiben redete. Darum war es ein Gebot der Klugheit, darüber allenfalls mit einem guten Freund zu reden. Nicht mit einem Fremden. Schon gar nicht mit zwei Fremden. Trotzdem, es kam auf einen Versuch an.

»Ich habe etwas gehört, das Sie sicher erfahren möchten«, begann Chee. »Das erzähle ich jetzt und stelle Ihnen danach eine

Frage. Ich hoffe, Sie beantworten sie. Aber wenn nicht, dann eben nicht.«

Bistie wirkte interessiert. Genau wie Janet Pete.

Chee sprach langsam und beobachtete Bisties Miene. »Was ich Ihnen erzähle, habe ich von den Leuten oben in Badwater Wash gehört, und die haben es auch irgendwo gehört: In der Leiche des Mannes, auf den Sie geschossen haben, soll ein kleines Stück Knochen gefunden worden sein.«

Es dauerte nur einen Augenblick, dann fing Bistie kaum wahrnehmbar zu lächeln an. Er nickte Chee zu.

Chee sah kurz zu Janet Pete. Sie wirkte verblüfft.

»Ich weiß natürlich nicht, ob das wahr ist«, fuhr Chee fort. »Ich werde in das Krankenhaus fahren, in das die Leiche gebracht wurde. Vielleicht erfahre ich dort, ob es stimmt. Möchten Sie, dass ich es Ihnen dann erzähle?«

Bistie lächelte nicht mehr, sondern musterte Chees Gesicht. Aber er nickte.

»Jetzt kommt meine Frage. Besitzen Sie so ein kleines Stück Knochen?«

Bistie starrte Chee ausdruckslos an.

»Geben Sie ihm darauf keine Antwort«, sagte Janet Pete. »Erst will ich wissen, was hier vorgeht.« Sie wandte sich stirnrunzelnd an Chee. »Was soll das? Es klingt, als wollten Sie Mr Bistie zu einer Aussage verleiten, die ihn belastet. Worauf wollen Sie hinaus?«

»Wir wissen, dass Mr Bistie nicht Endocheeneys Mörder ist«, sagte Chee. »Aber den Täter kennen wir nicht, und solange wir sein Motiv nicht kennen, werden wir ihn kaum überführen. Mr Bistie scheint einen triftigen Grund gehabt zu haben, Endocheeney zu töten, denn er hat das immerhin versucht. Vielleicht hatte er denselben Grund wie der Mörder. Womöglich war Endocheeney ein Skinwalker. Vielleicht hat er Mr Bistie verhext und ihm den Hexenknochen in den Leib praktiziert. Wenn es so war, kann Endocheeney auch noch andere verhext haben. Wenn etwas dran ist an dem, was ich in Badwater Wash gehört habe, könnte das Stückchen Knochen eine wichtige Rolle spielen. Vielleicht hatte Endocheeney einen Hexenknochen im Leib, weil sein Mörder ihm den verpasst hatte, um die Hexerei zurück auf den Hexer zu lenken.« Chee hatte bei alldem Janet Pete angesehen, Bistie aber aus dem Augenwinkel beobachtet. Wenn in der Miene des alten Mannes überhaupt etwas stand, dann Genugtuung.

»Für mich hört sich das nach Blödsinn an«, sagte Janet Pete.

»Würden Sie Ihrem Klienten bitte empfehlen, jetzt meine Frage zu beantworten und mir zu sagen, ob Endocheeney seiner Meinung nach ein Hexer war?«, bat Chee.

»Ich werde mit ihm darüber reden«, sagte sie. »Aber im Moment halten Sie ihn durch Ihre Fragerei nur auf, um Ihre Neugier zu befriedigen. Es liegt keine Anklage gegen ihn vor.«

»Es geht um einen Mord. Und das mit der Anklage kann sich rasch ändern. Mordversuch.«

»Worauf wollen Sie diese Anklage stützen?«, fragte Janet Pete. »Auf das, was er Ihnen und Kennedy erzählt hat, bevor er einen Anwalt konsultieren konnte? Mehr haben Sie nicht.«

»Darauf und auf einige andere Dinge«, sagte Chee. »Zeugen haben ihn zur Tatzeit in der Nähe des Tatorts gesehen. Jemand hat sich sein Nummernschild gemerkt. Und wir haben die Patronenhülse gefunden.« Das mit der Patrone stimmte nicht, man hatte nicht mal danach gesucht. Warum auch, wenn der Schuss vorbeigegangen war und sie das Schlachtermesser hatten, also die Tatwaffe? Aber Janet Pete wusste ja nicht, dass die Hülse nicht gefunden worden war.

»Ich glaube nicht, dass das für eine Anklage genügt«, sagte sie.

Chee zuckte die Achseln. »Das hängt nicht von mir ab. Ich denke, Kennedy —«

»Ich werde Kennedy anrufen«, sagte sie. »Weil ich Ihnen nicht glaube.« Sie ging zur Tür, legte die Hand auf die Klinke und lächelte. »Kommen Sie mit?«

»Ich bleibe noch«, sagte Chee.

»Dann kommt mein Klient mit.« Sie gab Bistie einen Wink. Er stand auf, stützte sich mit der Hand auf der Tischplatte ab und ging zu ihr.

»Die Befragung ist beendet«, sagte Janet Pete und zog die Tür hinter sich ins Schloss.

Chee wartete einen Augenblick, dann ging er zur Tür, öffnete sie einen Spalt und sah Janet Pete am Münztelefon stehen. Rasch schloss er die Tür wieder, griff nach Bisties Tüte, kramte darin, fand aber nichts Interessantes und zog das Portemonnaie heraus.

Im Münzfach fand er, was er suchte. Ganz in der Ecke steckte eine kleine Kugel. Er rollte sie zwischen Daumen und Zeigefinger, inspizierte sie. Dann legte er sie zurück, ließ das Portemonnaie wieder in die Tüte gleiten und stellte sie unter Bisties Stuhl. Die winzige Kugel schien aus Knochen zu sein. Sie sah genauso aus wie das elfenbeinfarbene Kügelchen, das er auf dem Boden seines Wohnwagens gefunden hatte.

10

Der Gewittersturm fegte durch das Tal heran. Eine grauweiße Staubwand türmte sich vor ihnen auf und verschluckte die fernen Umrisse der Black Mesa. Windhexen wirbelten über den Boden. Officer Al Gorman und Joe Leaphorn standen neben Gormans Streifenwagen auf der Piste zum Chilchinbito Canyon. Ringsum erstreckte sich Salbeigebüsch.

»Hier«, sagte Gorman, »genau hier hat er den Wagen geparkt, einen Pick-up, nehme ich an.«

Leaphorn nickte. Gorman schwitzte. Ein Rinnsal Schweiß rann ihm den Nacken hinunter zum Hemdkragen, zum einen wohl wegen der Hitze, zum anderen, weil Gorman besser ein paar Kilo abnehmen sollte. Aber, dachte Leaphorn, vielleicht liegt es auch daran, dass ich ihn nervös mache.

»Da oben, wo er Sam umgebracht hat, fängt die Spur an, direkt am Steilhang über dem Chilchinbito. Dann führt sie drüben den Hang runter, ungefähr da, wo das Schiefergestein zu sehen ist«, Gorman deutete mit dem Finger darauf, »und dann quer durch den Salbei bis hierher.«

Leaphorn ächzte. Er beobachtete, wie die Staubwand das Tal entlangzog, an den Rändern ausgefranst vom wirbelnden Wind. Eine dieser kleinen Windhosen war über einer Gipsmulde angekommen, und auf einmal schien sich ein weißer Schleier über die graue Wand zu legen. Leaphorn musste daran denken, wie sehr Emma solche Naturschauspiele genoss, wie viel Schönheit sie darin entdeckte und wie viele Geschichten aus der Navajo-

Mythologie sie damit verbinden konnte. Jetzt würde sie sagen, es seien die Blue Flint Boys, die da ihre Spiele spielten, denn sie galten als verantwortlich für solche Windhosen. Am Abend würde er ihr beschreiben, wie es hier in der Hochebene unter dem Sege Butte ausgesehen hatte – sofern er sie wach antraf und nicht, wie so oft in letzter Zeit, in dem Dämmerzustand, in dem sie nicht ansprechbar war.

Gorman redete immer noch über die Fußspuren, die er oben am Tatort entdeckt hatte und denen er bis hier unten gefolgt war. Und über die Reifenspuren. »Der hatte es mächtig eilig«, sagte er. »Die Räder haben sich tief eingegraben und Gras und Erde hochgeworfen. Etwas weiter unten hat er gewendet und ist zur Straße zurückgefahren.«

»Wo genau war der Tatort?«

»Sehen Sie die Wacholderbüsche ein Stück rechts über dem Schieferhang? Dort hat der Mann ...« Gorman unterbrach sich und sah kurz zu Leaphorn hinüber, ob der ihm erlauben würde, das Gebot zu ignorieren, demzufolge man den Namen eines Toten nicht aussprechen durfte. Dann setzte er neu an. »Dort hat Wilson Sam sich aufgehalten. Offenbar hat er da oben häufig Rast gemacht, wenn er mit den Schafen unterwegs war. Und der Mörder hat ihn fünfundzwanzig bis dreißig Schritte rechts von der Wacholdergruppe erwischt.«

»Hat er nicht einen Riesenumweg gemacht bei der Kletterei über das Schiefergestein?«, fragte Leaphorn.

»Das kommt einem von unten so vor, weil man nicht sehen kann, wie stark das Gelände eingeschnitten ist«, erklärte Gorman. »Auf dem vorgeblich kürzesten Weg stößt man hinter der Schiefernase auf einen Arroyo mit steilen Böschungen. Den muss man umgehen, erst recht mit Schafen, entweder weiter oben oder weiter unten. Der kürzeste Weg führt also nicht –«

Leaphorn unterbrach ihn. »Hat er hin und zurück denselben Weg genommen?«

Gorman sah ihn verdutzt an.

Leaphorn formulierte seine Frage anders, auch um sie sich selbst klarer zu machen. »Als er mit seinem Wagen hier entlangkam, hat er vermutlich nach Sam Ausschau gehalten oder ihn sogar gejagt. Dann hat er Sam oben bei den Wacholderbüschen entdeckt. Oder nur die Schafe. Weiter wäre er mit dem Wagen nicht gekommen, also hat er ihn stehen lassen und ist ausgestiegen. Er musste da hoch, denn er war hinter Sam her. Sie sagen, der schnellste Weg führt da rechts rüber, dann über das Schiefergestein bis hoch zum Kamm. Dort oben musste er den Arroyo auf einem Schafpfad umgehen und sich dann in einem Bogen nach links halten. Eine ziemlich weite Strecke. Und trotzdem der kürzeste Weg. Auf jeden Fall hat er ihn nach dem Mord genommen. Aber vor der Tat?«

»Auch. Glaube ich jedenfalls. Ich habe nicht darauf geachtet. Das war ja nicht so wichtig. Ich habe mich mehr um seinen Fluchtweg gekümmert.«

»Versuchen wir, das herauszufinden«, meinte Leaphorn. Einfach war das sicher nicht, aber auf einmal regte sich ein Funke Hoffnung in ihm. Wenn sie neue Spuren fanden, konnten sie vielleicht daraus schließen, ob Wilson Sams Mörder sich hier in der Gegend ausgekannt hatte. So klein dieser Ermittlungsfortschritt auch wäre: Er würde Leaphorns Soll an diesem trostlosen Tag erfüllen.

Er hatte sich dieses Soll beim Frühstück auferlegt. Bis zum Abend wollte er seinem Wissen über die ungelösten Mordfälle mindestens ein Mosaiksteinchen hinzufügen. Zum Frühstück hatte er Maisbrei gegessen, einen von Emmas frittierten Teigfladen und ein paar Scheiben Salami aus dem Kühlschrank. In den fast dreißig Jahren ihrer Ehe war Emma immer vor ihm aufgestanden, fast noch im Morgengrauen. Aber heute hatte sie geschlafen, und Leaphorn hatte sich leise angezogen, um sie nicht zu wecken.

Sie hatte abgenommen, weil sie kaum etwas aß. Bevor Agnes gekommen war, hatte Emma das Essen einfach vergessen, wenn er nicht da war. Er hatte ihr, bevor er ins Büro ging, ein Mittagessen zubereitet, aber wenn er abends nach Hause kam, sah er, dass sie nichts angerührt hatte. Inzwischen vergaß sie manchmal sogar zu essen, wenn der gefüllte Teller vor ihr stand. »Emma«, redete er ihr dann zu, »iss.« Und sie schaute dann mit verlegenem, verwirrtem, halb verlorenem Lächeln auf und sagte: »Es schmeckt gut. Ich habs nur vergessen.« Heute Morgen, während er sich das Hemd zuknöpfte, hatte er gesehen, wie tief eingefallen ihre Wangen waren. Dabei hatte er immer ein ganz anderes Bild von ihrem Gesicht vor Augen gehabt, weich und rund wie damals, als er ihr auf dem Campus der Arizona State University zum ersten Mal begegnet war.

Die Arizona State University. Seine Mutter hatte, wie es das alte Ritual der Navajo verlangte, seine Nabelschnur nach der Geburt neben dem Hogan unter den Wurzeln einer Pinie vergraben, um das Kind so für immer an seine Familie und sein Volk zu binden. Aber es lag eigentlich an Emma, dass er nie von dieser Gegend losgekommen war. Sie wollte nicht ohne die Sacred Mountains leben und er nicht ohne Emma.

Heute Morgen, als er ihre eingefallenen Wangen, die dunklen Schatten unter den Augen und die tief eingegrabenen Linien an den Mundwinkeln gesehen hatte, war er erschrocken. Sie hätte über seine Besorgnis wieder nur gelächelt und gesagt: »Mir geht es gut. Mir ist es nie besser gegangen. Anscheinend hast du im Büro nicht genug zu tun und machst dir aus Langeweile Sorgen um mich.« Aber in letzter Zeit gab sie immer häufiger zu, dass sie Kopfschmerzen hatte. Und sie wusste, dass ihm ihre

Vergesslichkeit längst aufgefallen sein musste. So wie ihm nicht entgangen sein konnte, dass sie immer öfter aus Tagträumen hochschreckte und dann sekundenlang nicht wusste, wo sie war und was um sie herum geschah.

Übermorgen war der Arzttermin, mittags um zwei. Er würde früh mit ihr losfahren und sie nach Gallup ins Krankenhaus des Indian Health Service bringen. Und dann würden die Ärzte endlich sagen, was ihr fehlte. Es hatte keinen Zweck, jetzt darüber nachzugrübeln. Es war sinnlos, sich immer und immer wieder ins Gedächtnis zu rufen, was er über Alzheimer Schreckliches gehört hatte. Vielleicht war es ja etwas anderes. Doch er wusste, dass es Alzheimer war. Es gab einen Beratungsdienst für diese Krankheit, er hatte dort angerufen und einige Tage später ein Päckchen mit Unterlagen bekommen.

... sind als typische Anfangssymptome bekannt:
Vergesslichkeit
Vermindertes Urteilsvermögen
Versagen bei Routinetätigkeiten
Nachlassende Spontaneität
Mangelnde Entschlusskraft
Zeitliche und räumliche Desorientierung
Depressionen und Angstzustände
Artikulationsschwierigkeiten
Zeitweilige Verwirrung

Er hatte die Liste im Büro durchgelesen und mit seinen Beobachtungen verglichen. Manchmal brach Emma mitten im Satz ab. Dauernd bildete sie sich ein, er müsse seinen freien Tag haben. Neulich hatte sie es nicht mal fertiggebracht, den Plastiksack im Mülleimer zu befestigen. Und als Agnes schon zwei Tage im Haus war, hatte Emma mit den Vorbereitungen für ihre

Ankunft begonnen. Dazu kam ihre Lethargie. Aber am schlimmsten war, wenn er nachts hochschreckte, weil Emma aus einem Albtraum erwacht war und sich voller Angst an ihn klammerte. Er hatte die Liste nach seiner Gewohnheit mit Randnotizen versehen und festgestellt, dass auf Emma alle neun Punkte zutrafen.

Leaphorn hatte also allen Grund, an etwas anderes zu denken.

So hatte er diesen Morgen zuerst an Irma Onesalts Totenliste gedacht. Warum waren die Sterbedaten so wichtig für sie? Als er gegangen war, hatte Emma noch geschlafen; Agnes war wohl gerade aufgestanden, er hatte sie in ihrem Zimmer gehört. Er war ins Büro gefahren. Die Sonne ging auf, das gleißende Licht verhieß wieder einen heißen, trockenen Tag. Wo die Highways sich kreuzten und das Rodeo-Gelände lag, ließ die Fütterung des Viehs Staub aufsteigen. Mit dem Rodeo und den unzähligen Problemen, die es mit sich brachte, musste er sich im Laufe des Tages auch noch beschäftigen. Aber jetzt waren erst mal die Mordfälle vorrangig.

Im Büro hatte er einen Brief an die Gesundheitsämter von Arizona, New Mexico und Utah konzipiert. Falls Irma Onesalt sich an Dr. Randall Jenks' Rat gehalten hatte, musste sie sich wegen der Todesdaten dorthin gewandt haben. Telefonisch konnte er die Anfrage nicht erledigen, dazu war die Sache zu heikel. Und wirklich dringend war sie auch nicht. Also erläuterte er zunächst seine Zuständigkeit und machte klar, dass es um einen Mordfall ging. Dann beschrieb er die Liste, die Irma Onesalt bei sich gehabt hatte, möglichst genau. Danach konnte er endlich zur Sache kommen, nämlich zu der Frage, ob Onesalt einen der Adressaten schriftlich oder telefonisch um Auskunft wegen der Todesdaten ersucht hatte. Er bat, ihm gegebenenfalls eine Kopie des Schreibens zur Verfügung zu stellen oder ihm für weitere Nachforschungen den Namen der telefonisch kontaktierten

Person zu nennen. Zuletzt schrieb er das Ganze sauber ab und heftete für den Schreibdienst einen Zettel mit den Adressen an.

Dann dachte er daran, was Jenks ihm über sein Kügelchen gesagt hatte: Rinderknochen. Ein Hexer – einmal unterstellt, dass es Hexer gab – hätte menschlichen Knochen verwendet, sofern er die Mythologie der Navajo für bare Münze nahm. Er wäre demnach von der Person betrogen worden, die ihm den Knochen besorgt hatte. Falls aber jemand nur vorgeben wollte, ein Hexer zu sein, spielte die Art des Knochens keine Rolle. Wer glaubte, dass Hexer mit einem Blasrohr Knochenstücke in ihre Opfer praktizierten, kam sicher nicht auf die Idee, Knochenstücke, die im Körper eines Toten gefunden worden waren, unter ein Mikroskop zu legen. Und Kügelchen aus Rinderknochen ließen sich leicht besorgen. Wer Schmuckbesatz für Kleidung fertigte, holte sich solche Knochen sicher einfach vom Schlachthof ab. Die Knochenkugel aus Chees Wohnwagen war alt, sehr alt, hatte Jenks gesagt. Wahrscheinlich stammte sie von einem Schmuck- oder Kleidungsstück. Ob das FBI mit seinen nahezu unbegrenzten technischen Möglichkeiten mehr herausfinden konnte? Leaphorn bezweifelte es. Und er bezweifelte vor allem, dass das FBI dazu bereit war. Delbert Streib würde einen Lachanfall bekommen, wenn ihm die Notiz über Hexerei und die Verwendung von Knochen auf den Tisch flatterte.

Leaphorn hielt mehr davon, Officer Jimmy Tso, der für die Zusammenarbeit mit der Polizei in Gallup zuständig war, auf die Sache anzusetzen. Tso sollte feststellen, wo die Navajo, Zuñi und Hopi, die Schmuck und Kleidungsapplikationen in Heimarbeit herstellten, die kleinen, aus Knochen geschnitzten Kugeln kauften, und neben den einschlägigen Läden die Pfandhäuser abklappern. Leaphorn verfasste einen schriftlichen Auftrag und legte den Zettel in den Ausgangskorb. Dann nahm er die Akten über die Mordfälle aus dem Schrank und sortierte sie vor sich auf dem Schreibtisch.

Die Akte Onesalt schob er beiseite. Irma Onesalt war das erste Opfer gewesen. Sein Instinkt sagte ihm, dass hier der Schlüssel zur Aufklärung der anderen Verbrechen verborgen lag, und ihre Akte kannte er auswendig. Aber das änderte nichts an seiner Ratlosigkeit. Irma Onesalt schien so zufällig ums Leben gekommen zu sein wie jemand, den der Blitz erschlagen hatte; so grausam und willkürlich zudem, dass er an den bösartigen Mutwillen der Holy People denken musste.

Beim Durchblättern der Akte »Wilson Sam« fiel ihm nichts Neues auf. Nur dass er jetzt mit dem Navajo-Polizisten Al Gorman, der Jay Kennedy bei der Aufklärung dieser Mordsache unterstützte, mehr anfangen konnte, weil er ihn inzwischen gesehen hatte und sich zu dem Namen ein Gesicht vorstellen konnte.

Sein Blick fiel durchs Fenster; über den Dächern von Window Rock lag die Morgensonne. Gorman. Der Gedrungene neben Chee und Benaly, als die drei über den Parkplatz vor der Dienststelle in Shiprock gekommen waren. Chee, der den Wagen sofort wahrgenommen und gleich gewusst hatte, wessen Auto das war und wer am Lenkrad saß. Prompt war sein Gang etwas steifer, waren die Schultern etwas gerader geworden, weil er sich beobachtet wusste. Das immerhin war Benaly aufgefallen, der Leaphorns Wagen daraufhin bemerkt hatte, ohne sich indes dafür zu interessieren. Nur Gorman hatte nichts gemerkt, sondern geredet. Ein Polizist mit lausiger Beobachtungsgabe, nur auf das konzentriert, womit er sich gerade beschäftigte. Officer Gorman hatte Leaphorn noch nicht mal in seinem Wagen sitzen sehen. Wenn ihm das entgangen war, was mochte er alles am Tatort übersehen haben? Vielleicht nichts. Aber Leaphorn nahm sich vor, den Ort, an dem Wilson Sam gestorben war, noch mal in Augenschein zu nehmen. Auch wenn das womöglich nur ein Vorwand war.

Neun Minuten vor acht. In neun Minuten würde sein Telefon klingeln und der tägliche Trott beginnen: Ärger mit dem Rodeo und dem Stammesrat, mit aufgebrachten Schulleitern und mit Schwarzbrennern. Zu wenig Personal und zu viele Aufgaben würden ihn einen weiteren Tag in Geiselhaft nehmen. Er ließ den Blick erneut nach draußen schweifen, auf den Highway, der über den Hügelkamm in die Ferne führte, weit weg von Window Rock und allem Papierkram, in die Welt, wo er früher, als sein Job dies noch zuließ, seiner Neugier folgen konnte. Er griff zum Telefon, rief in Shiprock an und bat darum, mit Officer Al Gorman verbunden zu werden.

Es war jetzt früher Nachmittag; Gorman und Leaphorn hatten sich wie verabredet an der Handelsstation Mexican Water getroffen und waren ins Gebiet am Chilchinbito Canyon gefahren, eine Strecke, auf der einem die Knochen heftig durchgerüttelt wurden. Ziemlich rasch hatte sich erwiesen, dass Leaphorn Officer Al Gorman richtig eingeschätzt hatte. Seine Großmutter hätte gesagt: Einer, der die Grashalme zählt und die Wiese nicht sieht.

Gorman saß neben ihm im Wagen und fragte sich offenbar, was Leaphorn vorhatte. Der hätte es ihm sagen können: hinter all den Grashalmen die Wiese sehen.

Zwei Stunden hatten sie gebraucht, um festzustellen, dass der Mörder vor der Tat nicht denselben Weg genommen hatte wie danach. Abgebrochene Zweige, weggerollte Steine, hier und da ein Fußabdruck, der sich tief genug in den Boden gedrückt hatte, um auch nach zwei Monaten ohne einen Tropfen Regen noch sichtbar zu sein – all diese Spuren hatten ihnen verraten, wie der Mörder von seinem Wagen zu den Wacholderbüschen gekommen war: eben nicht auf dem Weg, den er hinterher gegangen war, sondern fast genau auf der Geraden zwischen beiden Punkten.

Auch oben auf dem Kamm hatte er sich nur einmal, als er auf dichtes Gestrüpp stieß, zu einem Umweg entschlossen. So war er auf sein Ziel zugegangen, bis er an den Arroyo kam. Dort musste er klettern, es ging nicht anders, aber es hatte ihn nicht weiter als ungefähr hundert Schritte von der ursprünglichen Fährte abgebracht. Erst jenseits des Arroyo wiesen die Spuren knapp vierhundert Meter weit in die entgegengesetzte Richtung, bis zu einer Spur, die die Schafe ins Gras getreten hatten. Nur an dieser Stelle kreuzten sich der Hin- und Rückweg des Mörders.

Der Rest des Vormittags war damit vergangen, dass Gorman ihm zeigte, worauf er gestoßen war, als er im Frühsommer für Kennedy den Tatort aufgenommen hatte. Da war die schmale Auswaschung, die in den Chilchinbito hinunterführte, hier hatte Wilson Sams Leiche gelegen. Wegen der Trockenheit war noch zu erkennen, wo Sam ein Stück weit den Abhang hinuntergerollt war. Sogar ein paar Blutspuren waren noch im Sand zu finden, obwohl Ameisen das meiste beseitigt hatten. Auch die Spuren der Leute, die Sam abtransportiert hatten, waren an diesem windgeschützten Ort noch zu erkennen.

Oben bei der Wacholdergruppe konnte man die Spuren noch deutlicher sehen. Gorman zeigte ihm, wo Sam gestanden hatte und aus welcher Richtung sein Mörder gekommen war. »Nicht schwer auseinanderzuhalten«, meinte er. »Sam trug eher kleine Stiefel mit flachen Absätzen, der Täter Cowboystiefel, etwa Größe 45.«

Das alles stand in Kennedys Bericht, Leaphorn hatte ihn aufmerksam gelesen. Aber weil er es von Gorman selbst hören wollte, fragte er trotzdem noch mal: »Und die beiden haben nicht erst eine Weile beieinandergestanden und sich unterhalten? Kann das ausgeschlossen werden?«

»Ja, Sir, eindeutig«, bestätigte Gorman. »Ungefähr auf den letzten vierzig Schritten ist der Mörder gerannt, von da drüben

hier herüber.« Gorman zeigte nach Süden ins Salbeigebüsch.
»Keine Absatzabdrücke mehr – er muss gerannt sein.«

»Und Sam? Wie weit konnte er wegrennen?«

Gorman zeigte es ihm. Nicht weit, etwa fünfundzwanzig
Schritt. Alte Männer können nicht mehr schnell rennen, auch
wenn sie um ihr Leben laufen.

Als sie wieder beim Wagen waren, sah Leaphorn zu den Wacholderbüschen hinauf. Hier unten hatte auch der Mörder gestanden und dort oben Sam oder dessen Schafherde entdeckt.
Leaphorn nagte nachdenklich an seiner Unterlippe. Sein Blick
folgte dem Weg, den sie anhand der Spuren rekonstruiert hatten. Er versuchte, sich vorzustellen, was im Kopf des Mörders
vorgegangen war.

»Gehen wir noch mal alles durch«, sagte er zu Gorman, »damit ich sicher sein kann, nichts übersehen zu haben. Bis hierher
ist der Mörder gefahren. Dann hat er Sam oder die Schafe dort
oben gesehen. Er ist zu Fuß auf direktem Weg weitergegangen.
Ziemlich rasch, würde ich den Spuren im Salbeikraut nach
sagen. Er wusste nicht, dass er da oben auf einen Arroyo stoßen
würde und die Böschung zu steil ist, um auf der anderen Seite
wieder hochzuklettern. Also musste er sich eine Stelle suchen,
an der die Böschung flacher ist.«

»Ziemlich dumm von ihm«, warf Gorman ein.

»Mag sein«, sagte Leaphorn, obwohl das mit Dummheit
nichts zu tun hatte. »Als er dann nicht mehr weit von Sam entfernt war, hatte er es so eilig, ihn zu töten, dass er losgerannt ist,
richtig?«

»Ich denke schon«, sagte Gorman.

»Aber warum ist Sam weggerannt?«

»Er war erschrocken«, meinte Gorman. »Vielleicht hat der
Mörder ihn angeschrien. Oder er hat schon die Schaufel geschwungen, mit der er ihn erschlagen hat.«

»Ja«, sagte Leaphorn, »das vermute ich auch. Wenn wir ihn eines Tages schnappen, wen, glauben Sie, haben wir dann vor uns?«

Gorman zuckte die Achseln. »Keine Ahnung. Den Fußspuren nach muss es ein Mann gewesen sein. Vielleicht einer aus der Verwandtschaft.« Er sah Leaphorn an und lächelte schwach. »Sie wissen ja, wie das ist. Es gibt immer mal Streit. Zum Beispiel mit den Verwandten aus der Familie der Frau. Oder mit einem Nachbarn, wegen der Weideflächen. So was kommt dauernd vor.«

So etwas kam tatsächlich dauernd vor. Aber hier lagen die Dinge anders.

»Bedenken Sie, dass er nichts von dem Arroyo gewusst hat. Und offenbar nur zufällig auf die Spur der Schafe gestoßen ist«, sagte Leaphorn. »Verrät Ihnen das nichts?«

Gormans rundes, sympathisches Gesicht wirkte verblüfft. »Darüber habe ich mir noch keine Gedanken gemacht«, gab er zu. »Also kann es kein Nachbar gewesen sein. Leute von hier hätten sich ausgekannt.«

»Demnach war unser Mann ein Fremder.«

»Ja«, sagte Gorman. »Komisch. Hilft uns das weiter?«

Leaphorn zuckte die Achseln. Wie sollte ihm das schon weiterhelfen? Er dachte kurz daran, dass auch Bistie und Endocheeney sich nicht gekannt hatten, aber das war nur eine zufällige Übereinstimmung. Bis jetzt hatte er nichts, was einen Sinn ergeben hätte. Aber er hatte wenigstens das selbst gesteckte Ziel erreicht und eine neue Tatsache herausgefunden. Ein Mosaiksteinchen war dazugekommen: die Erkenntnis, dass Wilson Sams Mörder ein Fremder gewesen war.

II

Jim Chee hatte sich eine Weile den Kopf zermartert, sah aber keine Möglichkeit, etwas wegen der kleinen Knochenkugel in Roosevelt Bisties Geldbörse zu unternehmen. Die Papiertüte stand wieder da, wo sie zuvor gestanden hatte, Chee verließ das Zimmer und zog die Tür hinter sich zu. Hinter der Glastür am Ende des Flurs sah er Bistie auf der harten Holzbank sitzen, den Blick starr geradeaus gerichtet, als gäbe es vor dem Fenster etwas zu sehen, das seine ganze Aufmerksamkeit in Anspruch nahm. Chee prägte sich den alten Mann ein. War er es, der ihn mit Schrot hatte durchlöchern wollen? Warum? Weil er ein Hexer war? Bistie sah ganz normal aus, natürlich. Es gab keine Erkennungsmerkmale, wie die Weißen sie ihren Hexen gelegentlich andichteten, keine scharf gemeißelten Züge, keine spitze Nase, keinen Besenstiel. Da saß einfach einer, der vielleicht versucht hatte, ihn umzubringen, aus lauter Bosheit. Ihn, den er gar nicht kannte. So wie er versucht hatte, Dugai Endocheeney, den er auch nicht gekannt hatte, vom Dach zu schießen. Und wie er Wilson Sam erschlagen hatte, als der friedlich seine Schafe weidete. Chee gab sich Mühe, in der zusammengesunkenen Gestalt den nächtlichen Schatten zu erkennen, den er einen Augenblick lang in der Dunkelheit vor dem Wohnwagen gesehen hatte. Richtiger gesagt, von dem er sich eingebildet hatte, ihn zu sehen. Aber es gelang ihm nicht. Damals in der Nacht war ihm die huschende Gestalt klein und schmächtig vorgekommen. Kleiner als der alte Mann auf der Bank. War Bistie wirklich der, den sie suchten?

Was immer Bistie vor dem Fenster fasziniert haben mochte, er hatte sich daran sattgesehen und wandte langsam den Kopf. Sein Blick traf sich mit dem von Chee, es schien nichts als höfliches Interesse in Bisties Augen zu geben. Die Tür der Telefonzelle wurde aufgestoßen, Janet Pete kam heraus. Chee drehte sich um und ging den Flur hinunter, zum Ausgang auf der Parkplatzseite. Er ging rasch, denn er lief davon vor all dem, was er am liebsten getan hätte. Bistie erneut festnehmen. Ihm das Portemonnaie vor die Nase halten und die kleine Knochenkugel zeigen, aber diesmal vor Zeugen. Eine Erklärung verlangen, die er später ins Protokoll schreiben konnte. Doch eine kleine Knochenkugel im Portemonnaie aufzubewahren, war nicht verboten. Illegal hatte nur Chee gehandelt. Er durfte gar nichts von dem Kügelchen wissen, er hätte das Portemonnaie nicht durchsuchen dürfen. Dagegen hatte das Gesetz etwas, nicht gegen Knochenkugeln. Und nicht einmal dagegen, dass jemand ein Skinwalker war.

Nachdem ihm klar geworden war, dass er nichts unternehmen konnte, saß er im Wagen und wartete darauf, dass Janet Pete und Bistie auf dem Parkplatz erschienen. Vielleicht kamen sie ohne die Tüte heraus, hatten sie einfach vergessen. Dann hätte Chee eine Chance. Er bräuchte nur wieder reinzugehen, Langer zu sagen, dass Bistie seine Siebensachen vergessen habe, und ihn zu drängen, gründlich zu prüfen, ob auch alles vollständig war. Und diesmal gehörte auch der Inhalt der Geldbörse dazu.

Aber als Janet Pete und Bistie auf den Parkplatz kamen, trug der alte Mann die braune Tüte in der Hand. Die beiden stiegen ins Auto und fuhren Richtung Farmington davon. Auch Chee wartete nicht länger, er nahm die Straße nach Westen, zurück nach Shiprock.

Unterwegs dachte er, dass Bistie eigentlich nicht der sein

konnte, dessen Schatten er sekundenlang in der Dunkelheit gesehen hatte. Also auch nicht der, der mit der Schrotflinte auf den Wohnwagen geschossen hatte. In Bisties Pick-up hing eine 30-30 in der Halterung unter dem Heckfenster. Damit hatte er auf Endocheeney geschossen. Behauptete er jedenfalls. Sie hatten seinen Hogan zwar nicht durchsucht, aber die Wahrscheinlichkeit sprach dafür, dass er keine Schrotflinte besaß. Und noch etwas entlastete Bistie: Ein Skinwalker hatte einen Grund für sein böses Treiben.

In den vielen Geschichten, die zur Mythologie der Navajo gehörten, kam gewöhnlich keine willkürliche Hexerei vor. Welchen Grund aber hätte Bistie haben sollen, Chee zu töten? Wahrscheinlich war er eben nicht der, den sie suchten.

Dieser Gedanke beschwingte ihn. Die Ängste waren vergessen. Vor dem Unbekannten hatte er sich gefürchtet, vor Bistie dagegen fürchtete er sich nicht. Er fühlte sich auf einmal wieder leicht und hätte am liebsten laut gesungen.

Im Eingangskorb im Büro lagen zwei Umschläge und eine Notiz. Den einen Umschlag erkannte er voller Freude sofort: an der Handschrift und an Mary Landons blassblauem Briefpapier; er steckte ihn in die Hemdtasche und griff nach dem zweiten Umschlag. Auf ihm stand in ungelenken Buchstaben mit Bleistift: OFFICER CHEE, POLICE STATION, SHIPROCK. Chee warf rasch einen Blick auf die Notiz. Auf dem üblichen Vordruck für in Abwesenheit eingegangene Nachrichten stand: *Dringend Lt. Leaphorn anrufen.* Chee schob den Zettel beiseite und öffnete den Umschlag.

Er enthielt ein gefaltetes Blatt liniertes Papier, wie es Schulkinder verwenden. Und der Brief war so gegliedert, wie es in der Grundschule gelehrt wird, mit dem Absender oben rechts in der Ecke.

Alice Yazzie
Sheep Springs Trading Post
Navajo Nation 92927

Mein lieber Neffe Jim Chee,
ich hoffe, es geht dir gut. Mir geht es gut. Ich schreibe dir, weil dein
Onkel Frazier Denetsone schon den ganzen Sommer so schlimm
krank ist, und jetzt ist es noch schlimmer geworden. Wir haben ihn
in die Badwater-Klinik gebracht zu dem Mann, der aus der Glas-
kugel liest, und der hat gesagt, er soll sich in der Klinik vom bela-
cani-Arzt Medizin geben lassen. Er nimmt jetzt schon die ganze
Zeit diese grüne Medizin, aber er ist immer noch krank. Der Mann,
der aus der Glaskugel liest, hat gesagt, er soll diese Medizin nehmen,
braucht aber auch einen Gesang. Dann gehts ihm schneller wieder
besser. Es soll ein Blessing Way sein. Ich habe gehört, dass du den
Blessing Way schon für die Nichte von Old Grandmother Nez ge-
sungen hast und dass alle das gut fanden. Alle sagen, dass du es sehr
schön gemacht hast und dass auch die Zeichnungen im Sand schön
gewesen sind. Die Leute sagen, dass es der Nichte von Old Grand-
mother Nez seitdem wieder besser geht.

Wir möchten gern mit dir darüber reden. Wir möchten, dass du
zu Hildegarde Goldtooth kommst, dort wollen wir mit dir über den
Gesang reden. Wir haben ungefähr vierhundert Dollar. Vielleicht
können wir noch mehr zusammenbringen.

Es tat Chee gut, diesen Brief zu lesen. Den Blessing Way hatte
er im Frühjahr zelebriert, es war sein erstes Auftreten als *yataalii*
gewesen – und sein bisher letztes. Die Nichte von Old Grandmother Nez war mit ihm verwandt. Sie war die Tochter einer
Cousine ersten Grades aus der mütterlichen Linie. Nur wegen
dieser Verwandtschaft hatte man ihn gebeten, den Gesang zu
zelebrieren. Es war eine Art Versuchsballon gewesen, bei dem

sich nicht viel Unheil anrichten ließ. Die Krankheit des Mädchens war nichts als der übliche Kummer gewesen, den Sechzehnjährige so haben. Aber der Gesang war natürlich eine willkommene Gelegenheit, in der nördlichen Mitte der Big Reservation publik zu machen, dass Jim Chee seit Kurzem als *yataalii* tätig war.

Und tatsächlich schien sich das jetzt auszuzahlen. Dass Alice Yazzie ihn als Neffen anredete, war reine Höflichkeit, sie gehörten weder zur selben Familie noch zum selben Clan. Frazier Denetsone konnte dagegen nach der bei den Navajo üblichen Auslegung als Onkel im weitesten Sinne gelten, es gab eine Verbindung zum Clan seines Vaters. Frazier Denetsone hatte sicher nicht selbst einen *yataalii* verlangt. In jeder Familie war jemand nach stillschweigender Übereinkunft für solche Dinge zuständig, und der gab dann den Anstoß. Chee sah sich die Unterschrift an. Nach altem Brauch hatte Alice Yazzie auch ihren Clan hingeschrieben: den Streams Come Together Diné. Chees Mutter stammte aus dem Slow Talking People, sein Vater aus dem Salt Clan; es gab keine verwandtschaftlichen Beziehungen zum Streams Clan. Also war die Einladung ein erster Hinweis darauf, dass Jim Chee nun auch außerhalb der eigenen Familie als Singer anerkannt wurde.

Er las den Brief zu Ende. Alice Yazzie bat ihn, am Sonntagabend zu Hildegarde Goldtooth zu kommen. Sie und Frazier Denetsones Frau und Mutter wollten dort sein, um mit ihm zu besprechen, wann die Zeremonie stattfinden konnte. *Wir möchten, dass es so bald wie möglich geschieht,* schrieb sie. *Es geht ihm nicht gut. Ich glaube, er macht es nicht mehr lange.*

Das war ein Wermutstropfen in Chees Freude. Wenn ein *yataalii* gerade erst anfing, kam es besonders auf einen sichtbaren Erfolg an. Natürlich ging es im Wesentlichen darum, dass der Patient zurückfand zur Harmonie mit dem, was ihn in seinem

Leben umgab. Aber der Maßstab für den Erfolg war eben, dass er gesund wurde. Doch Chee wollte an diesem Tag keine negativen Gedanken zulassen. Die Heilung eines hoffnungslosen Falls wäre natürlich ein noch größerer Erfolg. Sollte Frazier Denetsones Krankheit etwas mit jenen dunklen Kräften zu tun haben, gegen die der Blessing Way Heilung bot, und sollte Jim Chee alles bis ins kleinste Detail richtig machen, konnte alles gut werden. Penicillin, Insulin und Bypassoperationen mochten segensreich sein, Chee glaubte durchaus an den medizinischen Fortschritt. Aber er glaubte auch daran, dass Leben und Tod durch Kräfte bestimmt werden, für die die Naturwissenschaft keine Erklärung weiß. Er steckte Alice Yazzies Brief in die Hemdtasche, nahm den von Mary Landon heraus und ritzte den Umschlag mit dem Daumennagel auf.

Liebster Jim,
jeden Tag (und noch mehr jede Nacht) denke ich an dich. Du fehlst mir schrecklich. Kannst du nicht ein paar Tage freinehmen und wieder herkommen? Ich weiß, als du im Mai hier warst, hat es dir nicht gefallen. Aber jetzt ist es sogar in Wisconsin schön geworden – eben die zwei oder drei Wochen, die wir Sommer nennen. Im Augenblick hat es zum Beispiel schon seit ein paar Stunden nicht geregnet. Im Ernst, es ist wunderschön jetzt, es würde dir gefallen. Ich glaube, sogar du könntest dich daran gewöhnen, irgendwo zu leben, wo keine Wüste ist. Du müsstest es nur mal versuchen.

Dad und ich sind letzte Woche zur Studienberatung nach Madison gefahren. Ich kann dort mein zweites Examen machen. Vielleicht brauche ich nur zwei Semester, weil ich vor dem ersten Examen Kurse belegt habe, die mir nun angerechnet werden. Wir haben auch ein hübsches Apartment gefunden, gar nicht weit von der Uni. Und für alle Fälle habe ich schon mal die Unterlagen für die Anmeldung mitgenommen. Ich muss nicht bis zum Beginn des nächsten Semesters

warten, sondern kann sofort als Gasthörerin an den Vorlesungen teil-
nehmen. Der Studienberater sieht da überhaupt kein Problem.
* Die Vorlesungen beginnen in der ersten Septemberwoche. Wenn*
ich mich einschreibe, bedeutet das, dass ich vorläufig nicht zu dir
kommen kann, erst in den Ferien um Thanksgiving herum. Aber
der Gedanke, dich so lange nicht zu sehen, ist mir unerträglich. Bitte
mach es doch möglich zu kommen …

Der Rest huschte an Chees Augen vorbei, er las nur noch die
Worte und achtete nicht mehr darauf, was sie bedeuteten. Irgendwas über ihre gemeinsame Zeit in Stevens Point, dann ein paar
Zeilen über ihre Mutter. Ihrem Vater (der bei Chees Besuch be-
tont höflich gewesen war und alles Mögliche über die Navajo-
Religion gefragt, Chee aber dabei angestarrt hatte, als käme er
von einem fremden Stern), ihrem Vater, schrieb Mary, gehe es
gut, er spiele mit dem Gedanken, sich bald pensionieren zu lassen. Sie schrieb auch, wie aufregend der Gedanke sei, noch mal
zur Universität zu gehen, und dass es sie reize. Dann kamen noch
einige zärtliche Erinnerungen, die nur ihnen beiden gehörten.
  Er las den Brief erneut und diesmal langsam. Aber das änderte
nichts. Er lauschte in sich hinein und wunderte sich über die
dumpfe Leere. Am erstaunlichsten fand er, dass er nicht einmal
überrascht war. Unbewusst war er wohl schon die ganze Zeit darauf gefasst gewesen. Wahrscheinlich hatte Mary von Anfang an
darauf hingearbeitet und nur darum ihre Stelle als Lehrerin in
Crownpoint aufgegeben. Er konnte nicht mehr sagen, ob er es
schon damals begriffen hatte, aber spätestens, als er sie zu Hause
bei ihren Eltern besucht hatte, war es ihm klar geworden. Auf
dem Rückflug nach Albuquerque war der Zwiespalt seiner Gefühle ganz deutlich gewesen. Die Erinnerung an schöne Tage.
Aber in das Glück mischte sich schon die bange Frage, wie es
mit ihnen weitergehen sollte. »Liebster Jim«, schrieb sie heute.

In ihren Briefen aus Crownpoint hatte sie immer »Mein Liebling« geschrieben.

Er stopfte den Brief zu dem von Yazzie in die Hemdtasche und griff nach dem Telefonvermerk. »Dringend Lt. Leaphorn anrufen.« Es war immer noch dringend.

Also rief er Lieutenant Leaphorn an.

12

Joe Leaphorns Telefon läutete. »Wer ist dran?«, fragte er die Vermittlung.

»Jim Chee aus Shiprock.«

»Soll kurz warten.« Leaphorn wusste, was er von Chee erfahren wollte, überlegte aber noch mal, wie er seine Fragen anbringen würde, und balancierte dabei den Hörer in der Hand. »Gut«, sagte er dann, »bitte durchstellen.«

Ein kurzes Klicken in der Leitung, und Leaphorn meldete sich.

»Hier ist Jim Chee. Ich sollte Sie anrufen.«

»Kennen Sie Leute oben am Chilchinbito Canyon? Sie wissen schon, die Gegend, wo Wilson Sam zu Hause war?«

»Da muss ich nachdenken«, sagte Chee. Und nach einem Augenblick Stille: »Nein, ich denke nicht.«

»Kennen Sie sich dort aus? Haben Sie da schon mal ermittelt?«

»Eigentlich nicht. Das ist nicht meine Ecke.«

»Und wie ist es mit Badwater Wash, Endocheeneys Gegend?«

»Da kenne ich mich viel besser aus. Normalerweise setzt mich Captain Largo nicht dort ein, aber letztes Jahr war ich einige Zeit oben. Der San Juan hatte ein Kind mitgerissen. In der Endocheeney-Sache bin ich auch zweimal dort gewesen.«

»Ich nehme an, von Bistie haben Sie nichts Neues darüber erfahren, ob er Endocheeney kannte?«

»Stimmt. Er hat gar nichts gesagt. Nur, dass er sich über

Endocheeneys Tod freut. Das war eindeutig. Also kann man annehmen, dass er ihn gekannt hat.«

Du nimmst das an, dachte Leaphorn. Aber vielleicht irrst du dich.

»Hat er etwas gesagt, woraus man schließen könnte, ob er sich in der Gegend um Badwater auskennt?«, fragte er. »Zum Beispiel, dass es nicht leicht gewesen sei, Endocheeney zu finden? Etwas in der Art?«

»Er hat an der Handelsstation gehalten und nach dem Weg gefragt, falls Sie das meinen.«

»Das habe ich in Kennedys Bericht gelesen. Nein, ich meine, ob er eine Bemerkung gemacht hat. Dass er schon gedacht habe, er finde Endocheeneys Hogan nie? Oder dass er sich verfahren habe? Oder haben die Leute in Badwater Wash was erzählt?«

»Nein.« Chees Antwort kam zögernd, als dächte er noch nach. »Aber ich habe mich auch nicht ausdrücklich danach erkundigt. Ich habe nur gefragt, was für einen Wagen er hatte. Und dann habe ich mir, so gut es ging, eine Personenbeschreibung geben lassen.«

Natürlich hatte Chee nicht danach gefragt. Warum auch? Es war ihm damals sicher belanglos vorgekommen, und vielleicht war es das ja. Ein Glück, dass Chee keine überflüssigen Entschuldigungsfloskeln anfügte. Dann, als Leaphorn gerade in Gedanken die nächste Frage formulierte, fiel Chee doch noch etwas ein.

»Wissen Sie, ich glaube, Endocheeneys Mörder war fremd in der Gegend, genau wie Bistie. Er hat sich da oben nicht ausgekannt.«

»Ach?«, sagte Leaphorn. Chee hatte also schon geahnt, worauf die nächste Frage hinausgelaufen wäre. Ein heller Bursche, das sagten alle.

»Er hat den Weg durch die Felsen gewählt«, erklärte ihm Chee. »Kennen Sie sich da oben aus? Endocheeneys Hogan steht ungefähr hundert Schritte vom Ufer des San Juan entfernt. Ringsum ist alles flach, nur im Süden ragt ein Felshang auf. Ausgerechnet den Weg durch die Felsen hat der Mörder genommen. Und später ist er auf der gleichen Strecke zurück zum Wagen gegangen. Dabei hätte es bequemere Wege gegeben, ich habe mir das angesehen.«

»Aha«, murmelte Leaphorn. »Zwei Leute, die sich nicht auskennen, tauchen am selben Tag dort oben auf, um Endocheeney zu töten. Was halten Sie davon?«

Chee sagte lange nichts. Leaphorn sah durchs Fenster, wie ein großer Krähenschwarm von den Pappeln längs der Window Rock Ridge angeflogen kam, um Abfalltonnen zu plündern. Aber es waren nicht die Krähen, die ihn nachdenklich machten. Er wartete gespannt, ob Chee etwas gemerkt hatte. Vielleicht ahnte er das Misstrauen hinter Leaphorns Fragen. Die scheinbar harmlose Erkundigung, ob er sich in der Gegend am Chilchinbito Canyon auskenne. Würde Leaphorn jetzt noch hinzufügen, auch Wilson Sams Mörder sei offensichtlich ortsunkundig gewesen, würde Chee wissen, worauf das alles hinauslief. Möglich, dass er das Spiel auch so durchschaute. Ein Cop, auf den nachts aus dem Hinterhalt geschossen wird, muss wissen, dass so ein Vorfall Anlass zu Spekulationen gibt. Chee ahnte bestimmt etwas von Leaphorns Verdacht.

»Vielleicht waren es nicht zwei«, sagte Chee schließlich. »Vielleicht war nur einer hinter Endocheeney her.«

»Ah«, sagte Leaphorn. Genau das hatte er sich auch schon überlegt.

»Vielleicht hat Bistie gewusst, dass er Endocheeney mit dem Gewehr nicht getroffen hatte«, mutmaßte Chee. »Er ist weggefahren, hat den Wagen oberhalb der Klippen abgestellt, ist durch die Felsen runter zu Endocheeneys Hogan geklettert und hat ihn erstochen. Und dann –«

»Dann hat er den Schuss gestanden«, sagte Leaphorn. »Ganz schön schlau. Glauben Sie an diese Version?«

Chee seufzte. »Ich kann mir das nicht vorstellen.«

Leaphorn auch nicht. Er wusste aus jahrelanger Erfahrung, dass Schützen keine Messer benutzten und Messerstecher keine Schusswaffen. Bistie war ein Schütze und besaß sein Gewehr noch. Warum hätte er es beim zweiten Versuch nicht erneut verwenden sollen?

»Und warum können Sie sich das nicht vorstellen?«, fragte Leaphorn.

»Wegen der Spuren. Ich habe nur wenige Fußabdrücke beim Hogan entdeckt, und sie stammten nicht von Bisties Stiefeln. Ich glaube nicht, dass er ein Paar Schuhe zum Wechseln im Auto hatte. Das ergibt auch keinen Sinn. Warum versucht er es erst mit dem Gewehr und dann mit einem Messer? Sicher, er könnte es von Anfang an darauf angelegt haben, sich ein Alibi zu verschaffen und den Verdacht von sich abzulenken. Aber bei Bistie kann ich mir derart raffinierte Überlegungen nicht vorstellen. Er hätte alles Mögliche einkalkulieren müssen, so ein Plan geht ja meistens nicht nahtlos auf.«

»Gut«, sagte Leaphorn. »Haben Sie einen Anhaltspunkt, dass Bistie das andere Mordopfer gekannt hat, Wilson Sam?«

»Nein, Sir.«

»Im Mordfall Sam gibt es nämlich auch Ungereimtheiten«, sagte Leaphorn und erzählte, was er am Chilchinbito Canyon festgestellt hatte.

»Mhm, hört sich merkwürdig an«, meinte Chee.

»Übrigens habe ich die Knochenkugel aus Ihrem Wohnwagen untersuchen lassen. Sie ist aus altem Rinderknochen.«

Chee ächzte nur.

»Ist Ihnen sonst noch was begegnet? Etwas Verdächtiges?«

»Nein, Sir.«

»Und wie steht es mit neuen Erkenntnissen?«

»Tja …« Chee zögerte. »Nicht viel. Allerdings habe ich oben in Badwater Wash ein Gerücht gehört. In Endocheeneys Leiche wurde angeblich ein Knochenstück gefunden.«

Leaphorn atmete überrascht aus. »Demnach wäre es Hexerei gewesen?«

»Ja … Oder Endocheeney war der Hexer, und der Mörder wollte den Fluch auf ihn zurücklenken.«

Das war Leaphorn zufolge das Schlimmste am Hexenkult der Navajo: der Glaube, man könne ein Unheil nach Belieben hin und her schieben. Gerade dagegen hatte sich der große Chee Dodge in seinem Kampf gegen den Aberglauben gewandt. Leaphorn hatte in jungen Jahren, als er gerade bei der Navajo-Police begonnen hatte, schlimme Erfahrungen damit gemacht und fühlte sich seitdem für den Tod von vier Menschen – zwei Frauen und zwei Männern – verantwortlich. Drei waren Hexer gewesen, und ihr Mörder hatte sich das Leben genommen. Anfangs hatte Leaphorn über solche Gerüchte gelacht. Aber das war vor zwanzig Jahren gewesen. Heute lachte er nicht mehr. Er brachte es nicht mehr fertig, die Hexerei nur zu verachten; er verabscheute sie.

»Bei der Autopsie wurde kein Knochenstückchen gefunden«, sagte er. Aber während er das noch aussprach, regte sich schon ein erster Zweifel. Der Pathologe musste in seinem Bericht nicht jede Kleinigkeit vermerkt haben. Warum auch, wenn die Todesursache eindeutig war? Mehrere Stiche mit einem Schlachtermesser durch die Kleidung in den Bauch. Wozu noch eine Liste anlegen über Stofffetzen, Knöpfe, Knochenkugeln und Gott weiß welche Fremdkörper?

»Ich dachte, es lohnt sich vielleicht, deswegen noch mal nachzufragen«, meinte Chee.

»Bestimmt«, sagte Leaphorn. »Das mach ich.«

»Und …« Diesmal dauerte Chees Zögern länger.

Leaphorn wartete.

»Und Bistie hatte auch so eine Knochenkugel im Portemonnaie. Sah genauso aus wie die in meinem Wohnwagen.«

Leaphorn atmete tief durch. »Tatsächlich? Und wie hat er das erklärt?«

»Gar nicht.« Chee berichtete, was sich bei seinem Besuch im Gefängnis zugetragen hatte. »Am Schluss habe ich die Kugel dahin zurückgesteckt, wo ich sie gefunden hatte.«

»Wir sollten noch mal mit Bistie reden«, sagte Leaphorn. »Am besten, wir holen ihn her und sperren ihn ein, bis wir ein bisschen mehr Klarheit in der ganzen Sache haben.« Er überlegte, wie er Dilly Streib überreden konnte, Haftbefehl zu beantragen. Dilly ließ sich nicht leicht zu etwas überreden. Ein alter Hase wie er preschte nicht gern vor, wenn die Chancen für einen Erfolg nicht eindeutig waren. Die Leute vom FBI hatten das so an sich, sie wollten ihre Schlachten gewinnen. Und doch …

Leaphorn schwang im Bürostuhl herum und betrachtete die Wandkarte. Zwei Nadeln hatten jetzt etwas mit kleinen Knochenkugeln zu tun. Eine Linie. Ein Zusammenhang. Und Bistie musste etwas darüber wissen. »Wir könnten ihm versuchten Mord vorwerfen. Oder tätlichen Angriff mit einer Waffe. Oder wir nehmen ihn als Zeugen in Schutzhaft.«

»Mhm«, machte Chee. Es klang durchaus nicht überzeugt.

»Ich rufe die Bundespolizei an.« Leaphorn sah auf seine Uhr. »Können wir uns in einer Stunde treffen? Und zwar …« Er suchte auf der Karte einen Treffpunkt für eine Fahrt in die Chuskas, möglichst auf halbem Weg zwischen Window Rock und Shiprock. »In Sanostee? In einer Stunde?«

»Ja, Sir«, sagte Chee, »in einer Stunde in Sanostee.«

13

Sanostee war ein guter Ausgangspunkt für die Fahrt in die Chuskas, aber dass es auf halbem Weg zwischen Window Rock und Shiprock lag, konnte man kaum behaupten. Für Chee ging es schnell, zwanzig Meilen über die ausbesserungsbedürftige U. S. 666 nach Süden bis Littlewater, von dort bei böigem, staubigem Wind neun Meilen nach Westen, die Ausläufer der Chuskas hinauf. Für Leaphorn war es dreimal so weit – über Crystal und den Washington-Pass bis Sheep Springs, dann nach Norden, Richtung Littlewater. Als Leaphorn bei Sanostee ankam, war die Sonne hinter den Bergrücken verschwunden. Staub hing in der Luft, filterte das letzte Licht des Tages und gab dem Himmel einen kupferroten Glanz.

Chee saß hinter dem Steuer seines Wagens, ließ die Füße nach draußen hängen und trank eine Limonade.

Sie ließen Leaphorns Wagen stehen und nahmen Chees Auto. Chee fuhr. Leaphorn stellte unablässig scharfsinnige Fragen, um möglichst viel von dem, was Chee in Erfahrung gebracht hatte, in seinem Gedächtnis zu speichern. Zuerst ging es um Bistie. Was er gesagt hatte und wie. Dann war Endocheeney dran, schließlich Janet Pete.

»Letztes Jahr bin ich mal mit ihr aneinandergeraten«, erzählte Leaphorn. »Sie hat behauptet, wir seien ziemlich unsanft mit einem Betrunkenen umgesprungen.«

»Und das hat gestimmt?«

Leaphorn sah ihn an. »Jemand hatte ihn vermöbelt, ja. Aber sofern der Officer vor Ort nicht gelogen hat, hatte ihn jemand anderer so zugerichtet.«

Die Straße nördlich von Sanostee war vor langer Zeit, als ein sehr engagierter Abgeordneter diesen Teil der Chuskas im Stammesrat vertreten hatte, planiert und später mal geschottert worden. Doch der Januarschnee und das Tauwetter im April hatten den Schotter über die Jahre längst fortgeschwemmt, und die Straßenmeisterei hatte das Problem gelöst, indem sie die Straße von ihrer Landkarte hatte verschwinden lassen. Bei trockenem Wetter aber war die Straße noch befahrbar und wurde von der Handvoll Familien benutzt, die dort oben ihre Schafe weiden ließen. Chee fuhr langsam, kurvte vorsichtig um tiefe Auswaschungen herum und achtete darauf, dass er dem tückischen Straßenrand nicht zu nahe kam. Die Wolken über dem westlichen Horizont glühten rot, auf dem gewöhnlich blassgelben Abendhimmel lag ein rosafarbener Schimmer.

»Ich frage mich, wer Janet Pete diesmal gerufen hat«, überlegte Chee. »Als wir Bistie sagten, er könne sich einen Anwalt nehmen, wollte er keinen.«

»Wahrscheinlich seine Tochter«, meinte Leaphorn.

»Wahrscheinlich«, pflichtete Chee ihm bei. Dann erinnerte er sich an sein kurzes Gespräch mit Bisties Tochter. Ob sie überlegt hatte, einen Anwalt einzuschalten? Dafür hätte sie nach Sanostee fahren und telefonieren müssen. Und hätte sie gewusst, bei wem sie anzurufen hatte? Kaum anzunehmen. »Oder möglicherweise«, setzte er einschränkend hinzu.

Damit war das Gespräch beendet, sie fuhren schweigend weiter. Leaphorn saß aufrecht, aber angelehnt. Seine Augen nahmen auf, was es im schwächer werdenden Abendlicht noch zu erkennen gab. Seine Gedanken waren weit weg, kreisten um Emma und das unerträgliche Problem ihrer Krankheit, dann nahmen sie Zuflucht zu dem lediglich frustrierenden Rätsel der vier Stecknadeln auf seiner Landkarte.

Chee fuhr, gegen die linke Wagentür gelehnt, das Lenkrad hielt er mit der rechten Hand. Die Knochenkugel in Bisties Portemonnaie ging ihm nicht aus dem Sinn. Wie sollte er es anstellen, den eigensinnigen alten Mann dazu zu bringen, mit Fremden über Hexerei zu sprechen? Aber vielleicht ließ Leaphorn ihn ja gar nicht zu Wort kommen. Er war gespannt, wie der legendäre Navajo-Police-Cop die Sache angehen würde. Dann musste Chee wieder an Mary Landons Brief denken, er sah ihre Worte vor sich, mit dunkelblauer Tinte auf blassblaues Papier geschrieben.

Dad und ich sind letzte Woche zur Studienberatung nach Madison gefahren. Ich kann dort mein zweites Examen machen. Vielleicht brauche ich nur zwei Semester ...

Nur zwei Semester. Nur zwei. Mit anderen Worten: Ich mache nur zwei große Schritte weg von dir, Chee. Oder: Ja, ich habe versprochen, am Ende des Sommers zu dir zurückzukommen, aber nun gehe ich. Oder: Ich habe dich sehr geliebt, nun bist du vor allem ein guter Freund für mich. Oder ...

Die Straße führte bergauf in ein Dickicht aus Pinien und verkümmerten Gelbkiefern. Chee schaltete in den zweiten Gang. »Wir sind gleich da, hinter der Kuppe«, sagte er.

Als sie oben waren, sahen sie das Licht. Ein heller Punkt in der Abenddämmerung, unten in der Senke, mindestens eine halbe Meile entfernt. Chee wusste, dass es sich bei dem Lichtpunkt um einen Metallreflektor mit Glühbirne handelte, angebracht auf einem gut zehn Meter hohen Kiefernstamm. Diese Außenbeleuchtung war ihm schon aufgefallen, als er mit Jay Kennedy gekommen war, um den alten Mann festzunehmen. Bisties Geisterlicht. Ob ein Hexer sich vor Gespenstern fürchtete? Oder ließ er das Licht brennen, um die *chindi* zu vertreiben, die in der Dunkelheit unterwegs waren?

»Wohnt er da unten?«, fragte Leaphorn.

Chee nickte.

»Sogar ans Stromnetz ist er angeschlossen?«, wunderte sich der Lieutenant.

»Ich nehme an, er erzeugt seinen Strom selbst. Hinter dem Haus steht ein Windrad.«

Um zu Bistie zu kommen, musste man rechts von der Straße abbiegen. Der holprige Weg führte über einen felsigen Hügel, dann bergab, an einigen Pinien vorbei. Im grellgelben Licht der Glühbirne sah das Areal schäbiger aus als in Chees Erinnerung: eine rechteckige Baracke aus rohen Brettern, vermutlich mit zwei Zimmern und gedeckt mit Bitumenschindeln; dahinter ein verbeulter Lagerschuppen aus Wellblech, ein Brush Arbor – eine Art Laubhütte –, eine Pferdekoppel und schließlich oben am Hang, an der niedrigen Klippe des Tafelbergs, ein Heuschober. Dahinter hatte Bistie aus Feldsteinen seinen Hogan gebaut.

Chee hielt unter der Hofbeleuchtung. Bisties Pick-up konnten sie nirgendwo entdecken, und im Haus war es dunkel.

Leaphorn seufzte. »Können Sie sich denken, wo er steckt? Verwandte oder Nachbarn besuchen?«

»Da bin ich überfragt«, sagte Chee. »Über die Leute ringsum haben wir nicht gesprochen.«

»Bei ihm wohnt nur seine Tochter?«

»Ja.«

Sie warteten eine Weile, aber niemand ließ sich blicken. Anscheinend hatten sie den weiten Weg umsonst gemacht. Sie mussten entweder unverrichteter Dinge zurückfahren oder die Nachbarn abklappern und fragen, ob jemand Roosevelt Bistie gesehen hatte. Was Stunden dauern konnte. Und wahrscheinlich vergeblich wäre.

»Vielleicht ist er, nachdem die Anwältin ihn aus dem Gefängnis geholt hat, gar nicht nach Hause gefahren«, meinte Chee.

Leaphorn seufzte. Im grellen Licht der Glühbirne über ihnen sah sein Profil wächsern aus.

Noch immer rührte sich nichts.

Leaphorn stieg aus, warf die Wagentür absichtlich laut zu, lehnte sich ans Autodach und sah zu der Baracke hinüber. Die Tür war bestimmt nicht verschlossen. Ob er einfach reingehen und nach Hinweisen suchen sollte?

Eine Bö wirbelte Sand auf und zerrte an Leaphorns Hosenbeinen und seinem breitkrempigen Hut. Er hörte die Wagentür auf Chees Seite klappen. Dann bemerkte er einen scharfen, beißenden Geruch.

»Da brennt was«, sagte Chee im selben Augenblick.

Leaphorn ging zur Baracke und klopfte. Der Gestank war nun stärker und drang aus den Ritzen. Leaphorn schob die Tür auf, Qualm schlug ihm entgegen, verwehte im Wind. Hinter ihm rief Chee: »Bistie, sind Sie da drin?«

Leaphorn fächelte mit dem Hut und ging rein, Chee folgte ihm. Der Qualm kam von einem Aluminiumtopf, der hinten an der Wand auf einem Butangas-Herd stand. Leaphorn hielt den Atem an, drehte die Flammen unter dem Topf und unter einer brodelnden, blau emaillierten Kaffeekanne aus, benutzte seinen Hut als Topflappen, trug das Kochgefäß nach draußen und ließ es auf den harten Boden fallen. Es enthielt, was mal ein Stew gewesen sein mochte, nun aber verschmort und festgebacken war. Leaphorn ging wieder hinein.

»Niemand da«, sagte Chee und fächelte den restlichen Qualm weg. Ein umgekippter Stuhl lag auf dem Boden.

»Haben Sie im Hinterzimmer nachgesehen?«

Chee nickte. »Keiner zu Hause.«

»Die beiden hatten es ziemlich eilig«, meinte Leaphorn. Der Brandgeruch ließ ihn die Nase rümpfen, und er ging wieder raus. Mit dem Griff der Taschenlampe stocherte er in den Resten herum und winkte Chee heran. »Sie sind Junggeselle, oder? Wie lange braucht man, um ein Stew derart anbrennen zu lassen?«

Chee beugte sich über den Topf. »Er hatte die Flamme hoch aufgedreht. Fünf oder zehn Minuten, schätze ich. Kommt drauf an, wie viel Wasser er dazugegeben hat.«

»Oder sie«, sagte Leaphorn, »seine Tochter. Als Sie mit Kennedy hier oben waren, hatten die beiden da nur ein Auto?«

»Ja, nur den Pick-up.«

»Dann müssen sie damit losgefahren sein. Beide oder einer von ihnen. Uns sind sie nicht begegnet, also sind sie in die andere Richtung unterwegs. Aber das kann nicht lange her sein. Und warum haben wir ihre Scheinwerfer nicht gesehen?« Leaphorn reckte sich, machte ein paar Dehnübungen. »Auf dem Tisch steht nur ein Teller. Haben Sie das bemerkt?«

»Ja. Und der Stuhl ist umgekippt.«

Leaphorn starrte auf den Aluminiumtopf. »Vor fünf oder zehn Minuten. Also ist er nicht vor uns davongelaufen. Er war schon weg, als wir kamen. Und das Stew war auch schon angebrannt.«

»Ich gehe noch mal rein und sehe mich etwas genauer um«, sagte Chee.

»Lassen Sie mich das machen«, erwiderte Leaphorn. »Sie schauen sich draußen um, vielleicht entdecken Sie was.«

Er blieb an der Tür stehen, um keine weiteren Spuren zu verwischen. Chee mochte ein guter Ermittler sein, aber Leaphorn verließ sich am liebsten auf sich selbst.

Das dunkelrote Linoleum war recht neu, was Leaphorn die Arbeit erleichterte. Und es war staubig – bei dem trockenen Wetter kein Wunder und entscheidend bei der Spurensuche. Leaphorn sah sich um. Der vordere Raum war Küche, Esszimmer, Wohnraum und Schlafkammer der Tochter zugleich; in einer Ecke war ein Alkoven abgetrennt; hinter dem halb zugezogenen Vorhang war ein Holzbett zu sehen. Auf den Regalen an der

Trennwand entdeckte Leaphorn Konservendosen, Küchengeräte und eine Reihe von Kisten. Der Raum war klein und einfach eingerichtet, aber alles sah aufgeräumt und ordentlich aus. Bis auf den umgekippten Stuhl. Und das Linoleum war staubig.

Leaphorn ging an der Türschwelle in die Hocke und sah sich den Fußboden aus etwa drei Zentimetern Höhe genauer an. Seine Fußspuren waren deutlich zu erkennen, auch die etwas größeren von Chees Stiefeln. Aber der Winkel, aus dem das Licht kam, war ungünstig, denn es fiel schräg auf das Linoleum und spiegelte sich auf dem glatten Belag. Leaphorn kam hoch, ging vorsichtig, um möglichst wenig neue Spuren zu treten, zum Schalter, löschte das Hoflicht und leuchtete mit der Taschenlampe den Boden ab. Seine Fußspuren und die von Chee interessierten ihn nicht. Er musste tiefer runter, eine Weile war er in der Hocke, dann lag er auf dem Bauch. Und schließlich fand er, wonach er suchte.

Es waren schwächere Spuren als die von Chee und ihm, aber deutlich genug für Leaphorns geübtes Auge. Jemand mit gerippten Gummisohlen hatte am Tisch gesessen, die Füße weit unter den Stuhl geschoben. Und es gab Spuren von anderen Schuhen, unter dem Tisch und bei dem umgekippten Stuhl. Glatte Gummisohlen, von Jogging- oder Tennisschuhen. Etwas kleiner als die mit dem gerippten Muster, aber zu groß für eine Frau. Es sei denn, Bisties Tochter hatte ungewöhnlich große Füße.

Leaphorn kam unter dem Tisch hoch, stieß dabei unsanft mit dem Kopf gegen die Kante, ging zum Alkoven und schob den Vorhang zurück. Auf einer niedrigen Truhe standen zwei Paar Schuhe, abgetragene braune Damenstiefel und schwarze Slipper mit flachen Absätzen, schmal, Größe 39. Er nahm einen Schuh mit zum Tisch und verglich die Größe mit den Spuren auf dem staubigen Fußboden. Der Slipper war viel kleiner. Also hatte Bistie kurz vor Leaphorns und Chees Ankunft Besuch gehabt.

Aber wohin waren sie verschwunden? Und warum hatten sie den Kaffee brodeln und das Stew verbrennen lassen?

Im hinteren Zimmer fand er nichts Auffälliges. An der Wand lagen sauber aufgerollte Decken, anscheinend Bisties Schlafbündel. Genauso ordentlich hatte der alte Mann seine Kleidung über einen Draht gehängt, der zwischen zwei Ecken gespannt war. Zwei Paar Jeans, schon recht abgetragen, eine kakifarbene Hose mit durchgewetzten Aufschlägen, eine karierte Wolljacke und vier langärmlige Hemden, eins hatte am Ellbogen ein Loch. Leaphorn sah sich etwas ratlos um. Im Vorbeigehen tauchte er den Finger in die Waschschüssel auf dem kleinen Tisch neben Bisties Schlafplatz, eine fast unbewusste Bewegung, mehr Routine als Absicht. Das Wasser war lauwarm, wie nicht anders zu erwarten. Der Waschlappen daneben aber war feucht. Leaphorn runzelte die Stirn. Damit hatte er nicht gerechnet.

Etwas war mit diesem Lappen entfernt worden. Leaphorn betrachtete ihn im Strahl der Taschenlampe. An drei Stellen war er sehr schmutzig, als hätte jemand etwas vom staubigen Boden aufgewischt. Leaphorn roch an einem der Flecken.

»Chee!«, rief er. »Chee!«

Systematisch suchte er mit der Taschenlampe den Boden ab, fand aber keine Stelle, an der feucht gewischt worden war. Vielleicht vorn im Wohnraum? Wieder ging er in die Hocke und leuchtete das Linoleum ab. Auch hier keine Wischspuren, stattdessen aber eine Schleifspur, knapp einen halben Meter breit. Ein schwerer Gegenstand war über den Boden gezerrt worden und hatte den Staub weggewischt. Die Spur führte vom Eingang durch den Wohnraum ins zweite Zimmer und dort bis zur Hintertür, die in diesem Moment aufgestoßen wurde.

Chee streckte den Kopf herein. »Ich habe draußen eine Schleifspur gefunden.«

»Und ich hier drin«, sagte Leaphorn. Er ließ den Strahl der Taschenlampe über den Boden wandern. »Durch beide Zimmer bis zur Hintertür.« Er hielt Chee den feuchten Lappen hin. »Riechen Sie mal.«

Chee schnupperte. »Riecht wie Blut.« Er sah Leaphorn an. »Ob er für das Stew einen Hammel geschlachtet hat?«

»Das bezweifle ich. Wir sollten herausfinden, wohin die Schleifspur führt. Ich will wissen, was da weggezerrt worden ist.«

»Oder wer«, sagte Chee.

Auf dem Boden hinter der Baracke konnte Leaphorn zunächst keine Spuren ausmachen, denn Dürre und jahrelange Nutzung hatten die Erde hart wie Beton gemacht. Erst als Chee ihm mit der Taschenlampe zeigte, was er entdeckt hatte, sah Leaphorn die Schleifspur, eigentlich nur einige Kratzer. Sie führte an Windrad und Wellblechschuppen vorbei, dahin, wo der Hang anstieg und das Erdreich weicher wurde. Dort war die Spur deutlicher, es gab Pflanzen, die sich noch nicht wieder aufgerichtet hatten, und aufgerissene Stellen in der Grasnarbe.

»Scheint zum Hogan zu führen«, meinte Leaphorn.

Sie hatten trotz des weichen Bodens Mühe, der Spur zu folgen, denn inzwischen war es beinahe stockdunkel, nur über dem westlichen Horizont lag noch ein tiefroter Streifen Licht. Es war noch windiger geworden, und während Leaphorn mit auf den Boden gerichteter Taschenlampe den Spuren folgte, wirbelte immer wieder Staub vor ihm auf.

Auch im Rückblick erinnerte er sich nicht an den Schuss, nur an den Schmerz. Etwas, das sich wie ein Hammerschlag anfühlte, traf seinen rechten Unterarm, und plötzlich war die Taschenlampe weg. Leaphorn saß auf der Erde, hörte Chee etwas schreien und spürte den Schmerz so stark, dass er wusste: Sein Unterarm war gebrochen. Dann erst hörte er einen Schuss: Chee feuerte mit der Pistole ins Dunkel, und Leaphorn sah das

Mündungsfeuer blitzen. Erst dieser Knall und das grelle Licht rissen ihn aus seinem Schock, und er begriff, was geschehen war. Roosevelt Bistie, dieser Mistkerl, hatte ihn angeschossen.

14

Officer down«, dieser Alarm führt bei der Polizei zu fieberhafter Aktivität. In Shiprock wurde zuerst der Dienststellenleiter, Captain Largo, verständigt, der zu Hause vor dem Fernseher saß. Fast gleichzeitig gingen Funksprüche an alle Stationen der Navajo-Police, an die Polizei von New Mexico und an das Sheriffbüro des San Juan County. Auch die Highway Police in Arizona wurde alarmiert, denn die Chuska Mountains dehnen sich bis weit über die Staatsgrenze aus, zwölf Meilen nördlich von Sanostee beginnt schon Arizona, und anfangs wusste niemand so genau, wo der Angriff sich zugetragen hatte. Dass auch das Sheriffbüro des Apache County in St. Johns, rund hundert Meilen südlich der Chuskas, verständigt wurde, geschah mehr aus kollegialer Höflichkeit. Ganz auszuschließen war allerdings nicht, dass sogar die Polizei dort unten für den Fall mit zuständig war.

Das FBI-Büro in Farmington wurde erst etwas später telefonisch benachrichtigt, obwohl schwere Straftaten im Reservat immer Sache der Bundespolizei sind. Jay Kennedy erhielt die Information bei einem befreundeten Anwalt, wo er den Abend beim Bridgespiel verbrachte. Es ging um eher symbolische Beträge, und Kennedy hatte zweimal nacheinander drei Partien in Serie gewonnen und war drauf und dran, einen Small Slam mit Ansage zu machen, als das Telefon klingelte. Er nahm den Anruf entgegen, spielte den Slam zu Ende, rechnete für sich 2350 Punkte Vorsprung aus, kassierte dafür 23,50 Dollar und verließ die Runde um kurz nach zehn.

Eine halbe Stunde später traf der Rettungswagen aus Farmington bei Bistie ein, Chee hatte ihn das letzte Stück von Littlewater in die Chuskas gelotst. Während die Sanitäter Leaphorn versorgten, kam Captain Largo mit Gorman, stellte viele Fragen, schickte den Rettungswagen los und vergewisserte sich über Funk, dass Straßensperren errichtet waren. Dann hängte er das Mikrofon ein, saß mit verschränkten Armen da und sah Chee an.

»Vermutlich ist es zu spät für Straßensperren«, sagte er.

Chee hatte einen langen Tag hinter sich, er war müde, kein bisschen Adrenalin mehr im Blut. »Wer weiß«, antwortete er. »Vielleicht hat der Kerl einen Platten. Oder er ist sogar zu Fuß unterwegs. Wenn es Bistie war, hockt er vielleicht schon wieder zu Hause. Wenn es aber ein anderer ...«

»Kann es überhaupt jemand anderer gewesen sein?«

»Keine Ahnung«, sagte Chee. »Zwar wohnt er hier und schießt auf Leute, aber vielleicht mag ihn jemand so wenig, wie er andere mag, hat ihn erschossen und in die Felsen hinaufgeschleift.«

Largo starrte ihn finster an, Chees Ton gefiel ihm offenbar nicht. »Wie konnte das überhaupt passieren? Zwei bewaffnete Cops – und auf der anderen Seite ein kranker alter Mann?«

Chee gab keine Antwort, Largo erwartete das auch nicht. »Du und Gorman, ihr klettert da hoch und seht nach, ob ihr was findet. Ich fordere Verstärkung vom Sheriffbüro und von der New Mexico State Police für euch an. Passt auf, dass die sich nicht verlaufen.«

Chee nickte.

»Ich warte hier auf Kennedy«, sagte Largo, »und komme mit ihm nach.«

Chee ging zu seinem Wagen.

»Noch eins!«, rief Largo ihm hinterher. »Lass dich von Bistie nicht erschießen!«

Um 10.55 parkte Chee seinen Wagen wieder unter dem Baum

mit Bisties Geisterlicht. Es brannte nicht mehr, sonst war alles unverändert. Keine Spur von Bisties Pick-up, kein Licht in der Baracke, null Chance, dass Bistie zurückgekehrt war. Chee wartete auf die Ankunft der anderen.

Hinter ihm schlugen Autotüren zu. Er stieg aus, beschrieb die Beschaffenheit des dunklen Geländes und zeigte Richtung Hogan, von wo die Schüsse gekommen waren. Mit gezogenen Waffen stiegen sie den Hang hinauf, der Staatspolizist mit einer Schrotflinte mit kurzem Lauf, der Hilfssheriff mit einem Gewehr. Was hier vor zwei Stunden geschehen war, kam Chee bereits unwirklich vor, wie etwas Eingebildetes.

Am Hogan war niemand, drinnen auch nicht.

»Da liegt was!« Der Staatspolizist – ein alter Hase mit roten Haaren und Sommersprossen im gebräunten Gesicht – leuchtete stirnrunzelnd auf eine Messinghülse, die das Licht seiner Lampe spiegelte. »Sieht nach Kaliber achtunddreißig aus. Wer übernimmt die Beweissicherung?«

»Kennedy«, sagte Chee. »Lassen Sie das Ding einfach liegen. Ich glaube, wir finden noch eine zweite Patrone, weiter oben.« Er dachte an das Gewehr, das Bistie benutzte. Die Hülsen aus einer 30-30er waren länger. 38er wurden aus Pistolen und Revolvern abgefeuert. Diese hier stammte aus einer Pistole, sonst wäre sie nicht ausgeworfen worden. Falls auch diese Hülse etwas mit Bistie zu tun hatte, musste der alte Mann ein Waffenarsenal besitzen.

»Hier liegt sie«, sagte der Staatspolizist, »dasselbe Kaliber.« Der Punkt, auf den er leuchtete, war nur einen langen Schritt von der ersten Hülse entfernt.

Chee ging gar nicht erst hin. Er überlegte, ob er die anderen bitten sollte, sich möglichst vorsichtig zu bewegen und keine Spuren zu verwischen. Aber er ließ es. Auf dem ausgedörrten Boden und bei dem ständigen Wind wäre die Suche nach feineren Spuren bloß vertane Zeit gewesen. Was nicht für die Schleifspur galt. Ihr zu folgen und zu finden, was über den Hof und den Hang hinaufgezerrt worden war, konnte nicht schwierig sein.

Es war nicht schwierig. Schon etwas später rief Gorman: »Hier ist ein Toter!«

Die Leiche lag halb verdeckt im Chamisegebüsch. Der Kopf wies hangabwärts, die Beine waren gespreizt. Nicht schwer, sich vorzustellen, wie der Tote den Hang hinaufgeschleift und einfach liegen gelassen worden war.

Roosevelt Bistie. Die Lichtbündel aus den Taschenlampen von Gorman und Chee ließen das Gesicht des alten Mannes noch gelber als zu Lebzeiten erscheinen, doch die grimmige Miene und der bittere Zug um die Mundwinkel waren unverändert. Als wäre Bistie darauf gefasst gewesen, dass einer käme, um ihn niederzuschießen und seinem freudlosen Leben ein Ende zu machen. Das Hemd war ihm bis zu den Schultern hochgerutscht, als sein Mörder ihn über den Boden schleifte. Am Brustbein dicht unterhalb der Rippen waren zwei Schusswunden zu sehen, nah beieinander, die untere hatte etwas geblutet. Sehr kleine Löcher, dachte Chee, unbedeutend geradezu – wie merkwürdig, dass der Lebensatem eines Menschen durch so kleine Öffnungen entweicht.

Gorman sah ihn fragend an.

»Das ist Bistie«, sagte Chee. »Sieht so aus, als hätte ihn der getötet, der auch auf Lieutenant Leaphorn geschossen hat. Ich vermute, er war gerade dabei, den Toten den Hang hinaufzuschleifen, als wir kamen, der Lieutenant und ich.«

»Und nach dem Schuss auf Leaphorn ist er abgehauen«, sagte Gorman.

»Entwischt ist er uns«, setzte Chee hinzu.

Nun waren vier Taschenlampen auf die Leiche gerichtet.

Unten in Roosevelt Bisties Hof kamen zwei weitere Wagen an. Türen klappten, Chee erkannte Kennedys Stimme, dann hörte er Kennedy und Captain Largo den Hang heraufkommen. Seine Taschenlampe war auf Bisties linke Brust gerichtet, wo er eine kleine Narbe entdeckt hatte, noch nicht ganz verheilt, kaum länger als einen Zentimeter, sehr schmal, offenbar von einer Schnittverletzung. Nur schnitt man sich gewöhnlich in den Finger oder in die Hand, nicht in die Brust. Chee musste an die Knochenkugel in Bisties Portemonnaie denken. Ob es ihm auf der Reise den steinigen Hang hinauf aus der Hosentasche gerutscht ist? Und ob die Knochenkugel noch drin war?

Er kauerte neben Bistie, besah sich die fast verheilte Schnittwunde und stellte sich vor, wie sie entstanden war. Bistie war zu einem *hand trembler* gegangen (oder einem Sternengucker, oder *listener,* oder Kristallkugelgucker, oder welche Art von Schamane auch immer er gewählt hatte, um seine Krankheit diagnostizieren zu lassen), und der hatte ihm gesagt, ein Skinwalker habe ihm ein tödliches Stück Knochen in den Leib praktiziert und er müsse sterben, wenn es nicht entfernt werde. Und dann hatte er ihm die Haut aufgeritzt, sich über den rituellen Schnitt gebeugt und an der Wunde gesaugt, bis der Knochen auf seiner Zunge erschienen war. Und Bistie hatte ihn in seine Geldbörse gesteckt, bezahlt, was er schuldig war, und sich vorgenommen, den Skinwalker, der ihn verhext hatte, zu töten und das kleine Stück Knochen in die tödliche Wunde zu schieben. Denn nur so konnte er die gefürchtete *corpse sickness* umdrehen und von sich abwenden.

Chee richtete den Strahl der Taschenlampe auf Bisties Gesicht. In den glasigen Augen stand stumme Wut. Wieso hatte Bistie ausgerechnet Endocheeney, den die Leute rings um Badwater Wash als freundlichen, hilfsbereiten Nachbarn schätzten, für den Skinwalker gehalten? Der Schamane hatte ihm bestimmt keinen Namen genannt. Und nach allem, was Chee wusste, hatten Bistie und Endocheeney sich nicht gekannt.

Der Cop von der State Police winkte Largo mit der Taschenlampe heran und rief ihm zu, sie hätten einen Toten gefunden. Ein Windstoß wehte Chee Staub ins Gesicht, er schloss die Augen. Als er sie wieder öffnete, sah er, dass sich ein Büschel dürres Gras an Bisties Ohr verfangen hatte.

Warum war Bistie so sicher gewesen, dass Endocheeney der Hexer war, der ihn umbringen wollte? Überzeugt genug, um nicht einmal vor einem Mordversuch zurückzuschrecken? Wann, wo und wie hatten sich ihre Wege auf so verhängnisvolle Weise gekreuzt? Die Fragen blieben, aber wer sollte, nachdem nun auch Bistie tot war, Antworten darauf geben?

Chee spürte, dass Largo und Kennedy jetzt direkt hinter ihm standen und auf den Toten starrten.

»Zwei Schüsse in die Brust«, sagte der State Police Cop, »daran ist er gestorben.«

Chees Augen waren auf die kleine Schnittwunde gerichtet. Sicher, gestorben war Bistie an den Schüssen. Aber begonnen hatte sein Sterben dort an der kleinen, halb verheilten Wunde oberhalb seiner Brust.

15

Das Krankenhaus in Gallup ist der ganze Stolz des Indian Health Service – ein moderner Bau, erstklassig ausgestattet und sehr schön gelegen. Es wurde in einer Zeit gebaut, als die Bundesbehörden aus dem Vollen schöpfen konnten. Aber inzwischen waren Gelder gekürzt worden, und die Zeiten waren härter. Es herrschte Mangel an Schwestern und Pflegern, der Jahresetat reichte nicht hinten und nicht vorn, und der Krankenhausverwaltung wuchsen die Sorgen über den Kopf.

Doch davon merkte Joe Leaphorn heute nichts. Das Mittagessen, das die Schwester ihm ans Bett stellte, ließ keine Wünsche an die Küche offen, und an der Aussicht gab es sowieso nichts zu mäkeln. Der Health Service hatte das Krankenhaus auf einem Südhang hoch über Gallup gebaut. Leaphorn musste nur den Kopf ein wenig heben und über den Buckel schauen, den seine Füße unter der Decke formten, dann reichte sein Blick bis an die Grenzen der Big Reservation. Im Tal zogen lautlos wie in einem Stummfilm die Sattelschlepper auf der Interstate 40 dahin. Dahinter lag die Hauptstrecke der Bahn, auf der der Verkehr über den Eisenbahnknotenpunkt Santa Fe bis an die Ost- und Westküste rollte. Hinter den östlichen Ausläufern der Stadt ragten die roten Felsen der Mesa de los Lobos auf; in der flimmernd heißen Luft sah es aus, als wäre ein zarter blauer Schleier über das rote Gestein gezogen. Fern am Horizont, fast fünfzig Meilen weg, lag wie ein ausgebreitetes graugrünes Tuch die Hochebene, das Grenzland. Irgendwo dort ging die Big

Reservation in die Checkerboard Reservation über. Da oben, nicht weit von Two Gray Hills, war Leaphorn aufgewachsen.

Doch was ihm durch den Kopf ging, waren keine Kindheitserinnerungen. Vor zwei, drei Minuten, als der Wagen mit dem Essenstablett ins Krankenzimmer geschoben wurde, war er hochgeschreckt, das taumelnde Erwachen aus tiefem Schlaf nach einer Morphiumspritze. Und sofort hatte ihn die Sorge um Emma überfallen. Doch dann fiel ihm ein, dass Agnes seit ein paar Tagen da war. Agnes schlief im Gästezimmer und übernahm die Rolle der besorgten jüngeren Schwester zuverlässig. Sie machte Leaphorn nervös, doch sie besaß gesunden Menschenverstand. Sie würde sich um Emma kümmern und tun, was nötig war. Er brauchte sich keine Sorgen zu machen. Nicht mehr als sonst.

Die Phase des Zurücktastens in die Wirklichkeit war vorüber. Er hatte begriffen, wo er war und warum, machte sich mit der ungewohnten Umgebung vertraut und starrte auf seinen rechten Arm. Der schwere Gipsverband fühlte sich noch immer kalt und feucht an. Er bewegte den Daumen, die Finger, die Hand, tastete sich an die Schmerzgrenze heran.

Und dann waren es doch wieder Gedanken an Emma, die alles andere verdrängten. Am nächsten Tag war ihr Termin bei der Neurologin. Er würde Emma zu Hause abholen und hinbringen, keine Frage, so gut ging es ihm allemal. Obwohl dann das, was er schon lange ahnte und immer wieder verdrängen wollte, zur schrecklichen, unumstößlichen Gewissheit werden würde. Er musste ertragen, dass sie ihm jeden Tag fremder wurde. Zuerst würde sie nicht mehr wissen, wer er war, dann nicht mehr, wer sie selbst war.

In einer Alzheimer-Broschüre hatte er eine Beschreibung der Krankheit gelesen, die ihm nicht aus dem Kopf ging: »Man sucht sein Bewusstsein und sieht nur Dunkelheit.« Und noch eine Stelle hatte sich ihm eingeprägt. »Ich muss ihr jeden Tag wieder sagen, dass wir seit dreißig Jahren verheiratet sind und vier Kinder haben«, beschrieb jemand den Alltag mit seiner kranken Frau, »und trotzdem fragt sie mich jeden Abend, wenn ich mich neben ihr ins Bett lege: Wer sind Sie?«

Den Anfang dieser Entwicklung hatte Leaphorn bereits erlebt. Letzte Woche war er in die Küche gekommen, und Emma, die Möhren rieb, hatte aufgeschaut und ihn angestarrt, erst erschrocken, dann ängstlich, schließlich verwirrt. Und sie hatte sich an Agnes' Arm geklammert und gefragt, wer er war. Er würde lernen müssen, damit zu leben. Falls man so etwas lernen kann.

Unbeholfen tastete er mit der linken Hand nach dem Klingelknopf, um jemanden vom Pflegepersonal zu rufen. Das Licht vor dem Fenster war gleißend hell. Fern im Osten über Tsoodzil, dem Turquoise Mountain, hingen Wolken. Würden sie Regen bringen? Bestimmt nicht über der Big Reservation, dafür waren sie zu weit weg, auch wenn sich aus ihnen ein Gewitter entwickeln sollte. Er schwang die Beine aus dem Bett und blieb einen Moment sitzen, weil ihm schwindlig war. Zusammengesunken hockte er da und wartete darauf, dass das Kreisen im Kopf und das Summen in den Ohren aufhörten.

»Oh«, sagte jemand hinter ihm. »Ich hatte nicht damit gerechnet, dass Sie schon auf den Beinen sind.«

Es war Dilly Streib. Er trug seinen blauen FBI-Sommeranzug mit weißem Hemd und Krawatte. Doch an ihm wirkte das alles, als hätte er in der Uniform geschlafen.

»Ich bin noch nicht auf den Beinen«, sagte Leaphorn und deutete auf den Wandschrank. »Daraus wird erst was, wenn Sie meine Sachen finden. Sehen Sie mal nach?«

Streib hatte einen Aktendeckel mitgebracht, warf ihn aufs Bett und drehte sich zum Wandschrank. »Ich dachte, das interessiert Sie vielleicht. Hat Ihnen schon jemand erzählt, was passiert ist?«

Leaphorn merkte, dass er Kopfschmerzen hatte, und holte tief Luft. Sein Mittagessen schien aus einer dampfenden Suppe zu bestehen, einem grünen Salat, einem Hühnergericht. Normalerweise hätte das alles appetitlich ausgesehen, aber gerade kam es ihm so vor, als wäre sein Magen verknotet. »Ich weiß, was passiert ist«, sagte er, »jemand hat mir in den Arm geschossen.«

Streib warf ihm die Uniform aufs Bett und die Stiefel auf den Boden. »Ich meinte danach.«

»Danach hatte ich ein Blackout.«

»Na schön«, sagte Streib, »um es kurz zu machen: Der Kerl ist entkommen; alles, was wir gefunden haben, ist Bisties Leiche.«

»Bisties Leiche?« Leaphorn langte nach dem Aktendeckel.

»Erschossen«, sagte Streib. »Zwei Kugeln aus einer Pistole, soweit wir feststellen konnten. Wahrscheinlich eine Achtunddreißiger.«

Leaphorn schlug den Aktendeckel auf. Nur zwei Blätter, Kennedys Unterschrift. Er las den Bericht und gab ihn dem FBI-Mann zurück.

»Wie finden Sie das?«, fragte Streib.

Leaphorn schüttelte den Kopf.

»Ich finde, die Sache wird langsam interessant«, sagte Streib.

Leaphorn hatte die Hälfte seines Lebens mit FBI-Leuten zu tun gehabt und wusste, was er mit dieser Bemerkung meinte. In den Teppichetagen der Regierungsbehörden breitete sich jetzt Unruhe aus, es gab zu viele Tote, die Sache schlug Wellen. Er zog das Flügelhemd aus, nahm seine Unterwäsche und überlegte, wie er sie anziehen sollte, ohne den rechten Arm mehr als nötig zu bewegen.

Streib lachte leise. »Ich glaube, wir hätten diesen Indianer noch eine Weile hinter Gittern behalten sollen.« Aus leisem wurde lautes Lachen. »Gesundheitlich wäre ihm das jedenfalls gut bekommen.«

»Glauben Sie, wir hätten ihn dazu gebracht, uns endlich zu sagen, was er gegen Endocheeney hatte?«, fragte Leaphorn. Er war sich nicht sicher und hätte es, wäre Bistie erneut festgenommen worden, mit einem uralten Trick versucht. Nach dem ungeschriebenen Gesetz der Navajo ist eine Lüge erlaubt, sofern sie niemandem Schaden zufügt. Aber ein Navajo darf sie nur dreimal wiederholen, beim vierten Mal verstrickt er sich für den Rest seines Lebens in Unwahrheit. Auf den Kopf zu hätte er Bistie allerdings nicht fragen dürfen. Der alte Mann war viel zu schlau gewesen, er hätte getan, was er schon die ganze Zeit getan hatte: den Mund halten und gar nichts sagen. Aber vielleicht hätte sich eine Möglichkeit gefunden, ihn auf einem Umweg in die Enge zu treiben. Vielleicht. Vielleicht auch nicht.

»Ich bin mir da nicht sicher«, sagte Leaphorn. Noch weniger sicher war er sich, ob er Streib dazu gebracht hätte, Haftbefehl zu beantragen. Die Anklage auf versuchten Mord wäre fragwürdig gewesen, da ja feststand, dass das Opfer erstochen worden war. Wer sich auf so etwas einließ, durfte nicht mit einem Erfolg rechnen. Aber das FBI brauchte Erfolge, nur das. Für Gelegenheitstreffer wurden auf die Dauer keine Steuergelder in enormer Höhe bewilligt. Streib war persönlich anständig, aber wenn er sich nicht an die Spielregeln gehalten hätte, wäre er nicht zwanzig Jahre lang im Dschungel des FBI ohne Schramme davongekommen.

»Wahrscheinlich nicht«, gab Streib zu. »In solchen Dingen verlasse ich mich lieber auf euch Rothäute. Aber so oder so ...« Er zuckte die Achseln. »In dieser Sache kriegen wir Druck. Wir haben es jetzt nicht mehr mit unzusammenhängenden Fällen zu tun, sondern mit mindestens einem Doppelmord. Und Sie wissen, was da los ist.«

»Ja«, sagte Leaphorn. Ein Doppelmord verdoppelte das Interesse der Öffentlichkeit nicht nur, er vervielfachte es. Und bei mysteriösen Serienmorden ging die Aufmerksamkeit durch die Decke. Für die Navajo-Police war Publicity nie ein Thema gewesen, denn niemand interessierte sich für sie, aber beim FBI war das anders: Nur Publicity öffnete die Hähne, an deren Geldsegen sich die Bürokratie im Hoover Building in Washington mästen konnte. Positiv musste die Publicity allerdings unbedingt sein.

Streib hatte sich gesetzt und sah zu Leaphorn hoch, der ungeschickt versuchte, mit der linken Hand seine Hose anzuziehen. »Bei allem Ärger ist am ärgerlichsten, dass ich nicht sehe, wie wir die Sache in den Griff kriegen können. Es gibt keinen Ansatzpunkt.« Er schaffte es ausnahmsweise, seinem runden, alters- und faltenlosen Gesicht eine besorgte Miene zu geben.

Leaphorn stellte gerade fest, wie schwierig es für einen Rechtshänder ist, mit der linken Hand seine Hose zuzuknöpfen. Dabei fiel ihm ein, was Chee ihm über die Gerüchte erzählt hatte, die in Badwater Wash kursierten.

»Übrigens«, sagte er zu Streib, »sollte sich mal jemand mit dem Pathologen unterhalten, der Old Man Endocheeneys Leiche untersucht hat, und herausfinden, welche Fremdkörper genau in den Stichwunden gefunden wurden.«

Streib schob den Bericht in den Aktendeckel, zog seine Pfeife heraus und warf einen Blick auf das *Rauchen-Verboten*-Schild neben der Tür. Daneben hing ein Plakat, von dem ihn ein kleines Mädchen mit traurigen Augen ansah. Unter dem Foto stand: »Annie ist ein Waisenkind. Ihre Eltern haben geraucht.« Auf einem zweiten Plakat war ein Wald von Grabsteinen abgebildet, darunter stand: »Marlboro Country«. Streib roch an der Pfeife und ließ sie wieder in der Jackentasche verschwinden.

»Warum?«, fragte er.

»Einer unserer Leute hat gehört, dass in der Wunde ein Knochenstück gefunden worden sei«, sagte Leaphorn. Ob das als Begründung reichte? Nein, las er in Streibs Miene.

»Jim Chee hat bei sich im Wohnwagen eine kleine Knochen-kugel gefunden«, fuhr Leaphorn fort, »zwischen den Schrotkugeln. Und Bistie hatte so eine Knochenkugel im Portemonnaie.«

Langsam und widerstrebend schien Streib zu begreifen. Schon der Ausdruck der Besorgnis hatte nicht recht zu ihm passen wol-len, doch das bestürzte Erschrecken, das nun in seine Miene trat, wirkte nicht weniger ungewohnt.

»Knochen«, murmelte er. »Das bedeutet Skinwalker. Hexerei. *Corpse sickness.*«

»Ja, Knochen«, sagte Leaphorn.

»Großer Gott«, sagte Streib. »Was denn noch? Ich hasse das alles.«

»Aber vielleicht ist das ein Ansatzpunkt.«

»Ach was!«, rief Streib, ungewohnt leidenschaftlich. »Erinnern Sie sich an den Fall mit dem Cop, der im Laguna-Acoma-Gebiet aus dem Hinterhalt erschossen wurde? Unser Mann hat damals in seinem Bericht etwas über Hexerei geschrieben. Zuerst hat er ein paar schriftliche Rüffel gekriegt, dann ist er nach Washing-ton zitiert worden, damit ihm die Spitzen der Behörde persön-lich den Marsch blasen konnten.«

»Aber es war Hexerei«, sagte Leaphorn. »Das heißt, es war natürlich keine. Aber die Laguna haben sich darauf heraus-geredet. Sie hätten den Cop getötet, weil sie von ihm verhext worden seien, haben sie behauptet. Und der Richter hat auf Unzurechnungsfähigkeit erkannt. Und dann –«

»Dann sind sie in die Psychiatrie gekommen, und unser Agent wurde von Albuquerque nach East Poison Spider in Wyoming versetzt«, sagte Streib grimmig. »Die Meinung eines Richters in-teressiert in Washington niemanden. Die mögen es dort nicht, wenn einer unserer Leute an Hexerei glaubt.«

Leaphorn ließ nicht locker. »Ich würde mich ja selbst darum kümmern, aber ich glaube, es kommt mehr dabei raus, wenn Sie mit dem Pathologen reden. Sie nimmt er ernst. Wenn ich hinkomme, ein Navajo, und anfange mit Hexenknochen und *corpse sickness* und –«

»Ich weiß es ja«, unterbrach ihn Streib und sah Leaphorn zweifelnd an. »Eine kleine Kugel? Aus Menschenknochen?«

»Vom Rind.«

»Vom Rind? Hat das eine besondere Bedeutung?«

»Woher soll ich das wissen?«, fragte Leaphorn. »Rind oder Giraffe oder Dinosaurier – was spielt das für eine Rolle? Wie soll ich wissen, was sich der Mensch, mit dem wir es zu tun haben, dabei denkt?«

»Gut, ich erkundige mich«, sagte Streib. »Ist Ihnen sonst noch etwas aufgefallen? Ich habe so eine Ahnung, dass es bei dem Mordfall in Window Rock, der Sache mit Irma Onesalt, um Sex und Eifersucht geht. Oder sie hat gerochen, dass es bei einer Behörde stinkt. Sie war eine von denen, die andauernd die Welt retten wollen. Normalerweise erträgt man solche Nervensägen, aber vielleicht ist sie diesmal an den Falschen geraten. Nach meinem Gefühl hat ihr Fall mit den anderen nichts zu tun. Die Sache mit Chee sehe ich anders, da gibt es vielleicht einen Zusammenhang. Haben Sie dazu noch irgendeine Idee?«

Leaphorn schüttelte den Kopf. »Nur die Sache mit den Knochen. Und die führt wahrscheinlich nirgendwohin.«

Tatsächlich aber war ihm zum Fall Chee noch etwas eingefallen, er wollte nur nicht mit Streib darüber reden, noch nicht. Erst musste er feststellen, ob man in Onesalts Büro etwas von dem Brief wusste, der an Dugai Endocheeney geschickt worden war. Wenn Onesalt ihn geschrieben hatte, lag Dilly mit seiner Vermutung, der Fall Onesalt habe nichts mit den anderen Morden zu tun, vermutlich gewaltig schief. Wenn überhaupt etwas aus dem Rahmen fiel, dann nach Leaphorns Meinung der Mord an Roosevelt Bistie. Was immer hinter den Verbrechen stecken mochte, Bistie hatte damit zu tun gehabt. Das machte seinen Tod so rätselhaft. Die Ereignisse schienen eine Eigendynamik entwickelt zu haben. Es hatte mit einem Mord begonnen. Und nun war eine Kettenreaktion daraus geworden, als habe ein Mord den nächsten nach sich gezogen.

16

Als Chee aufwachte, war die Katze da. Sie saß gleich hinter der Tür und starrte durch das Moskitogitter nach draußen. Er stützte sich auf einen Ellbogen, um sich etwas mühsam von seinem Lager auf dem Fußboden des Wohnwagens hochzustemmen. Die Katze fuhr herum und sah misstrauisch zu, wie er sich gähnend reckte, sich den Schlaf aus den Augen rieb und aufstand. Immerhin war es erstaunlich, dass sie überhaupt blieb. Ihre blauen Augen belauerten ihn nervös, aber sie huschte nicht nach draußen. Chee rollte den Schlafsack zusammen, verschnürte ihn und warf ihn auf das unbenutzte Bett. Sein Blick fiel auf die Einschusslöcher in der Wand. Irgendwann musste er das reparieren lassen. Aber das hatte Zeit, bis der Fall aufgeklärt war und er nicht mehr damit rechnen musste, dass der Wohnwagen erneut zur Zielscheibe wurde. An wen wandte man sich eigentlich, um so was ausbessern zu lassen? Machte das der Klempner? Er löste das Klebeband, mit dem er die Löcher provisorisch zugeklebt hatte, und spürte den Luftzug. Na schön, so war wenigstens für Frischluft gesorgt. Aber vor dem Winter oder den Regenstürmen musste das in Ordnung gebracht werden.

Zum Frühstück löffelte er eine angebrochene Dose Pfirsiche aus, die er im Kühlschrank fand, ein paar Scheiben Brot waren auch noch da. Ein Frühstück war das eigentlich nicht, aber er war erst im Morgengrauen nach Hause gekommen und hatte gedacht, so übermüdet und innerlich aufgewühlt würde er sowieso nicht einschlafen. Auf die Pritsche hatte er sich nicht legen wollen, obwohl die Nacht schon vorüber war. Er hatte im Schlafsack auf dem Fußboden gelegen und an die beiden Einschusslöcher in Bisties Brust und die kleine, halb verheilte Narbe gedacht. Und dann war ihm eine Frage eingefallen: Wer eigentlich hatte Janet Pete beauftragt, sich um die Freilassung des alten Mannes zu kümmern?

Sofern Roosevelt Bisties Tochter nicht log, war sie es nicht gewesen. Sie war direkt nach dem Rettungswagen angekommen. Auf dem Rückweg von Einkäufen in Shiprock hatte sie ihn mit Blaulicht vor sich herfahren sehen und sich erst nichts dabei gedacht, aber als sie zu Hause aus dem alten Pick-up stieg, war sie auf das Schlimmste gefasst. Die Polizisten sahen es ihrem Gesicht an, das bleich war und wie erstarrt. Sie kannten diesen Ausdruck verzweifelter Anstrengung, Haltung zu bewahren. Jeder Polizist fürchtete den Augenblick, in dem ihm die Angehörigen eines Opfers so gegenübertraten.

Sie hatte auf die Leiche geschaut, bevor sie auf einer Trage in den Rettungswagen geschoben wurde, und in seltsam gefasstem Ton zu Captain Largo gesagt: »Ich wusste gleich, dass er es ist.« Chee hatte sie genau beobachtet. War ihr Kummer womöglich nur gespielt? Ihre Vorahnung ließ sich leicht erklären. Wohin hätte der Krankenwagen fahren sollen, wenn nicht zu Roosevelt Bistie? In der Einöde unter diesem Berghang wohnte sonst niemand, der Weg, der von der Straße abzweigte, führte nur hierher. Ihr Verhalten war also ganz natürlich. Keine Tränen, dafür war der Schock zu frisch. Später würde sie vielleicht weinen, wenn all die Fremden weg waren, vor denen sie ihre Gefühle nicht zeigen wollte; wenn sie allein war und Einsamkeit von allen Seiten auf sie einstürmte. Ihr Gesicht war starr wie eine Holzmaske gewesen, als sie – so leise, dass Chee nichts verstand – mit Largo und Kennedy gesprochen und deren Fragen beantwortet hatte.

Als all das endlich vorbei war und der Rettungswagen die sterblichen Überreste von Roosevelt Bistie mitgenommen und nur sein *chindi* dort draußen im Dunkel zurückgelassen hatte, hatte Bisties Tochter Chee sofort erkannt.

»Hat Captain Largo Ihnen gesagt, wo er gestorben ist?«, fragte er. Er sprach Navajo mit ihr, und für das Wort »sterben« gebrauchte er den lang gezogenen Kehllaut, der den Augenblick bezeichnet, in dem der Atem des Lebens erlischt und mit dem letzten Hauch alle bösen Gedanken in die Nacht entweichen, wo sie ruhelos umherziehen.

»Wo?«, fragte sie verblüfft, doch dann verstand sie und schaute zur Baracke. »Da drin?«

»Nein, draußen im Hof«, sagte Chee, »hinter dem Haus.«

Womöglich stimmte das sogar, denn zu sterben dauert eine Weile, sogar bei zwei Schüssen in die Brust. Bisties Tochter sollte auf keinen Fall denken, dass der Geist ihres Vaters das Haus verunreinigte.

Im Laufe der Jahre hatte Chee sich einen eigenen Glauben zurechtgelegt über *ghost sickness* und die *chindis,* die sie verursachten. Wie bei allem Bösen, das Glück und Zufriedenheit des Menschen bedroht, handelte es sich dabei um eine Sache des Geistes. Die Lehrveranstaltungen in Psychologie, die er an der University of New Mexico besucht hatte, waren Chee immer wie eine logische Fortsetzung dessen erschienen, was die Holy People die vier ersten Clans der Navajo gelehrt hatten. Jetzt sah er, dass sich das Gesicht von Bisties Tochter etwas entspannte. Sie schien erleichtert zu sein. Niemand hat gern mit dem Geist eines Toten zu tun.

Nachdenklich sah sie Chee an. »Damals, als du mit dem *belacani* gekommen bist, um ihn abzuholen, hast du da gemerkt, dass er sehr zornig war?«

»Ja, aber ich wusste nicht, warum. Was hat ihn so zornig gemacht?«, fragte Chee.

»Er wusste, dass er sterben muss. Er war im Krankenhaus. Sie haben es ihm gesagt.« Sie legte die Hand auf den Magen. »Es war wegen der Leber.«

»Was war es denn? Krebs?«

Bisties Tochter zuckte die Achseln. »So nennen sie es. Für uns ist es *corpse sickness*. Egal, welchen Namen man dafür benutzt – es ist das, was ihn langsam umgebracht hat.«

»War die Krankheit unheilbar? Haben sie ihm das gesagt?«

Bisties Tochter sah sich nervös um. Der Wagen der State Police wendete jetzt auf dem Hof, und sie schirmte mit der Hand das Licht der Scheinwerfer ab. »Man kann sie abwenden – das habe ich immer wieder gehört.«

»Indem man den Hexer tötet und ihm den Knochen zurück in seinen Körper praktiziert?«, fragte Chee. »War es das, was er vorhatte?«

Bisties Tochter sah ihn schweigend an. »Ich habe den anderen schon alles erzählt«, sagte sie schließlich, »dem jungen *belacani* und dem dicken Navajo.«

Das mit dem dicken Navajo hätte Largo bestimmt nicht gern gehört. »Haben Sie denen erzählt, Ihr Vater hatte das vor, als er zu Endocheeney gegangen ist?«, fragte Chee.

»Ich habe ihnen erzählt, dass ich nicht weiß, warum er hingegangen ist. Ich kenne den Mann nicht, der umgebracht wurde. Ich weiß nur, dass es mit der Krankheit meines Vaters immer schlimmer geworden ist. Er ist zu einem *hand trembler* gefahren, oben zwischen Roof Butte und Lukachukai, um zu erfahren, was ihn heilen kann. Aber der *hand trembler* war nicht zu Hause. Da ist er in die Checkerboard Reservation gefahren, in die Nähe von Nageezi, zu einem *listener*. Der hat ihm gesagt, er habe Essen mit Holz gekocht, das vom Blitz getroffen worden sei, und brauche deshalb einen Hail Chant.« Bisties Tochter lächelte bitter. »Wir kochen mit Butangas. Fünfzig Dollar hat es ihn gekostet, sich das sagen zu lassen. Dann ist er zur Badwater-Klinik gefahren und wollte dort Medizin holen. Sie haben ihn dabehalten und vermutlich geröntgt oder so. Er ist erst am nächsten Tag heimgekommen, und seitdem war er zornig. Dass er sterben muss, haben sie ihm gesagt – so hat er es mir erzählt.« Bisties Tochter wandte das Gesicht ab. Chee hörte sie nicht weinen, aber er sah die Tränen in ihren Augen.

»Warum zornig?« Es klang wie halblautes Nachdenken.

»Weil sie ihm gesagt haben, dass man ihn nicht heilen kann«, antwortete Bisties Tochter mit zitternder Stimme. Sie räusperte sich und fuhr sich mit dem Handrücken über die Augen. »Dieser Mann hatte viel Kraft. Sein Geist war stark. Er hat nicht so schnell aufgegeben. Er wollte nicht sterben.«

»Hat er erzählt, warum er auf Endocheeney zornig war? Was er ihm verübelte? Hat er gesagt, Endocheeney habe ihn verhext?«

»Nichts hat er gesagt, gar nichts. Ich habe ihn gefragt. Vater, habe ich gesagt …« Sie brach ab, und Chee wusste, warum sie schwieg. Man darf den *chindi* nicht rufen und darum den Namen eines Toten nicht aussprechen, auch dann nicht, wenn der Name »Vater« ist.

»Ich habe ihn gefragt, warum er so zornig ist. Was denn los sei, was sie in der Badwater-Klinik gesagt haben. Schließlich hat er mir erzählt, die Ärzte hätten gemeint, dass seine Leber ganz kaputt sei, dass sie mit ihrer Medizin auch nichts mehr machen können und dass er sehr bald sterben werde. Das alles habe ich auch den anderen beiden Polizisten erzählt.«

»Hat er gesagt, dass ihn jemand verhext hat?«

Bisties Tochter schüttelte den Kopf.

»Ich habe auf seiner Brust eine kleine Schnittwunde bemerkt.« Chee zeigte auf seinem Uniformhemd, wo er bei dem Toten die Narbe gesehen hatte. »Die Haut war fast verheilt, aber man konnte die Wundränder noch erkennen. Wissen Sie etwas darüber?«

»Nein«, sagte sie.

Damit hatte Chee gerechnet. Sein Volk hatte viele Verhaltensweisen der *belacani* übernommen, aber die meisten Navajo hatten sich ihr traditionelles Schamgefühl bewahrt. Roosevelt Bistie hatte in Gegenwart seiner Tochter das Hemd vermutlich nie ausgezogen.

»Hat er überhaupt mal über Endocheeney gesprochen?«

»Nein.«

»War Endocheeney sein Freund?«

»Das glaube ich nicht, ich habe nie von ihm reden hören.«

Chee schnalzte mit der Zunge. Wieder blieb eine Tür verschlossen.

»Ich nehme an, die anderen Polizisten haben Sie schon gefragt, ob Sie wissen, wer heute Abend hier war, um Ihren … um ihn zu besuchen?«

»Ich wusste gar nicht, dass er zu Hause war. Ich war seit gestern weg, erst in Gallup bei meiner Schwester, dann zum Einkaufen in Shiprock. Ich wusste nicht, dass er aus dem Gefängnis raus ist.«

»Haben Sie die Anwältin beauftragt, ihn rauszuholen?«

Bisties Tochter sah ihn verblüfft an. »Davon weiß ich nichts.«

»Sie haben also keinen Anwalt angerufen? Und auch niemanden gebeten, das zu tun?«

»Ich kenne mich mit Anwälten nicht aus. Ich habe nur immer gehört, dass sie eine Menge Geld kosten.«

»Kennen Sie eine Frau namens Janet Pete?«

Bisties Tochter schüttelte den Kopf.

»Können Sie sich vorstellen, wer ihn erschossen haben könnte? Haben Sie irgendeine Ahnung?«

Bisties Tochter weinte nicht mehr, fuhr sich aber erneut mit der Hand über die Augen, blickte zu Boden und stieß einen tiefen, bebenden Seufzer aus.

»Ich glaube, er wollte einen Skinwalker töten«, sagte sie. »Und der Skinwalker ist gekommen und hat ihn getötet.«

Noch jetzt, da er das letzte Stück Pfirsich aß und den letzten Saft aus der Dose mit der Brotrinde auswischte, erinnerte Chee sich genau daran, wie ihr Gesicht sich bei diesen Worten verzerrt hatte. Wahrscheinlich hatte Bisties Tochter recht und mit zwei Sätzen das ganze Geheimnis um Roosevelt Bisties Tod gelöst. Nur eine Frage blieb noch: Wer war der Skinwalker, der Bistie erschossen hatte? Wozu auch die Frage gehörte, wieso er gewusst hatte, dass der alte Mann nicht mehr im Gefängnis, sondern wieder zu Hause war.

Mit anderen Worten: Wer hatte Janet Pete angerufen?

Das würde er herausfinden. Jetzt gleich. Sobald er mit dem Frühstück fertig war. Er trank seinen Kaffee aus, füllte Wasser in die Tasse, schwenkte sie ein bisschen und leerte sie in einem Zug. Dabei fiel ihm ein Gespräch mit Mary Landon ein.

»So etwas habe ich noch nie gesehen«, hatte sie gesagt.

»Was?«

»Dass jemand das Wasser trinkt, mit dem er seine Tasse ausgespült hat.«

Obwohl sie sein Tun gestisch nachgeahmt hatte, brauchte er einen Augenblick, bis er verstand, was sie meinte.

»Ach so«, sagte er dann. »Wenn du damit groß wirst, dein Wasser von weit her zu holen, gewöhnst du dir an, es nicht einfach wegzuschütten. Das käme dir wie Verschwendung vor.«

»Seltsam«, meinte sie. »Das hätte mein Soziologiedozent damals eine ›kulturelle Besonderheit‹ genannt.«

Chee war es seltsam vorgekommen, dass Mary Landon es seltsam fand, wenn jemand kein Wasser verschwendete. Und es erschien ihm noch immer seltsam.

Er stellte die Kaffeekanne unter das Spülbecken. »Pass auf, Katze«, sagte er, doch statt durch die Klappe nach draußen zu huschen, wie sie es sonst tat, wenn Chee ihr so nahe kam, flitzte das Tier tiefer in den Wohnwagen, setzte sich unter die Pritsche und sah ihn nervös an.

Sofort begriff Jim Chee, was das zu bedeuten hatte: Draußen war etwas.

Er atmete tief durch, langte nach dem Pistolengürtel und zog seine Waffe heraus. Durch die Tür konnte er nur seinen Pick-up und den leeren Hang sehen. Auch beim Blick aus den Fenstern war keinerlei Bewegung zu erkennen. Mit der Pistole in der Hand sprang er aus dem Wohnwagen, rannte gebückt zum Auto, ging dahinter in Deckung.

Nichts. Seine Anspannung löste sich. Aber etwas musste die Katze in den Wohnwagen getrieben haben. Er ging zu ihrem Unterschlupf, suchte das Gelände ab und entdeckte dort, wo der Boden weicher wurde, Tatzenabdrücke. Er kauerte sich nieder und sah genauer hin. Die Spur eines Kojoten.

Als er in den Wohnwagen zurückkam, hatte die Katze es sich auf dem Schlafsack bequem gemacht. Sie sah ihn an, er sah sie an. Dabei fiel ihm zum ersten Mal auf, dass sie trächtig war.

»Der Kojote ist hinter dir her, was?«

Die Katze sah ihn an.

»Die Trockenheit«, fuhr Chee fort, »kein Regen. Da sind die Wasserlöcher leer, Präriehunde und Kängururatten sterben – also legen die Kojoten sich ins Zeug und fressen Katzen.«

Die Katze sprang vom Schlafsack und schob sich behutsam Richtung Ausgang. Sehr trächtig sieht sie nicht aus, dachte Chee, das kommt noch. Im Gegenteil, die Katze wirkte abgemagert und hatte eine neue Narbe neben der Schnauze.

»Mal sehen, was ich für dich tun kann.« Aber was konnte er tun? Es ist nicht einfach, etwas für eine Katze zu tun, wenn ein hungriger Kojote hinter ihr her ist. Er sah in den Kühlschrank: Orangensaft, zwei Dosen Limonade, welker Stangensellerie, zwei Gläser Marmelade, eine angebrochene Ecke Schmelzkäse – für eine Katze alles ungenießbar. Im Regal über dem Herd fand er eine Dose Schweinefleisch mit Bohnen. Er öffnete sie, breitete eine alte *Farmington Times* neben der Tür aus und stellte die Dose auf die Zeitung. Wenn er erst herausgefunden hätte, wer Janet Pete angerufen hatte, würde er sich überlegen, was er gegen den Kojoten tun konnte. Er stieg in seinen Pick-up, setzte zurück und sah im Rückspiegel, wie die Katze sich über die Dose hermachte. Vielleicht sollte er Janet Pete wegen der Katze fragen? Frauen haben in solchen Dingen manchmal bessere Einfälle.

Aber in Shiprock traf er Janet Pete nicht an. Dem jungen Mann im DNA-Büro – weißes Hemd und Krawatte – schien es Freude zu bereiten, Chee abblitzen zu lassen.

»Wann kommt sie denn wieder?«, fragte Chee.

»Wer weiß?«, sagte der junge Mann.

»Heute Nachmittag? Oder hat sie außerhalb zu tun?«

»Vielleicht«, sagte der Mann achselzuckend.

»Ich lasse eine Nachricht für sie da.« Chee riss ein Blatt aus seinem Notizbuch und schrieb:

Für Ms Pete – Ich muss wissen, wer bei Ihnen angerufen und Sie beauftragt hat, Roosevelt Bisties Haftentlassung zu betreiben. Es ist wichtig. Falls Sie mich im Büro nicht erreichen, hinterlassen Sie bitte eine Nachricht für mich.

Er unterschrieb und setzte die Telefonnummer der Navajo-Police dazu.

Doch als er nach draußen trat, sah er Janet Pete auf den Parkplatz fahren. Ihr weißer Chevy war frisch gewaschen, auch das Wappen der Navajo-Nation auf der Autotür war neu. Mit ausdrucksloser Miene beobachtete sie, wie er auf sie zukam.

»*Ya-tah-hey*«, sagte Chee.

Sie nickte.

»Wenn Sie ganz kurz Zeit haben, hätte ich Sie gern gesprochen«, sagte Chee.

»Weshalb?«

»Weil ich von Roosevelt Bisties Tochter gehört habe, dass sie nicht bei Ihnen angerufen hat. Ich muss wissen, wer es war.«

Wie ich überhaupt endlich alles erfahren muss, was du über Roosevelt Bistie weißt, dachte Chee. Aber eins nach dem anderen.

Janet Petes Miene wurde eine Spur frostiger.

»Es spielt keine Rolle, wer angerufen hat«, sagte sie. »Es ist nicht so, dass wir nur tätig werden dürfen, wenn Angehörige uns darum bitten. Jeder kann uns verständigen.« Sie stieß die Wagentür auf und schwang die Beine heraus. »Oder auch niemand. Wenn es darum geht, jemanden bei der Wahrnehmung seiner Rechte zu vertreten, brauchen wir nicht auf eine Beauftragung zu warten.«

Sie trug eine blassblaue Bluse und einen Tweedrock. Die Beine, die sie mit Schwung auf den Boden setzte, waren ausgesprochen wohlgeformt, und sie hatte bemerkt, dass Chee das aufgefallen war.

»Ich muss wissen, wer es war«, sagte Chee hartnäckig. Er war überrascht, dass sie Schwierigkeiten machte. »Das ist doch nun wirklich nichts, was Sie vertraulich behandeln müssten. Wieso –«

»Es gibt einen neuen Mordfall, um den Sie sich zu kümmern haben. Warum lassen Sie Mr Bistie nicht endlich in Ruhe? Er hat niemanden umgebracht. Und er ist ein kranker Mann, das müsste Ihnen eigentlich aufgefallen sein. Leberkrebs, soweit ich weiß. Im neuen Mordfall ist von einer Festnahme bisher nicht die Rede. Meinen Sie nicht, Sie sollten lieber da was unternehmen?« Janet Pete lehnte bei diesen Worten an der Wagentür und lächelte. Es war kein freundliches Lächeln.

»Woher wissen Sie etwas von dem neuen Mordfall?«

Sie deutete in den Wagen. »Aus den Nachrichten im Radio.«

»Und die haben nicht gesagt, wer erschossen wurde?«

»Die Polizei hat sich zur Identität des Opfers nicht geäußert.«

Ihr Lächeln schwand. »Wer war es denn?«

»Roosevelt Bistie«, sagte Chee.

»O nein!« Sie setzte sich wieder auf den Fahrersitz, schloss die Augen, verzog das Gesicht und schüttelte über seinen Tod den Kopf. »Der arme Mann.« Sie schlug die Hände vors Gesicht. »Der arme Mann.«

»Jemand ist gestern Abend zu ihm nach Hause gekommen und hat ihn erschossen. Seine Tochter war nicht da.«

Sie ließ die Hände sinken und starrte Chee fassungslos an. »Warum? Können Sie mir das erklären? Er war todkrank. Ich weiß es von ihm. Der Arzt hat ihm gesagt, dass der Krebs ihn töten wird.«

»Wir wissen nicht, warum. Deshalb will ich mit Ihnen reden. Wir wollen herausfinden, wieso er ermordet wurde.«

Sie ließen Janet Petes frisch gewaschenen Chevy stehen und nahmen Chees ungewaschenen Streifenwagen. Im *Turquoise Coffee Shop* bestellte Janet Pete Eistee und Chee Kaffee.

»Sie wollen wissen, wer mich angerufen hat. Das ist eine seltsame Sache. Der Anrufer hat mich belogen, aber das habe ich erst später erfahren. Er sagte, er heiße Curtis Atcitty, mit A, nicht mit E. Ich hatte ihn gebeten, den Namen zu buchstabieren.«

»Hat er sonst noch was über sich gesagt?«

»Dass er ein Freund von Roosevelt Bistie sei und Bistie grundlos und ohne stichhaltige Vorwürfe in Haft gehalten werde. Und dass er krank sei, keinen Anwalt habe und Hilfe brauche.« Sie schwieg einen Augenblick nachdenklich. »Und er hat behauptet, Bistie habe ihn gebeten, beim DNA anzurufen. Aber das war gelogen. Bistie hat mir später gesagt, er habe niemanden um so einen Anruf gebeten und kenne keinen Curtis Atcitty.«

Nur ein leiser Schnalzlaut verriet Chees Enttäuschung. Das war es also wieder mal.

»Vom Gefängnis sind Sie Richtung Farmington gefahren. Wohin? Wann haben Sie Bistie das letzte Mal gesehen?«

»Wir sind zur Busstation. Er dachte, vielleicht sei einer seiner Verwandten dort und könne ihn mitnehmen. Aber es war niemand da, also habe ich ihn nach Shiprock mitgenommen. Vor der Münzwäscherei dort stand der Laster eines Bekannten, mit dem wollte er nach Hause fahren.«

»Hat er Ihnen gesagt, warum er Endocheeney töten wollte?«

Janet Pete sah ihn nur an.

»Er ist tot, Sie sind Ihrem Mandanten gegenüber nicht mehr zur Verschwiegenheit verpflichtet«, sagte Chee. »Jetzt geht es darum, seinen Mörder zu finden.«

Janet Pete sah auf ihre Hände. Zierliche, gepflegte Hände mit schlanken Fingern und allenfalls farblosem Nagellack. Schöne, frauliche Hände, dachte Chee. Er musste an Mary Landons Hände denken, daran, wie stark und doch weich ihre Finger waren, wenn sie sie zwischen seine schob. An ihre Fingerkuppen. An ihre kleine weiße Faust, umschlossen von seiner Hand. Nun griff Janet Pete mit der rechten Hand nach der linken.

»Nicht dass Sie denken, ich wollte Zeit schinden«, sagte sie, »ich versuche mich nur zu erinnern, wie das war.«

Chee hatte ihr noch mal klarmachen wollen, wie wichtig diese Frage war, aber das musste er ihr wohl nicht sagen, schließlich war sie Juristin. Er schaute auf ihre Hände und dachte an Mary Landon. Dann sah er ihr ins Gesicht und dachte an Janet Pete.

»Viel hat er sowieso nicht gesagt. Er war nicht sehr gesprächig«, begann sie. »Zuerst wollte er erfahren, ob er nach Hause dürfe. Ich habe ihn gefragt, ob er wisse, was ihm vorgeworfen werde, gegen welches Gesetz er verstoßen haben soll.« Sie streifte Chee mit einem Blick, dann wandte sie den Kopf zum Fenster und sah hinaus zur Straße, durch die schmutzige Scheibe, auf der in Spiegelschrift THE TURQUOISE CAFÉ stand, wo der Wüstenwind einen Steppenläufer vor sich hertrieb. »Er habe auf jemanden geschossen, hat er gesagt, oben am San Juan Canyon. Und dann hat er leise gelacht und gemeint, wahrscheinlich habe er ihm bloß Angst eingejagt. Aber nun sei der Mann tot, und darum hätten Sie ihn ins Gefängnis gesteckt.« Sie dachte angestrengt nach, ihre rechte Hand hielt die linke jetzt umklammert. »Ich habe ihn gefragt, warum er geschossen habe. Er hat ausweichend geantwortet.« Sie schüttelte den Kopf.

»Ausweichend?«

»Ich erinnere mich nicht mehr. So was wie ›Ich hatte schon einen Grund‹, oder ›einen guten Grund‹. Etwas in der Art.«

»Haben Sie nachgehakt?«

»Ich habe gesagt: ›Sie müssen einen guten Grund gehabt haben, wenn Sie auf jemanden schießen.‹ Aber er hat nur gelacht. Daran erinnere ich mich, es war ein verbissenes Lachen. Dann habe ich noch mal direkt nach seinem Grund gefragt, und er hat einfach dichtgemacht und keine Antwort mehr gegeben.«

Chee nickte. »Bei uns war es genauso.«

Janet Pete trank einen Schluck. »Ich habe ihm gesagt, dass ich sein Rechtsbeistand bin und ihm helfen will. Dass alles, was er mir anvertraut, zwischen ihm und mir bleibt und er eine Menge Ärger mit den Behörden der Weißen kriegen kann, weil er auf jemanden geschossen hat, auch wenn er nicht getroffen hat. Und dass es klug wäre, mir alles zu sagen, wenn er wirklich einen guten Grund für seinen Angriff gehabt habe. Vielleicht, habe ich gesagt, liefert mir dieser Grund eine Handhabe dafür, dass Sie nicht wieder ins Gefängnis müssen.«

Sie stellte ihr Glas ab und sah Chee in die Augen. »Da hat er mir erzählt, dass er krank ist. Man sah ihm das auch an. Leberkrebs, hat er gesagt. Mehr Ärger könne der weiße Mann ihm gar nicht machen.« Für »Krebs« hatte sie die bei den Navajo übliche Formulierung »die Wunde, die niemals heilt« gebraucht.

»Leberkrebs«, bestätigte Chee, »das sagt seine Tochter auch.«

Janet Pete musterte Chee. An aufdringliche, forschende Blicke hatte er sich noch immer nicht ganz gewöhnt, und sie waren ihm unangenehm. Auch einer dieser kulturellen Unterschiede, die Mary seltsam und exotisch fand.

»In der Schule ist mir das aufgefallen«, hatte sie mal zu ihm gesagt. »Ich habe den Kindern dauernd klarmachen wollen, dass sie mich anschauen sollen, wenn wir miteinander reden, aber sie wollten einfach nicht. Immer haben sie auf ihre Hände gesehen – oder auf die Tafel oder anderswohin, bloß nicht mir ins Gesicht. Dann hat mir ein anderer Lehrer gesagt, das sei kulturell bedingt. So was hätten sie uns in der Ausbildung wirklich beibringen sollen. Solche seltsamen Sachen. Wenn mich jemand nicht ansieht, kommt es mir vor, als hätte er etwas zu verbergen.«

Ihm komme das nicht seltsam vor, hatte Chee geantwortet, und auch nicht so, als hätte der andere etwas zu verbergen. Für ihn sei das einfach Höflichkeit. Nur Leute ohne Kinderstube würden einem im Gespräch in die Augen sehen. Mary Landon hatte ihn gefragt, wie sich das mit seiner Arbeit als Polizist vertrage. Bestimmt gehöre es doch zu seiner Ausbildung, das Gesicht seines Gegenübers im Auge zu behalten, nach Anzeichen dafür zu suchen, dass er oder sie lügt oder Ausflüchte sucht oder etwas verschweigt. Und er hatte geantwortet …

»Sie wollen unbedingt wissen, wer mich angerufen hat«, sagte Janet Pete nun, »weil Sie vermuten, dass der Anrufer Roosevelt Bisties Mörder ist, oder?« Immer noch musterte sie sein Gesicht.

Wie sie es einem auf der Polizeiakademie beibringen, ging Chee durch den Kopf. Das Gegenteil dessen, was Navajo-Mütter ihre Kinder lehren. Eben die weiße Art. Das Lauern auf

»nonverbale Signale«. Er gab sich Mühe, eine möglichst undurchdringliche Miene aufzusetzen. Janet Pete sollte bei ihm keine solchen Signale entdecken.

»Man kann das nicht ausschließen.«

»Also denken Sie«, sagte Janet Pete langsam und nachdenklich, »dass dieser Mann mich benutzt hat, um Mr Bistie aus dem Gefängnis nach Hause zu holen, damit …« Sie verstummte.

Chee sah durch das Fenster nach draußen, wo der Wind ein wenig gedreht hatte und Blätter, Zweige und Papierfetzen, die er zuvor gegen den Schafzaun am Highway geweht hatte, nun über den Gehsteig trieb. Wechselnde Winde kündigten Wetterwechsel an. Vielleicht würde es endlich Regen geben.

Der veränderte Ton in Janet Petes Stimme riss ihn aus seinen Gedanken. »Er hat mich dazu benutzt, Bistie dorthin zu kriegen, wo er ihn ermorden konnte«, hörte er sie sagen. Und er sah, dass sie auf sein Nicken wartete.

»Wir hätten ihn sowieso freigelassen«, sagte er. »Das FBI hat keine Anklage erhoben, und uns wäre nichts anderes —«

»Aber der Mann, der mich angerufen hat, wollte Mr Bistie draußen haben, bevor er eine Aussage machen konnte. Stimmen Sie mir da zu?«

Genau das hatte Chee heute Morgen auch gedacht. Darum war es so wichtig für ihn gewesen, mit Janet Pete zu sprechen.

»Das kann man so nicht sagen«, wich er aus. »Vermutlich ist das alles zu weit hergeholt.«

Janet Pete las seine nonverbalen Signale tatsächlich. Wie Leute ohne Kinderstube. Kein Wunder, dass das bei den Navajo verpönt war. Es war ein Übergriff in die Privatsphäre.

»Das kann man durchaus so sagen«, widersprach sie. »Jetzt sind Sie es, der mich belügt.« Aber sie lächelte dabei. »Sie meinen es gut. Dennoch fühle ich mich schuldig.« Ihr Lächeln wich einer bedrückten Miene. »Ja, ich bin schuld. Jemand wollte meinen Mandanten töten und hat mich darum angerufen. Und ich habe ihm meinen Mandanten geliefert.« Sie hob ihr Glas, sah, dass es leer war, und stellte es wieder hin. »Dabei wollte Mr Bistie gar nicht, dass ich ihn vertrete. Der Mörder wollte das.«

»Vermutlich war es anders«, sagte Chee. »Der Anrufer muss nicht der Mörder gewesen sein. Angerufen hat Sie vielleicht einer von Bisties Freunden. Umgebracht hat ihn ein Irrer.«

»Ich bringe nur Unglück«, sagte Janet Pete. »Als ob es einen Fluch gäbe.«

Chee sah sie verblüfft an, aber Janet Pete gab keine Erklärung. Sie ließ die Schultern hängen und blickte traurig auf ihre Hände.

»Warum sagen Sie, dass Sie Unglück bringen?«, wollte er wissen.

Sie sah ihn nicht an. »Weil mir das schon zum zweiten Mal passiert. Das erste Mal war es bei Irma. Irma Onesalt.«

»Die Frau, die drüben bei Window Rock … Die haben Sie gekannt?«

Janet Pete lächelte dünn. »Sie war meine Mandantin.«

»Darüber möchte ich Genaueres erfahren«, sagte Chee. Leaphorn vermutete einen Zusammenhang zwischen dem Mord an Onesalt und dem an Sam und Endocheeney, zumal wegen des Briefs, den Endocheeney aus Onesalts Büro bekommen hatte. Vielleicht hatten die Mordfälle wirklich etwas miteinander zu tun.

»Von Irma Onesalt habe ich zum ersten Mal Ihren Namen gehört«, erzählte ihm Janet Pete. »Sie hätten ihr einen Gefallen getan, hat sie gesagt, aber sie könne Sie trotzdem nicht leiden.«

»Ich verstehe kein Wort«, sagte Chee. Er wusste wirklich nicht, was er davon halten sollte. Da war die Geschichte mit dem falschen Begay gewesen, den er Onesalt angeschleppt hatte. Aber sonst?

»Sie hätten einen Zeugen für sie aus der Klinik holen sollen, hat sie mir erzählt. Sie brauchte den Mann für eine wichtige Aussage vor der Gemeindeversammlung. Aber Sie seien mit dem Falschen angekommen und hätten ihr alles vermasselt. Trotzdem müsse sie Ihnen dankbar sein, Sie hätten ihr einen Gefallen getan.«

»Was für einen Gefallen?«

»Das hat sie nicht gesagt. Es muss wohl ein Zufall gewesen sein. Sie meinte jedenfalls, Sie hätten ihr weitergeholfen und wüssten das nicht mal.«

»Absolut nicht«, sagte Chee, »damals so wenig wie heute.« Er gab dem Mann hinter dem Tresen ein Zeichen, Kaffee und Eistee nachzuschenken. »Wieso war sie Ihre Mandantin?«

»Das weiß ich auch nicht recht. Eines Tages hat sie mich angerufen und um einen Termin gebeten. Und als sie vorbeikam, hat sie fast die ganze Zeit nur Fragen gestellt.« Sie wartete, während der junge Mann ihr Tee einschenkte, dann gab sie zwei Löffel Zucker ins Glas.

Wie schafft sie es, so schlank zu bleiben? Es muss an ihrer quirligen Unruhe liegen, vermutete Chee. Sie ließ sich einfach keine Zeit, dick zu werden. Bei Mary war es genauso. Immer in Bewegung.

»Ich glaube, sie hat mir nicht getraut«, fuhr Janet Pete fort. »Sie wollte wissen, ob die Zusammenarbeit des DNA mit den Stammesbehörden und dem Bureau of Indian Affairs sehr eng sei, und als ich sie in diesem Punkt beruhigt hatte, kamen viele Fragen zu Abrechnungen über öffentliche Mittel. Was davon allgemein zugänglich sei, was nicht. Und wie man da herankomme. Ich habe natürlich gefragt, worauf sie aus sei, aber das wollte sie mir erst später sagen. Vielleicht sei an der Sache nichts dran, deshalb wolle sie mich vorläufig nicht damit belasten. Falls sich aber etwas ergebe, werde sie sich wieder melden.«

»Und? Hat sie sich gemeldet?«

»Zehn Tage später war sie tot«, sagte Janet Pete.

»Haben Sie die Polizei über Ihr Gespräch mit Irma Onesalt unterrichtet?«

»Ja, aber erst nach einiger Zeit, ich hielt es anfangs für unwichtig. Dann habe ich mich erkundigt, wer für den Fall zuständig ist. Es war der FBI-Agent in Gallup, ich glaube, Streib heißt er. Dem habe ich alles erzählt.«

»Dilly Streib. Was hat er dazu gesagt?«

Sie verzog das Gesicht. »Sie kennen doch das FBI. Nichts hat er gesagt.«

»Und Sie? Haben Sie eine Ahnung, worum es Onesalt ging?«

»Nicht direkt.« Sie trank einen Schluck von ihrem Tee.

Chee schaute auf ihre schlanken Finger. Die Haut einer Navajo. Makellos, weich und glatt. Janet Pete würde nie braune Flecken bekommen. Und erst wenn sie alt wäre, würden auf ihrer Haut erste Fältchen erscheinen.

»Nicht direkt«, wiederholte sie. »Aber ich erinnere mich, dass sie etwas sagte, das mich neugierig machte. Mal sehen, ob ich es noch zusammenbringe.« Nachdenklich schmiegte sie das Kinn in die Hand. »Ich wollte wissen, wonach sie suchte. Nach Antworten auf bestimmte Fragen, hat sie gesagt. Was für Fragen?, wollte ich wissen. Und sie meinte … Ja, sie meinte: Wie können Leute gesund erscheinen, obwohl sie schon tot sind? Ich habe sie verblüfft angeguckt und die Brauen hochgezogen, und sie hat nur gelacht.«

»Wie Leute gesund erscheinen können, obwohl sie schon tot sind?«

»Ja«, bestätigte sie. »Vielleicht hat sie das nicht wörtlich gesagt, aber sinngemäß. Können Sie damit etwas anfangen?«

»Überhaupt nichts«, erwiderte Chee und dachte so intensiv nach, dass er einen großen Schluck von dem noch sehr heißen, eben nachgeschenkten Kaffee nahm und sich prompt das Uniformhemd bekleckerte – und das, fand er, war wirklich das Letzte, was ihm in Janet Petes Gegenwart hätte passieren dürfen.

17

Endlich hatte McGinnis das Schild frisch gemalt – das war das Erste, was Joe Leaphorn auffiel, als er mit Emmas altem Chevy vor dem Handelsposten Short Mountain ankam. Das Schild hatte schon dort gestanden, als Leaphorn am Anfang seiner Dienstzeit bei der Navajo-Police, damals noch in Tuba City, eines längst vergessenen Auftrags wegen zum ersten Mal in die Berge gekommen war. Schon damals war das Schild verwittert gewesen. Und schon damals hatte mit großen Blockbuchstaben dasselbe auf dem Schild gestanden wie heute:

GRUNDSTÜCK UND ANWESEN ZU VERKAUFEN
NÄHERE AUSKUNFT IM HAUS

In der Gegend hieß es, ein Mormone habe vor langer Zeit – schon vor dem Ersten Weltkrieg – den Laden am Rand des Short Mountain Wash eröffnet, weil ihm aufgefallen sei, dass es weit und breit keine Konkurrenz gab. Leider habe er übersehen, dass in dieser dünn besiedelten Gegend auch die Kunden knapp waren. Aber, hieß es weiter, der Mormone sei felsenfest davon überzeugt gewesen, es müsse hier verborgene Bodenschätze geben, denn Gottes Gerechtigkeit segne jeden Landstrich. Und weil er nur dürres Gras und einige armselige Bäume gesehen habe, die sich gegen die fortschreitende Erosion stemmten, habe der Segen eben unter dem kargen Boden liegen müssen. Warum sollte das Ölfeld, das sie oben am

Montezuma Creek entdeckt hatten, sich nicht nach Süden und Westen ausdehnen?

Im Ölfeld am Montezuma Creek aber war die Ausbeute immer geringer geworden, und im gleichen Maße war der Optimismus des Mormonen geschrumpft. Als seine Kirche sich dann noch gegen die Polygynie aussprach, packte er seine Siebensachen, schloss sich einem Treck von Gleichgesinnten an und wanderte nach Mexiko aus. Niemand erinnerte sich persönlich an den Mormonen, dazu war alles viel zu lange her. Aber jeder hier oben bei Short Mountain Wash kannte die Geschichten, die über ihn erzählt wurden, und wer bei McGinnis kaufen musste, war überzeugt, dass es bei dem Mormonen nur besser gewesen sein konnte.

Nun erschien McGinnis in der Tür und verabschiedete sich von einer Kundin, einer großen Navajo-Frau, die einen Sack Maismehl über der Schulter trug. Während er redete, starrte er auf den Chevy. Ein fremdes Auto hieß hier oben, dass ein Fremder gekommen war – und das machte in der Einsamkeit rund um Short Mountain jeden neugierig, vor allem Old Man McGinnis, der alles, was sich ringsum tat, mit Argusaugen verfolgte. Auch wegen dieser ausgeprägten Neugier wollte Leaphorn mit ihm reden. Der andere Grund ließ sich nicht so leicht erklären, er hatte etwas damit zu tun, dass sich McGinnis ohne Familie, ohne Frau und ohne Freund hier oben allein durchschlug. Leaphorn hatte etwas übrig für Leute, die sich durchbissen, und so war er schon seit über zwanzig Jahren mit ihm im Gespräch und hatte sich auf merkwürdige Weise doch mit ihm befreundet.

Aber er nahm sich Zeit und wollte abwarten, bis das Klopfen in seinem Arm aufhörte. »Bewegen Sie ihn nicht«, hatte der Arzt gesagt, »sonst muss es ja wehtun.« Weil ihm das einleuchtete, hatte er für die Fahrt hierher Emmas Chevy genommen, der hatte Automatik.

Emma war sehr glücklich gewesen, als er aus dem Krankenhaus nach Hause kam. Sie umsorgte ihn und machte ihm dabei wegen seines Leichtsinns Vorwürfe, es war fast wie in alten Zeiten gewesen. Aber dann war doch wieder der Augenblick gekommen, vor dem Leaphorn sich so fürchtete. Ihre Miene erstarrte, ihre Augen wurden ausdruckslos. Sie redete auf einmal wirre Dinge, die nicht ins Gespräch passten. Und dann drehte sie den Kopf zur Seite und starrte, wie er das in letzter Zeit häufig bei ihr beobachtete, rechts neben sich auf den Boden. Als sie ihm die Augen wieder zuwandte, war es, als sähe sie durch ihn hindurch. Ihre Verwirrung wurde immer größer, er kannte das schon, er wusste, dass sie sich mit jeder Sekunde weiter entfernte. Zusammen mit Agnes hatte er sie ins Bett gebracht, sie hatte gemurmelt und gestammelt, es war ein verzweifelter Versuch, ihnen doch nahe zu bleiben, mit ihnen zu reden. Und dann hatte sie auf dem Bett gelegen und schrecklich verloren und hilflos ausgesehen. »Ich weiß es nicht mehr«, hatte sie auf einmal gesagt, klar und deutlich, und im nächsten Augenblick war sie in tiefen Schlaf gefallen.

Morgen würde er mit ihr ins Krankenhaus nach Gallup fahren, morgen war der Termin bei der Ärztin. Sie würde ihm sagen, dass es Alzheimer war, und ihm erklären, was er schon wusste. Keine Heilung möglich, Ursache unbekannt. Vielleicht ein Virus. Oder ein Ungleichgewicht der metallischen Spurenelemente im Blut. Woran immer es lag: Die Zellen der Großhirnrinde sterben ab, das Denken wird zerstört, das Erinnerungsvermögen ausgelöscht, das Leben konzentriert sich nur mehr auf den Augenblick, der sofort vom Vergessen verdunkelt wird. Und irgendwann gibt es nichts mehr, was die Funktion der Lunge steuert, nichts mehr, was dem Herzen befiehlt zu schlagen.

Keine Heilung möglich. Er hatte ja erlebt, wie ihr Verlernen begann. Wo hatte sie die Schlüssel liegen lassen? Sie kam vom

Einkaufen zurück, und der Wagen stand noch dort auf dem Parkplatz. Oder ein Nachbar musste sie heimbringen, weil sie das Haus nicht mehr fand. Das Haus, in dem sie seit Jahren wohnten. Sie vergaß im Satz, was sie sagen wollte, vergaß, mit wem sie sprach, mit wem sie verheiratet war. Er hatte es gelesen, er wusste, was nun bald kam, sehr bald. Sie würde nicht mehr sprechen, nicht mehr gehen, sich nicht mehr allein anziehen können. Wer ist dieser Fremde, der behauptet, mein Mann zu sein? Alzheimer, das würde die Ärztin ihm morgen sagen. Und dann würde Leaphorn auf jede Verstellung verzichten; dann bliebe ihm und Emma nur, durchzustehen, was auf sie zukam.

Leaphorn schüttelte den Kopf. Er musste endlich an andere Dinge denken. An seine Aufgabe. Daran, Menschen vor Mördern zu schützen – dafür wurde er bezahlt.

Er hatte mit aufs Lenkrad gestütztem Gips gewartet, bis der Schmerz verebbte, und darüber nachgedacht, was er bei diesem Besuch zu erfahren hoffte. Es ging offenbar um Hexerei. So widerstrebend er es sich auch eingestand: Vermutlich hatte er es wieder mit Skinwalkern zu tun. Ein Haufen Unsinn, nichts, was man wirklich packen konnte. Es musste einen Zusammenhang geben zwischen den Morden an Roosevelt Bistie und Dugai Endocheeney und dem Anschlag auf Jim Chee. Die Knochenkügelchen deuteten darauf hin, und Dilly Streibs letzter Anruf hatte diesen Verdacht bestätigt.

»Die Gerüchte, von denen Jim Chee berichtet hat, stimmen«, hatte Streib gesagt, »in einer Stichwunde wurde tatsächlich ein Stück Knochen gefunden. Wollfäden, Schmutz und eine Knochenkugel. Ich habe sie mir geben lassen, um festzustellen, ob es dasselbe Material ist wie bei der anderen.« Dann hatte er gefragt, was es mit diesen Knochenkugeln für eine Bewandtnis habe, und Leaphorn hatte geantwortet, das wisse er beim besten Willen nicht.

Er wusste es wirklich nicht. Allenfalls, was es möglicherweise bedeuten konnte: dass der Mörder glaubte, Endocheeney sei ein Hexer gewesen. Vielleicht hatte er gedacht, Endocheeney, der Skinwalker, habe das Stück Knochen in ihn hineingeblasen und ihm dadurch *corpse sickness* gebracht. Und dann mochte es ihm sicherer erschienen sein, selbst das Unheil von sich abzuwenden, statt auf einen Enemy Way zu vertrauen. Darum hatte er einen Weg gesucht und gefunden, die todbringende Knochenkugel im Körper des Hexers unterzubringen. Aber es konnte genauso gut sein, dass der Mörder sich in seinem Wahn selbst für einen Hexer hielt und Endocheeney hatte verhexen wollen, indem er ihm mit dem Messer eine kleine Kugel in die Wunde geschoben hatte. Das erschien weit hergeholt, aber so war es nach Leaphorns Meinung immer, wenn es um Hexerei bei den Navajo ging. Natürlich war auch eine viel einfachere Erklärung denkbar: dass der Mörder nur den Anschein von Hexerei erweckte, um die Polizei zu verwirren. Falls das seine Absicht gewesen war, hatte er Erfolg, Leaphorn jedenfalls war verwirrt. Schade, dass es Chee nicht gelungen war, Bistie zum Reden zu bringen. So wussten sie immer noch nicht, was die Knochenkugel in seinem Portemonnaie bedeutete und was er damit vorgehabt hatte. Und auch nicht, warum er versucht hatte, Endocheeney zu töten.

Leaphorn stieg jetzt aus und ging auf die Ladentür zu, vorbei an dem Schild, auf dem jeder lesen konnte, dass McGinnis das Leben am Short Mountain Wash satt hatte und sich an ein schöneres Fleckchen Erde wünschte. Er trat durch die Tür; die Hitze und das gleißende Sonnenlicht blieben hinter ihm zurück, kühles Halbdunkel umfing ihn.

»Ich habe mich schon gefragt, wem der Wagen da draußen gehört.« McGinnis' Stimme kam aus dem Dunkel. »Wer hat Ihnen den verkauft?«

Er saß auf einem Küchenstuhl vor dem Ladentisch, neben

sich die alte gusseiserne Registrierkasse. In seinem blau und weiß gestreiften Overall und dem verwaschenen blauen Baumwollhemd sah er wie ein Sträfling aus, aber Leaphorn war nicht überrascht, er kannte das schon, McGinnis hatte nie etwas anderes angehabt.

»Es ist Emmas Wagen.«

»Wegen der Automatik«, sagte McGinnis, »und weil Sie den Arm kaputt haben. Ist noch nicht lange her, da war Old John Manymules mit seinen Jungs hier und hat mir erzählt, dass ein Cop angeschossen wurde, oben in den Chuskas. Wusste nicht, dass Sie das sind.«

»Leider bin ich das.«

»So wie Manymules sagte, wurde ein alter Mann vor seinem Hogan umgebracht, und als die Polizei kam, hat ein Cop einen Bauchschuss bekommen.«

»Es hat nur den Arm erwischt.« Leaphorn fand es noch immer beeindruckend, wie rasch jede Neuigkeit bei McGinnis ankam.

»Und was führt Sie hierher, auf die falsche Seite des Reservats? Noch dazu mit gebrochenem Arm?«

»Ich wollte nur mal vorbeischauen«, sagte Leaphorn.

McGinnis musterte ihn durch seine Nickelbrille, und sein Blick verriet, dass er kein Wort glaubte. Er rieb sich die grauen Bartstoppeln. Leaphorn hatte ihn anders in Erinnerung, nicht besonders groß, aber mit breiten Schultern und einem mächtigen Brustkasten. Jetzt kam es ihm vor, als wäre McGinnis ein Stück geschrumpft, wie ein schmächtiges Kerlchen hing er in seinem Overall. Auch das Gesicht war nicht mehr so voll wie früher, und seine blauen Augen schienen ausgeblichen zu sein, soweit Leaphorn das im Halbdunkel erkennen konnte.

»Das ist ja nett«, sagte McGinnis. »Da sollte ich wohl spendabel sein und Ihnen einen Drink anbieten. Sofern meine Kunden ohne mich auskommen.«

Es gab keine Kunden. Die groß gewachsene Navajo-Frau war längst gegangen, und außer Emmas Chevy parkte draußen kein Wagen. McGinnis ging zur Tür, schloss ab und schob den Riegel vor. Leaphorn hatte den Eindruck, dass er auch stärker hinkte als früher und gebückter ging. »Hab mir angewöhnt, alles zu verriegeln. Die verdammten Navajo klauen einem das Glas aus dem Fenster, wenn sie eine Scheibe brauchen.« McGinnis hinkte zum Wohnraum hinter dem Laden und winkte Leaphorn, mitzukommen. »Aber nur, wenn sie eine brauchen. Nicht wie die Weißen, die klauen auf Teufel komm raus. Ich habe welche gekannt, die haben einfach was mitgehen lassen und es dann weggeworfen. Ihr Navajo, wenn mir einer von euch einen Sack Mehl klaut, weiß ich, dass jemand Hunger hat. Fehlt mir ein Schraubenzieher, ist klar, dass jemand eine Schraube festdrehen muss und seinen Schraubenzieher verloren hat. Ihr Großvater hat mir das erklärt, als ich gerade hier draußen angekommen war und noch keine Ahnung hatte.«

»Ja«, sagte Leaphorn, »ich glaube, das haben Sie mir mal erzählt.«

»Auch so was, ich erzähle neuerdings alles ein paar Mal«, sagte McGinnis, aber es hörte sich nicht so an, als machte ihm das etwas aus. »Hosteen Klee haben sie ihn genannt, als es langsam mit ihm zu Ende ging, er war der Vater Ihrer Mutter. Ich kenne ihn noch aus der Zeit, als ihn alle nur Horse Kicker genannt haben.« Er öffnete seinen großen alten Kühlschrank. »Ich biete Ihnen lieber doch keinen Drink an, denn Sie trinken ja keinen Whiskey, oder? Jedenfalls haben Sie nie welchen getrunken, und ich habe nur Whiskey«, sagte er in den Kühlschrank hinein. »Oder wollen Sie einen Schluck Wasser?«

»Nein, danke«, sagte Leaphorn.

McGinnis tauchte mit einer Flasche Bourbon und einem Cola-Glas auf, ging zum Schaukelstuhl und setzte sich. Er schenkte sich ein, hielt das Glas vor die Augen und goss bis dorthin nach, wo der Cola-Schriftzug begann. Dann stellte er die Flasche neben sich auf den Boden und lud Leaphorn ein, ebenfalls Platz zu nehmen. Die einzige Sitzgelegenheit war ein mit einer Art grünem Plastik bezogenes Sofa. Als Leaphorn sich setzte, ächzte der Bezug unter seinem Gewicht, und ein Wölkchen Staub stieg auf.

»Sie sind dienstlich hier«, stellte McGinnis fest.

Leaphorn nickte.

McGinnis nahm einen Schluck. »Weil Sie denken, der alte McGinnis könnte etwas über Wilson Sam wissen und es Ihnen erzählen, und dann setzen Sie es mit dem zusammen, was Sie schon wissen, und schon haben Sie den Mörder.«

Leaphorn nickte.

»Pech gehabt«, sagte McGinnis. »Ich habe ihn gekannt, seit er ein junger Mann war, aber ich weiß nichts über ihn, was Ihnen weiterhelfen kann.«

»Anscheinend haben Sie sich schon Gedanken darüber gemacht.«

»Natürlich«, sagte McGinnis. »Wenn einer umgebracht wird, den man kennt, macht man sich doch Gedanken.« Er nahm noch einen Schluck. »Schließlich habe ich einen Kunden verloren.«

Leaphorn griff das Stichwort auf. »Wie war er denn als Kunde? Gab es was Besonderes? Ist er mit einem Haufen Geld aufgekreuzt, um seine Pfandsachen auszulösen? Hat er etwas Ausgefallenes gekauft? Oder war jemand hier und hat gefragt, wo er Sam finden kann?«

»Nichts dergleichen«, sagte McGinnis.

»Hat er Reisen gemacht? Ist er irgendwohin gefahren? War er krank? Wurden Zeremonien für ihn abgehalten?«

»Nein, nichts dergleichen«, sagte McGinnis. »Er ist nur von Zeit zu Zeit gekommen, hat was gekauft oder mir seine Wolle verkauft und die Post mitgenommen. Und letzten Winter, fällt mir ein, hat er sich in die Hand geschnitten. Da ist er runter nach Badwater Wash gefahren, in die Klinik von diesem Sioux. Die haben ihm die Hand genäht und ihm eine Tetanusspritze verpasst. Aber krank war er nie und brauchte nie einen Gesang. Gereist ist er auch nicht, aber vor ein paar Monaten ist er mit seiner Tochter nach Farmington gefahren und hat sich Kleidung gekauft.« McGinnis nahm wieder einen Schluck Bourbon. »Das Zeug, das er bei mir gekriegt hätte, war ihm wohl nicht mehr fein genug. Heutzutage müssen sogar die Jeans nach der letzten Mode sein.«

»Und die Post? Haben Sie seine Briefe für ihn geschrieben? Und wenn er welche bekommen hat – war da was Ungewöhnliches dabei?«

»Er konnte lesen und schreiben. Aber dieses Jahr hat er keine Briefmarken gekauft, jedenfalls nicht bei mir. Und Briefe hat er auch keine bei mir abgegeben. Was für ihn gekommen ist, war ganz normaler Kram. Nur vor einer Weile hat er mal mitten im Monat einen Brief gekriegt.« Er musste nicht erklären, was daran außergewöhnlich war. Hier oben in den Bergen bekamen die Leute nur am Monatsanfang Briefe, und zwar in braunen Umschlägen, in denen die Behörden in Window Rock Gutscheine für Lebensmittel verschickten.

»War das im Juni?« Da hatte laut Chee auch Endocheeney seinen Brief aus Irma Onesalts Büro bekommen. »Ungefähr in der zweiten Woche?«

»Genau«, bestätigte McGinnis. »Vor zwei Monaten.«

Leaphorn hatte endlich eine Sitzposition gefunden, in der es sich sogar auf diesem Plastiksofa aushalten ließ. Und er hatte bei McGinnis eine erstaunliche Fähigkeit entdeckt: Die ganze Zeit schaukelte er sanft mit seinem Stuhl vor und zurück und bewegte den Arm dabei so genau im Takt mit, dass der Whiskey reglos im Glas stand. Verblüffend. Aber noch verblüffender war, was McGinnis ihm über den Brief erzählt hatte. Leaphorn beugte sich vor.

»Versprechen Sie sich nur nicht zu viel davon«, sagte McGinnis. »Denken Sie vielleicht, in dem Umschlag war ein Brief, in dem jemand Wilson Sam schreibt, er solle sich noch etwas gedulden, dann komme er schon, um ihn umzubringen?« McGinnis lachte glucksend. »Machen Sie sich keine Hoffnungen. Das war kein persönlicher Brief. Der war nur vom Amt, aus Window Rock.«

»Und was stand drin?«

McGinnis zog ein schiefes Gesicht. »Ich stecke meine Nase nicht in fremde Briefe.«

»Schon gut. Wo kam er her?«

»Sag ich doch: aus Window Rock. Von einer Behörde.«

»Wissen Sie noch, von welcher?«

»Warum sollte ich das noch wissen? Geht mich doch nichts an.«

Weil du doch sonst alles weißt, was hier draußen vor sich geht, dachte Leaphorn. Und weil der Brief ein paar Tage bei dir im Laden gelegen hat, bevor ihn jemand abgeholt hat, Sam oder ein Verwandter. Und weil du bestimmt jeden Tag auf den Umschlag geguckt und dich gefragt hast, was das wohl für ein merkwürdiger Brief ist, der mitten im Monat kommt.

Leaphorn war versucht, McGinnis zu sagen, dass es sicher ein Brief vom Social Service gewesen war. Aber er zuckte nur die Achseln und meinte: »Hätte ja sein können.«

»Vom Social Service«, sagte McGinnis.

Na also. Leaphorn wünschte sich, er hätte schon Zeit gehabt, der Sache nachzugehen. Denn wenn der Durchschlag nicht beim Social Service in den Akten war und sich niemand daran erinnerte, dass Briefe an Endocheeney und Sam geschickt worden waren, dann stand fest ... dann stand so gut wie fest, dass es keine offiziellen Briefe gewesen waren. Und warum hätte das Amt an Endocheeney oder Sam schreiben sollen?

»Hatte der Absender einen Namen? Oder war nur die Behördenadresse angegeben?«

»Wenn ich es mir recht überlege«, McGinnis nahm noch einen Schluck und prüfte mit feuchten Augen, wie viel Whiskey noch im Glas war, »könnte das interessant für Sie sein«, sagte er, ohne den Blick vom Glas zu nehmen, »denn da stand wirklich ein Name. Und zwar der Name ... Sie wissen schon, die Frau, die etwas später auf Ihrer Seite des Reservats erschossen wurde. Genau der Name stand da als Absender.«

»Irma Onesalt«, sagte Leaphorn.

»Jawohl, Sir«, sagte McGinnis, »Irma Onesalt.«

Der Kreis hatte sich geschlossen. Die Knochenkugeln bewiesen, dass es einen Zusammenhang gab zwischen den Fällen Wilson Sam, Dugai Endocheeney, Jim Chee und Roosevelt Bistie. Und nun gehörte auch Irma Onesalt in den Kreis, wegen der Briefe. Leaphorn wusste jetzt alles, was er wissen musste, um das Rätsel zu lösen. Nur wie er es lösen sollte, wusste er noch nicht. Aber er kannte sich, und ihm war klar: Es würde ihm gelingen.

18

Chee hatte einen freien Tag, es blieb ihm noch ein wenig Zeit, bis er losfahren musste, um sich oben bei Hildegarde Goldtooth mit Alice Yazzie zu treffen. Rund neunzig Meilen Fahrt standen ihm bevor, teilweise auf sehr schlechten Straßen. Er durfte nicht zu spät aufbrechen, weil er einen Abstecher zur Badwater-Klinik machen wollte; vielleicht konnte er dort etwas Neues erfahren. Und warten lassen durfte er Alice Yazzie auf keinen Fall, es lag ihm viel daran, ihren Blessing Way zu zelebrieren.

Den Platz, an dem er sich im Augenblick aufhielt, hatte Largo spöttisch »Laboratorium« genannt und lachend gefragt: »Oder sollte man eher von deinem Studio sprechen?« Tatsächlich handelte es sich nur um ein schattiges Fleckchen draußen am Hang oberhalb des Wohnwagens, wo der Boden eben und fest war, direkt unter den knorrigen Zweigen einer alten Pappel. Es war ein Viereck, ungefähr so groß wie ein Hogan. Chee hatte den Boden sorgsam geglättet und das Unkraut gejätet, weil er den Platz hauptsächlich dazu nutzte, sich in den Sandzeichnungen der Zeremonien zu üben, die er erlernte.

Er saß in der Hocke am Rand des Vierecks und war mit den letzten Details einer Zeichnung beschäftigt. Das Bild, das er gerade auf den Boden zeichnete, gehörte zur zweiten Nacht des Blessing Way und zeigte die Erschaffung der Sonne. Während er ein wenig blauen Sand auf den Boden rieseln ließ, um die Federspitze am linken Horn der Sonne zu vollenden, murmelte er in leisem, melodischem Singsang die Verse vom Geschenk des Lichts vor sich hin.

Erschaffen wird nun die Sonne – es heißt, so sei es erdacht.
Erschaffen wird nun die Sonne – und es heißt, er habe das
   erdacht.
Blau wird ihr Antlitz sein – und es heißt, er habe das erdacht.
Gelb werden ihre Augen sein – und es heißt, er habe das erdacht.
Weiß wird ihre Stirn sein – und es heißt, er habe das erdacht.

Als er mit der Feder fertig war, verlagerte Chee sein Gewicht auf
die Fersen, gab den Rest blauen Sand in die Kaffeebüchse zurück, wischte die Hand an der Jeans ab und betrachtete sein
Werk. Es war ihm gut gelungen. Einen der drei nach Osten ge-
richteten Federbüsche, die zum Kopfschmuck von Pollen Boy
gehörten, der zur Sonne aufschaut, hatte er weggelassen, um das
heilige Bild nicht zur Unzeit und am falschen Ort zu vollenden.
Ansonsten sah die Zeichnung perfekt aus, die Linien aus schwarzem, blauem, gelbem, rotem und weißem Sand waren klar ab-
gegrenzt, die Symbole traten deutlich hervor. Der rote Sand war
etwas zu grobkörnig, aber das ließ sich beheben, Chee brauchte
ihn nur noch mal durch die Kaffeemühle laufen zu lassen.
   Diese Version des Blessing Way kannte er Wort für Wort auswendig, die Symbole, die zu den Sandzeichnungen gehörten,
waren ihm bis ins letzte Detail vertraut, also konnte der Gesang
seine heilende Kraft entfalten. Chee ging tiefer in die Hocke, er
freute sich an der vielgestaltigen Schönheit der Symbole und
ging in Gedanken noch mal alle Einzelheiten durch. Bald würde
er dieses alte heilige Ritual zelebrieren, wie es seinem Sinn
entsprach: um einem Menschen aus seinem Volk zu helfen, zu
Schönheit und Harmonie zurückzufinden. Er spürte, wie glücklich ihn dieser Gedanke machte, unterdrückte die aufkeimende
Freude aber. Alles in Maßen.
   Die Katze beobachtete ihn vom Hang oberhalb ihres Wacholders. Fast den ganzen Morgen hatte sie sich in Chees Nähe

herumgetrieben, nur einmal war sie Richtung San Juan River verschwunden, aber schon nach kaum einer Stunde an ihr schattiges Plätzchen zurückgekehrt. Am Vorabend hatte Chee eine Versandkiste in die Nähe ihres Lagers gestellt, mit einer alten Jeansjacke gepolstert, auf die die Katze sich manchmal legte, wenn sie in den Wohnwagen kam. Als Köder hatte er ein Stück Hamburgerhack aus dem Kühlschrank geholt. Chee hatte es für einen eiligen Lunch aufheben wollen, aber es sah nicht mehr sehr appetitlich aus. Der Katze hatte es offenbar geschmeckt, jedenfalls war das Fleisch am Morgen aus der Kiste verschwunden. Zum Schlafen hatte sie sich allem Anschein nach allerdings nicht in die Kiste gelegt. Kein Problem. Chee war geduldig.

Die Kiste war eigentlich ein Transportkäfig mit Griff, hatte Chee fast vierzig Dollar gekostet und war eine Idee von Janet Pete. Er hatte ihr, als sie aus dem *Turquoise Coffee Shop* kamen, von der Katze und dem Kojoten erzählt, um länger mit ihr zu plaudern und den Moment hinauszuzögern, in dem sie in ihren sauberen weißen Dienstwagen stieg und er allein am Straßenrand zurückblieb.

»Mit Katzen kennen Sie sich nicht zufällig aus?«, hatte er gefragt, und sie hatte gesagt: »Nicht besonders, aber worum geht es denn?« Da hatte er ihr von dem Kojoten erzählt, und sie hatte kurz überlegt, was ihm Gelegenheit gab, sie anzuschauen und dabei an Mary Landon zu denken. Janet Pete stand neben ihm, anmutig, an ihren Chevy gelehnt, nagte an der Unterlippe und nahm sein Problem ernst. Was hätte wohl Mary jetzt getan? Sie hätte gefragt, wem die Katze gehöre, und dann vielleicht gesagt: »O Mann, hol sie einfach in den Wohnwagen und behalte sie drin, bis der Kojote auf etwas anderes Jagd macht.« Die richtige Lösung für eine *belacani*-Katze in der Welt der *belacani*. Nur für Jim Chee, einen Navajo, taugte sie nicht, denn sie passte nicht zur Rolle der Tiere im *Dine'Bike'yah,* wo Kornkäfer, Hüttensänger und Dachs

gleichbehandelt wurden, seit die Holy People die Welt an der Erdoberfläche betreten hatten.

Janet Pete hatte ihn angesehen. »Ich nehme nicht an, dass Sie
eine Katze wollen.«

Chee hatte gegrinst.

»Können Sie draußen etwas basteln, damit der Kojote nicht
an sie herankommt?«

»Sie wissen ja, wie Kojoten sind«, sagte Chee.

Ein paar Sekunden sah Janet Petes Lächeln aus, als würde es
gleich vergehen, dann hellte ihr Gesicht sich auf. »Ich habs. Kaufen Sie eine dieser Frachtkisten, mit denen Haustiere im Flug-
zeug transportiert werden.« Ihre Hände malten einen passenden
Kasten in die Luft. »Die Dinger sind stabil, da kann der Kojote
der Katze nichts tun.«

»Ich weiß nicht«, sagte Chee, weil er Zweifel hatte, ob die
Katze in so einen Kasten schlüpfen würde und darin vor dem
Kojoten sicher wäre. »Ich habe so eine Kiste noch nie gesehen.
Wo kriegt man die denn, auf dem Flugplatz?«

»Im Zoogeschäft«, hatte Janet Pete geantwortet und war gleich
mit ihm losgefahren. Der Transportkäfig, den Chee erstand, war
aus Stahlblech und für kleinere Hunde gedacht. Er sah so aus,
als könnte eine Katze sich darin wohlfühlen, vor allem aber so,
als hätte ein hungriger Kojote keine Chance. Dann war Janet
Pete eingefallen, dass sie zu einem Termin musste, und sie hatte
Chee eilends zu seinem Wagen gebracht.

Auf dem Heimweg nach Shiprock hatte Chee die Kiste neben
sich auf dem Beifahrersitz und warf von Zeit zu Zeit einen schrä-
gen Blick darauf. Ob das ein guter Kauf gewesen war? Auf jeden
Fall musste er am Eingang herumbasteln, damit der Durch-
schlupf gerade groß genug für eine Katze, aber mit Sicherheit zu
klein für den Kopf des Kojoten wurde. Kein Problem, das wäre
mit Bindedraht schnell erledigt. Aber ob die Katze die Kiste als

Lager annahm und klug genug war, die Sicherheit zu erkennen, die sie ihr vor dem Kojoten bot?

Darüber dachte Chee auch jetzt wieder nach, während er mit dem gefiederten Stab aus seinem *jish*-Bündel die Sandzeichnung auswischte, wie Changing Woman es die Navajo gelehrt hatte. Von ihr hatten die vier ersten Clans ihre heilenden Zeremonien erlernt. Sie hatte ihnen gezeigt, wie die Sandzeichnungen aussehen müssen, indem sie mit mächtigem Atem die Wolken verformt hatte, bis die Bilder am Himmel erschienen. Und von ihr wussten die ersten Navajo, dass man den bunten Sand hinterher zusammenfegen und in den Wind streuen muss, damit der ihn dorthin forttragen kann, wo ihn niemand mehr findet. Chee wischte die letzten Spuren seiner Zeichnung weg und sammelte die Kaffeedosen ein, in denen er den bunten Sand aufbewahrte.

Es hatte keinen Sinn, jetzt über die Katze nachzudenken. Ob sie den Käfig annahm oder nicht, würde sich zeigen. Sollte sie es nicht tun, musste Chee sich eben etwas anderes einfallen lassen. Und es gab ja, was die Katze anging, noch andere, schwierigere Fragen. Zum Beispiel, wie ihre Jungen überleben sollten. Schlimm, dass sie kaum noch jagte, sondern sich immer mehr darauf verließ, dass er ihr etwas hinstellte. Das war genau das, was er nicht wollte und nicht noch fördern durfte. Wenn die Katze nicht länger verhätscheltes Eigentum sein, sondern eine geschickte Jägerin werden sollte, durfte sie nicht von der Hilfe eines Menschen abhängig sein. Sonst schaffte sie es nie. Die Katze wollte sich aus ihren Abhängigkeiten befreien, das beobachtete Chee schon lange. Und er wollte sie dabei unterstützen. Sie sollte nicht länger eine *belacani*-Katze sein, sondern ein Tier, das natürlich lebte und sich durchschlagen konnte.

Chee packte die Dosen mit dem Sand in einen der Staukästen am Wohnwagen, wo er auch die anderen Utensilien verwahrte, die er für seine Arbeit als *yataalii* brauchte. Sein *jish* wollte er mitnehmen – für den Fall, dass Alice Yazzie ihn um bestimmte Segnungen bitten würde. Überdies konnte Chee mit seinem *jish*-Bündel und dessen Inhalt Eindruck machen. Die Gebetsstäbe waren streng nach den traditionellen Regeln bemalt, mit einer Wachsschicht überzogen und poliert, der Federschmuck war genau da angebracht, wo er nach den Lehren der Alten sein sollte. Das Säckchen für den Blütenstaub war aus weichem Rehleder. In einem Kästchen bewahrte er beschriftete Arzneifläschchen mit gemahlenem Katzensilber, zerstoßenen Meeresschneckenhäusern und anderen Kleinodien auf, die seine Arbeit als *yataalii* erforderte. Und die vier winzigen Beutel seines Four-Mountain-Bündels enthielten alle vorgeschriebenen Kräuter und Mineralien. Er hatte sie eigenhändig auf den vier heiligen Bergen gesammelt, ganz nach der Lehre des *yei*. Ja, sein *jish* würde er mitnehmen, vielleicht ergab sich eine Gelegenheit, es zu öffnen und den Inhalt auszubreiten.

Im Wohnwagen zog er die staubige Jeans aus und nahm eine neue aus dem Schrank, die er erst neulich in Farmington gekauft hatte. Er besaß auch ein rot-weißes Hemd für besondere Gelegenheiten. Dazu zog er seine geputzten »Stiefel für die Stadt« an und setzte sich den schwarzen Filzhut auf. Kritisch musterte er sich im Spiegel über dem Waschbecken. In Ordnung, dachte er, nur ein bisschen älter müsste ich aussehen. Die Diné wollten die *yataalii* alt und weise haben, Männer wie Frank Sam Nakai sollten es sein, Chees Onkel mütterlicherseits. »Mach dir deswegen keine Sorgen«, hatte Frank Sam Nakai zu ihm gesagt. »Alle berühmten Singer haben jung angefangen. Bei Hosteen Klah war es so, bei Frank Mitchell und auch bei mir. Schau ihnen zu und versuche, möglichst viel von ihnen zu lernen.« Nun war es endlich so weit, und er konnte anwenden, was Frank Sam Nakai ihn durch die Jahre gelehrt hatte.

Als er losfuhr, fiel ihm auf, dass das Wolkengebirge über den

Hügeln hinter Shiprock heute mächtiger war als sie es in diesem trockenen Sommer gewöhnt waren, unten dunkler und oben zu früherer Tageszeit ambossartig geformt. Howard Morgan, der Meteorologe auf Channel 7, hatte heute dreißig Prozent Regenwahrscheinlichkeit für die Four Corners vorausgesagt, den bisher besten Wert des Sommers. Er hatte auch gesagt, nun gebe es womöglich endlich ergiebige Niederschläge. Regen – das wäre ein großartiges Omen. Und Morgan lag mit seinen Vorhersagen oft richtig.

Als Chee auf der 504 nach Westen fuhr, sah es so aus, als behielte Morgan auch diesmal recht. Über den Carizzo Mountains türmten sich die Vorboten eines Gewitters, eine blauschwarze Wolkenwand, die sich bis hinüber nach Arizona im Westen erstreckte und so hoch hinaufreichte, dass die Eiskristalle von den Höhenwinden in tiefere, wärmere Schichten verwirbelt werden konnten. Ab Dennehotso fuhr er auf dem Weg nach Süden über die Greasewood Flats schon im Schatten der Wolken. Böen kamen auf und trieben Windhexen vor sich her. Aber Chee hatte zu lange in der Wüste gelebt, um sich allzu früh Hoffnungen zu machen, die doch nur enttäuscht wurden. Natürlich war es schön, vom Regen zu träumen, von der wohltuenden Kühle, die er brachte, vom Wasser, das die Wüste zum Leben erweckte. Aber man durfte nicht damit rechnen. Und er musste sich sowieso auf andere Dinge konzentrieren, denn hinter dem nächsten Hügelkamm lag schon die Badwater-Klinik.

Er fuhr auf den ungepflasterten Parkplatz, hielt an und wollte gerade die Tür öffnen, da kam wieder eine Bö auf. Im Nu hing eine Staubglocke über dem Platz, und ein Steppenläufer wirbelte durch das Grau. Chee blieb einen Augenblick sitzen und wartete, bis der Wind sich legte.

Die Klinik war erst vor ungefähr fünf Jahren errichtet worden – ein eingeschossiges Rechteck mit Flachdach, umgeben von weiteren Bauten. Hinter dem Hauptgebäude stand ein Betonwürfel, in dem sich der Brunnen der Klinik befand, darüber ragte der ursprünglich weiß gestrichene Wassertank auf. Noch weiter hinten folgte eine Ansammlung jener hässlichen Fertighäuser aus braun verputzten Platten, die das Bureau of Indian Affairs zu Tausenden von Point Barrow bis zur Pagago Reservation verstreut hatte. Vom ehemals weißen Verputz der Klinik war nicht viel übrig, und Sandstürme hatten große Placken herausgerissen. So neu die ganze Anlage war: Die Spuren der Zerstörung waren bereits unübersehbar. Von der Gewalt der Wüste mit ihren bitterkalten Wintern, ihren Regenstürmen und den langen trockenen Sommern blieb hier nichts verschont, was nicht langsam gewachsen war.

Aber das alles nahm Chee gar nicht wahr. Er war ein Navajo und achtete auf die Landschaft, nicht auf die Bauten darin. Und es war ein guter Ort, wunderschön. Der Blick reichte weit durchs Tal zu den Felswänden am Chilchinbito Canyon und am Long Flat Wash und weiter bis zur hoch aufgetürmten Black Mesa, deren dunkles Grün sich aus der Ferne und unter den tief hängenden Wolken wie ein kühles Blau ausnahm. Bei diesem Anblick hob sich Chees Stimmung, und er fühlte sich leicht und beschwingt. Er ging auf den Eingang der Klinik zu, und während Sand um seine Fußknöchel wehte, vermutete er, dass es heute endlich regnen und er Glück haben würde.

Und so war es. An der Rezeption saß die Navajo aus dem Yoo'l Diné, vom Bead People Clan. Und weil Chee ein gutes Gedächtnis hatte, fiel ihr Name ihm sofort ein: Eleanor Billie. Sie hatte auch an jenem unfreundlichen Tag im späten Frühjahr Dienst gehabt, als er mit Irma Onesalt den falschen Begay abgeholt hatte. Ihr Gedächtnis schien so gut zu sein wie das von Chee.

»Der Herr von der Polizei«, begrüßte sie ihn mit einem

Lächeln, das kaum mehr als eine Andeutung war. »Was können wir heute für Sie tun? Soll es ein anderer Begay sein?«

»Sie könnten mir helfen, etwas zu verstehen«, sagte Chee. »Es hat mit dieser Geschichte zu tun.«

Mrs Billie sah ihn schweigend an. Ihr Lächeln, begriff er nun, hatte nichts Freundliches gehabt. Vielleicht war es heute doch nicht so weit her mit seinem Glück.

»Erinnern Sie sich an die Frau aus Window Rock, die mich damals begleitet hat?«, fragte Chee. »Hat sie wegen dieser Sache noch mal von sich hören lassen? Hat sie geschrieben? Oder angerufen? Wer könnte mir da Auskunft geben?«

Mrs Billie wirkte überrascht und lachte spöttisch. »Einen furchtbaren Wirbel hat sie gemacht. Gleich am nächsten Tag war sie da und hat sich unglaublich aufgeführt. Sie wollte unbedingt Dr. Yellowhorse sprechen. Wie sie sich bei ihm benommen hat, weiß ich nicht, aber bei mir war es schlimm.«

»Sie war noch mal hier?« Chee lachte. »Das hätte ich mir denken können. Sie hatte eine Mordswut.« Sein Lachen schien ansteckend zu wirken, denn Mrs Billies Lächeln wurde eine Spur breiter und wirkte nicht mehr frostig.

»Ich habe mich damals gefragt, was diese Zicke dermaßen in Fahrt gebracht hatte«, sagte sie.

»Na ja, wir haben Begay zum Gemeindehaus in Lukachukai gebracht, zu einer Versammlung, bei der es darum ging, ob eine Familie aus dem Weaver Clan oder eine aus dem Many Hogans Diné in einem bestimmten Gebiet leben darf. Irma Onesalt hatte herausgekriegt, dass Old Man Begay schon wer weiß wie lange dort oben lebte, und gehofft, er könne dem Stammesrat klarmachen, dass die Many Hogans zuerst dort waren und das Weide- und Wasserrecht besaßen. Ich war nicht mit drin im Gemeindehaus und habe nur gehört, dass der alte Mann aufgerufen wurde und lang und breit erklärte, dass er mütterlicherseits zu den Coyote Pass People gehöre, väterlicherseits zu den Monster People und nie dort oben gelebt habe, sondern mitsamt seiner Familie in der Checkerboard Reservation wohne, weit drüben im Osten.«

Chee musste grinsen, als er sich daran erinnerte, wie Irma Onesalt aus dem Gemeindehaus gestürmt und auf ihn losgegangen war. »Sie hätten hören sollen, was sie mir auf Navajo um die Ohren gehauen hat«, sagte er. »Du dämlicher Mistkerl hast mir den falschen Begay angeschleppt!«

Mrs Billies Grinsen entblößte sehr weiße Zähne in einem sehr breiten Gesicht. »Da wäre ich gern dabei gewesen.« Offenbar sah sie Chee jetzt als Leidensgenossen. »Sie hätten hören sollen, wie sie sich bei mir aufgeführt hat! Dabei habe ich nur zu ihr gemeint, dass sie angerufen und gesagt habe, sie wolle Frank Begay zu einer Anhörung abholen, und dass wir ihr den einzigen Begay mitgegeben haben, den wir hatten, Frank*lin* Begay. Ich meine, beide Namen sind doch zum Verwechseln ähnlich.«

»Allerdings«, gab Chee zurück.

»Und einen anderen Begay hatten wir nicht«, beteuerte sie, »und haben wir auch jetzt nicht.«

»Wie konnte es überhaupt zu dieser Verwechslung kommen?«

»Oh, früher hatten wir einen Frank Begay. Er war zuckerkrank, es gab jede Menge Komplikationen. Im Winter ist er gestorben, nein, früher, im Oktober. Das war der Begay aus Lukachukai.«

»Ob Irma Onesalt das durcheinandergebracht hat?«, fragte Chee. »Das sieht ihr gar nicht ähnlich.«

Mrs Billie nickte nachdenklich. »Sie hat behauptet, unsere Belegmeldungen könnten nicht stimmen, denn wir würden Frank Begay als Patienten führen. Ich habe das überprüft und ihr gesagt, er stehe nicht auf der Liste. Doch, verdammt, hat sie mich angeblafft, vielleicht nicht auf der neuesten Liste, aber vor ein paar Wochen habe sie den Namen selber gelesen.« Mrs Billie amüsierte sich noch immer über Irma Onesalts Auftritt und zeigte wieder ihre makellosen Zähne. »Darum weiß ich so genau, wann Frank Begay gestorben ist. Am dritten Oktober. Ich habe das damals in den Akten gefunden.«

Chee konnte sich gut vorstellen, wie Mrs Billie triumphiert hatte, als sie Irma Onesalt diese Auskunft gab. Er wusste nur zu gut, wie arrogant Onesalt gewesen war. Damals, vor dem Gemeindehaus in Lukachukai, hatte sie ihn abgekanzelt. Er fragte sich, ob Dilly Streib oder die anderen vom FBI schon mal darüber nachgedacht hatten, dass Irma Onesalts Arroganz und ihre aufbrausende Art etwas mit dem Motiv ihres Mörders zu tun gehabt haben könnten. Vielleicht war einfach mal jemandem der Kragen geplatzt.

»Und wie ging das mit Onesalt weiter?«, fragte er.

»Sie wollte dem Doktor die Meinung sagen.«

»Yellowhorse?«

»Ja. Also habe ich sie reingeschickt.«

Yellowhorse und Onesalt, dachte Chee. Zwei zähe Kojoten. Er mochte beide nicht, aber Yellowhorse nötigte ihm immerhin Respekt ab. Ihre Meinungsverschiedenheiten rührten daher, dass Chee ein gläubiger Navajo war, Yellowhorse dagegen ein kühler Agnostiker, der den Navajo-Glauben ausnutzte. Onesalt dagegen war einfach nur kleinkariert und besserwisserisch gewesen. »Das hätte ich gern mit angehört«, sagte er. »Wie lief es denn?«

Mrs Billie zuckte die Achseln. »Sie ging rein und kam nach fünf Minuten wieder raus.«

Das Telefon klingelte. »Badwater-Klinik. Wie bitte? Gut, ich sage es ihm.« Sie hatte den Faden nicht verloren, als sie auflegte. »Da war sie dann richtig in Fahrt. Gekocht hat sie! Der Doktor kann ziemlich grob werden, wenn ihn jemand auf die Palme bringt.«

Janet Petes Bemerkung fiel Chee wieder ein: dass Irma Onesalt gesagt habe, die Geschichte mit dem falschen Begay habe sie auf etwas gebracht. Ihr Streit mit Yellowhorse hatte sie indes nicht weitergebracht. Oder vielleicht doch?

»Hat Onesalt sonst noch was gesagt?«

»Nein, eigentlich nicht«, meinte Mrs Billie. »Aber als sie schon an der Tür war, kam sie noch mal zurück und wollte wissen, wann Frank Begay gestorben war.«

»Und da sagten Sie ihr, es sei am dritten Oktober gewesen.«

»Nein, da hatte ich das noch nicht nachgeschlagen. Ich glaube, ich sagte: im Herbst. Und dann hat sie gefragt, ob sie eine Liste aller Patienten bekommen könne.« Mrs Billie erinnerte sich mit sichtlicher Missbilligung an diese Unverschämtheit. »So eine Frechheit! Da müsse sie sich an den Doktor wenden, habe ich gesagt, und sie meinte: Auch gut, an diese Liste komme sie auch anders.« Mrs Billie sah nun noch missbilligender drein. »Sie hat das drastischer formuliert und mit Flüchen um sich geworfen.«

Eine schwarze Schwester mittleren Alters kam mit einer jungen Navajo, die einen Rollstuhl schob, den Flur entlang. Im Stuhl saß eine Frau mit Gipsbein. »Sagen Sie ihr bitte noch mal, dass es jucken wird, sie aber nicht kratzen darf. Sie soll es jucken lassen und an etwas anderes denken.« Die junge Frau sagte auf Navajo: »Nicht kratzen«, und die Frau mit Gipsbein erwiderte auf Englisch: »Nicht kratzen. Das haben Sie mir schon gesagt.«

»Die spricht besser Englisch als ich«, sagte Mrs Billie zu der Schwester.

»War das alles?«, fragte Chee. »Hat Irma Onesalt sonst nichts mehr gesagt?«

»Nein, dann ist sie gegangen«, meinte Mrs Billie.

»Und sie hat gesagt, an die Patientenliste komme sie auch anders?«

»Ja, und das dürfte nicht schwierig sein. Wir stellen ja Anträge auf Kostenerstattung, da stehen alle Namen drin. Entweder zahlt die Kasse, oder wir kriegen das Geld von Medicare oder Medicaid, weil die meisten Patienten nicht versichert sind.«

»Sie musste also nur die Bürokratie für sich einspannen?«

»Und das war sicher nicht schwer für sie. Sie hat doch in einem Amt in Window Rock gearbeitet, da musste sie nur die Person finden, bei der diese Anträge über den Schreibtisch gehen, um mal reinzuschauen oder sich eine Kopie machen zu lassen.«

Chee dachte daran, dass Leaphorn in seinem Wohnwagen eine Liste auf die Arbeitsplatte gelegt, ihn bei deren Studium beobachtet und gefragt hatte, ob er einige Namen kenne. Dass er enttäuscht gewirkt hatte, als Chee das verneinte. Und dass er noch gefragt hatte, ob die Namen ihn etwas vermuten ließen. Damals nicht, jetzt aber schon. Jetzt erschienen sie ihm unglaublich wichtig.

»Ich kenne leider niemanden bei den Behörden in Window Rock«, sagte Chee. »Gibt es keine andere Möglichkeit? Ich möchte nur erfahren, wer damals in der Klinik in Behandlung war.«

»Da müssten Sie sich an Dr. Yellowhorse wenden.«

»Gut, kann ich ihn gleich sprechen?«

»Er ist nicht im Haus«, sagte Mrs Billie.

Chee setzte eine möglichst enttäuschte Miene auf, zuckte die Achseln und verzog das Gesicht.

»Na ja«, meinte sie, »Sie sind von der Polizei … Man könnte ja sagen, es handelt sich um etwas Dienstliches.«

»Es geht um etwas Dienstliches«, versicherte Chee.

Sie stand auf. »Das dauert aber eine Weile. Rufen Sie mich bitte, falls das Telefon klingelt.«

Nach zehn Minuten kam sie zurück, ohne dass jemand angerufen hatte. »Ich habe Ihnen die Liste vom dritten Oktober abgeschrieben. Hoffentlich können Sie meine Schrift lesen.«

Mrs Billie hatte eine schöne Schrift, jeder Buchstabe war wie gemalt. Damit hätte sie einen Schönschreibwettbewerb gewinnen können. Chee überflog die Namen. *Ethelmary Largewhiskers. Addison Etcitty. Wilson Sam.*

Das war die Liste, von der Leaphorn gesprochen hatte: die Namen, zu denen Irma Onesalt die Sterbedaten gesucht hatte. Der dritte Name war Wilson Sam. Und der vorletzte Name Dugai Endocheeney.

»Danke«, sagte Chee, faltete das Blatt gedankenverloren und steckte es in seine Brieftasche. Damals, als Onesalt unbedingt herausbringen wollte, wann die Patienten gestorben waren, hatten Sam und Endocheeney noch gelebt. Sam war wegen des Beinbruchs in der Klinik gewesen. Und Endocheeney? Na, egal. Jedenfalls hatten beide noch gelebt. War Onesalt etwa darauf gekommen, dass …?

Er wusste die Antwort, noch bevor er seine Frage ganz formuliert hatte. Jetzt war ihm klar, warum Irma Onesalt hatte sterben müssen. Und auch sonst blieb eigentlich nur offen, warum jemand versucht hatte, ihn umzubringen. Er sah auf die Uhr. Er hatte länger gebraucht als beabsichtigt.

»Ich muss Ihr Telefon benutzen«, sagte er.

Chee wollte Leaphorn anrufen und ihm mitteilen, was er herausgefunden hatte. Danach musste er sich beeilen. Es donnerte schon, und das Grollen schien näher zu kommen. Er musste bald losfahren, bei Gewitterregen wurden die Straßen in den Bergen schlammig. Später, wenn er sich mit Alice Yazzie über den Blessing Way einig geworden wäre, hätte er genug Zeit, darüber nachzudenken, warum der Geist von Jim Chee sich zu den *chindis* von Irma Onesalt, Wilson Sam und Dugai Endocheeney gesellen sollte. Doch jetzt war nicht die Zeit für derart unangenehme Gedanken.

19

Kaum hatte Leaphorn sein Büro betreten, läutete das Telefon. »Sie haben gerade einen Anruf verpasst«, meldete sich der Mann von der Vermittlung. »Ich habe die Nachricht für Sie notiert.«

»In Ordnung.« Leaphorn war müde. Er wollte schnell noch auf dem Schreibtisch Ordnung schaffen, dann nach Hause, sich unter die Dusche stellen, kurz abschalten und anschließend wieder nach Gallup fahren. Sie hatten Emma über Nacht dortbehalten, um sie gründlich zu untersuchen. Warum eigentlich? Leaphorn verstand nicht, was das noch bringen sollte. Aber er hatte – ungewöhnlich für ihn – auch keine Erklärung verlangt. Emmas Krankheit machte eben alles anders, und er fühlte sich völlig machtlos. Da kam etwas auf sie zu, das ihr ganzes Leben veränderte, nein, zerstörte, und er konnte sich nicht dagegen wehren. Er fühlte sich ausgeliefert, wie jemand, der ein Erdbeben erlebt und feststellt, dass der Boden, der ihn eben noch sicher getragen hat, zu schwanken beginnt und unter seinen Füßen aufreißt.

Er schaute die Sofort-Zettel durch, fand aber nichts, was sofort erledigt werden musste. Eilig zu bearbeiten waren nur zwei Vorkommnisse beim Rodeo.

Es gab Beschwerden, eine Frau in einem blauen Ford 250 Pickup habe mehr oder weniger offen Alkohol verkauft, sei aber nicht verhaftet worden. Und wo die Autos sich vom Rodeogelände in den Verkehrsstrom der Navajo Route 3 einfädelten, hatte es wiederholt Staus gegeben. Das war einfach, Leaphorn notierte ein paar Anweisungen. Über die Sache mit der Schwarzbrennerin musste er nachdenken. Wer mochte es sein? Er ging in Gedanken die Namen durch, die sich ihm im Laufe der Jahre eingeprägt hatten, warf auch kurz einen Blick auf seine Karte. Fünf, sechs Schwarzbrenner, die sich eine Gelegenheit wie das Rodeo bestimmt nicht entgehen ließen, fielen ihm auf Anhieb ein, darunter zwei, drei Frauen. Eine von ihnen war krank, das wusste Leaphorn, womöglich lag sie sogar im Krankenhaus. Dann gab es noch eine unten in Wide Ruins, die einen großen Pick-up fuhr. Nach einigem Grübeln fiel ihm wieder ein, dass sie vonseiten der Mutter aus dem Towering House Clan, vonseiten des Vaters aus dem Clan der Rock Gap People stammte. In Gedanken ging er durch, aus welchen Clans die Polizisten kamen, die beim Rodeo eingeteilt waren. Der Rest lag auf der Hand, denn es war eine schlichte Erfahrungstatsache, dass kein Polizist jemanden aus seinem Clan festnahm, wenn es sich vermeiden ließ. Er wurde schnell fündig, der Sergeant vom Ordnungsdienst gehörte zu den Leuten vom Towering House.

Leaphorn zerriss die Notiz, die er wegen der Staus verfasst hatte, und schrieb eine neue Anweisung, in der er den Sergeant auf die Verkehrsprobleme ansetzte, während er dem dort tätigen Corporal den Ordnungsdienst übertrug.

Jetzt zu dem Anruf, den er verpasst hatte. Es gab eine Nachricht von Jim Chee.

Für Lieutenant Leaphorn:
Einen Tag, nachdem ich Franklin Begay mit Irma Onesalt abgeholt hatte, kam sie noch mal zur Badwater-Klinik. Sie war wütend, denn sie hatte herausgefunden, dass Frank Begay, den sie in Luka-chukai gebraucht hätte, schon im Oktober gestorben ist. Sie bat um eine Liste der Patienten und wurde an Dr. Yellowhorse verwiesen, der ablehnte. Sie drohte, sie werde sich die Liste anderswo besorgen.

Ich habe inzwischen die Namensliste von dem Tag, an dem Irma Onesalt danach gefragt hat. Darauf stehen auch Endocheeney und Wilson Sam. Ungefähr zu dieser Zeit hat Endocheeney meines Wissens mit einem gebrochenen Bein in der Badwater-Klinik gelegen.

Dem folgte eine Liste aller Patienten, die an jenem Apriltag in der Badwater-Klinik zur Behandlung gewesen waren. Leaphorn erkannte die Namen wieder, die Dr. Jenks so spaßig gefunden hatte.

Er las die Meldung noch mal. Dann ließ er den Zettel auf den Schreibtisch fallen und griff zum Telefon.

»Rufen Sie Shiprock an, verbinden Sie mich mit Chee.«

»Das dürfte nicht möglich sein«, sagte der Mann in der Vermittlung. »Er hat aus der Badwater-Klinik angerufen und wollte danach gleich los, Richtung Dinebito Wash. Da oben werden wir ihn kaum an die Strippe bekommen.«

»Dinebito Wash?«, fragte Leaphorn. Was wollte Chee denn da? Die Einöde an den nördlichen Ausläufern der Black Mesa war wirklich die einsamste Ecke des Reservats. Er ließ sich mit Captain Largo verbinden.

Leaphorn stand am Fenster und wartete. Statt der Wolkengebirge bedeckte jetzt, so weit das Auge reichte, drohendes Schwarz den Himmel; ein Sturm kam auf. Menschen, deren Leben weitgehend vom Wetter bestimmt wird und die viel draußen zu tun haben, achten auf den Himmel, auch Leaphorn. Und diesmal war er leicht zu lesen: Anders als die früheren Stürme des Sommers würde dieser nicht vorbeiziehen. Da oben hingen geballte Kraft und eine Menge Wasser. In den Hopi Mesas, bei Ganado und im Grasland bei Klagetoh, Cross Canyons und Burntwater regnete es vermutlich schon. Morgen würden Meldungen über Flutschäden am Wide Ruins Wash, am Lone Tule und am Scattered Willow Draw auf seinem Tisch liegen. Bei heftigen Regenfällen verwandelten sich die trockenen Wasserläufe im ausgedörrten Wüstenland in reißende Ströme. Dann hatten die hundertzwanzig Männer und Frauen der Navajo-Police alle Hände voll zu tun.

Leaphorn sah zu den zuckenden Blitzen auf, beobachtete, wie die ersten kalten Regentropfen an die Scheibe schlugen, und dachte nicht an Emma in ihrem Krankenhauszimmer. Stattdessen versuchte er, die Fäden aus Chees Meldung zu verknüpfen. Warum hatte Onesalt sich die Patientenliste besorgt? Aus Bosheit natürlich. Er wusste, dass er mit solchen Gedanken nur seine Zeit verschwendete, sie brachten ihn nicht weiter. Aber das war immer noch besser, als an Emma zu denken und daran, was die Ärztin ihm morgen sagen würde, wenn das Ergebnis der Untersuchung vorlag.

Das Telefon läutete.

»Ich habe Captain Largo dran«, hörte Leaphorn den Mann aus der Vermittlung sagen und im Hintergrund schon Largos Stimme, er solle aus der Leitung gehen.

»Hier Leaphorn. Wissen Sie, wo Chee heute hingefahren ist?«

»Chee?« Largo lachte. »Allerdings. Er hat endlich einen Gesang in Aussicht. War mächtig aufgeregt. Ist unterwegs, um alles klarzumachen.«

»Ich muss ihn sprechen«, sagte Leaphorn. »Hat er morgen Dienst? Können Sie mal im Büro anrufen und das feststellen?«

»Ich bin im Büro«, antwortete Largo, »mir geht es wie Ihnen, ich komme auch nicht früher weg. Augenblick mal.«

Leaphorn wartete, hörte Largo schnaufen, Papier rascheln. »Regnet es bei Ihnen schon?«, wollte Largo zwischendurch wissen. »Sieht so aus, als würden wir hier oben endlich auch was abkriegen.«

»Es fängt gerade an«, sagte Leaphorn. Er trommelte ungeduldig mit den Fingerspitzen auf die Tischplatte. Durch die

Regenschlieren auf der Scheibe zuckte das grelle Licht eines dreifach verästelten Blitzes.

»Morgen«, antwortete Largo jetzt, »nein, da hat er frei.«

»Verdammt«, sagte Leaphorn.

»Warten Sie. Er soll mit der Dienststelle in Verbindung bleiben, weil jemand ihn erschießen will. Das habe ich ihm ausdrücklich gesagt. Und manchmal tut er, was man ihm sagt. Mal sehen, ob er eine Nachricht hinterlassen hat.«

Es raschelte wieder. Leaphorn wartete.

»Himmel, er hat sich wirklich dran gehalten.« Largo las vor, was Chee notiert hatte: »Fahre heute zum Hogan von Hildegarde Goldtooth bei Dinebito Wash, um mich mit ihr und Alice Yazzie zu treffen. Es geht um einen Gesang für eine Patientin.« Nicht mehr mit Vorlesestimme fügte Largo hinzu: »Letzte Woche ist er eingeladen worden. War mächtig stolz deswegen und hat den Brief jedem unter die Nase gehalten.«

»Wann er zurück sein will, steht da nicht?«

»Das wäre bei Chee zu viel erwartet.«

»Ich war seit meiner Zeit in Tuba City nicht mehr in der Ecke«, sagte Leaphorn. »Muss er da nicht über Piñon?«

»Sofern er nicht zu Fuß geht«, sagte Largo.

»Gut, danke. Ich rufe unseren Mann in Piñon an. Der soll Chee auf dem Hin- oder Rückweg abfangen.«

Der Polizist oben in Piñon hieß Leonard Skeet und stammte aus dem Sleep Rock Diné. Leaphorn kannte ihn aus seiner Zeit in Tuba City als zuverlässigen, mitunter etwas gemächlichen Mann. Am Telefon meldete sich Mrs Skeet. Leaphorn nannte seinen Namen.

»Er ist drüben in Rough Rock«, sagte sie.

»Wann erwarten Sie ihn zurück?«

»Keine Ahnung. Er ist Polizist, wissen Sie?« Sie lachte leise, und Leaphorn kam nicht dahinter, ob sie es amüsiert oder ironisch meinte. Die Verbindung war schlecht, womöglich lag das am Sturm, vielleicht auch an der weiten Entfernung und der schlecht isolierten Leitung.

»Ich möchte eine Nachricht für ihn hinterlassen. Richten Sie ihm bitte aus, dass Officer Jim Chee durch Piñon kommt. Ihr Mann soll dafür sorgen, dass er mich sofort anruft.« Er gab Mrs Skeet seine Privatnummer. Es war wohl am besten, wenn er zu Hause wartete, bis es Zeit wurde, nach Gallup zu fahren.

»Wann kommt er denn etwa hier durch?«, fragte Mrs Skeet. »Lenny will das bestimmt wissen.«

»Das lässt sich nur schätzen«, sagte Leaphorn. »Er wollte in die Gegend von Dinebito Wash, zu Hildegarde Goldtooth. Ich weiß nicht, wie weit das ist.«

Leises Knacken und Knistern in der Leitung, sonst nichts.

»Sind Sie noch dran?«, fragte Leaphorn.

»Sie war die Schwester meines Vaters«, sagte Mrs Skeet. »Sie ist tot. Letzten Monat gestorben.«

Diesmal blieb es auf Leaphorns Seite lange still. »Und wer wohnt jetzt dort?«, fragte er schließlich.

»Niemand. Die hatten kein gutes Wasser dort. Alkalisch, heißt es. Als sie gestorben ist, waren nur noch ihre Tochter und ihr Schwiegersohn da, und die sind weggezogen.«

»Dann steht der Hogan leer?«

»Richtig. Wenn jemand eingezogen wäre, hätte ich das erfahren.«

»Können Sie mir den Weg von Piñon aus beschreiben?«

Mrs Skeet beschrieb ihm den Weg. Und während Leaphorn sich Notizen machte, überlegte er, von welchem Polizeiposten man schneller nach Piñon käme als von Window Rock. Many Farms lag näher. Auch Kayenta. Aber wer war dort um diese Zeit noch im Büro? Und was hätte er den Männern sagen sollen? Es gab nichts Konkretes, wie sollte er den Männern also das Gefühl vermitteln, das ihn enorm bedrängte: dass die Sache sehr eilig war?

In zwei Stunden könnte er dort sein, überlegte er, vielleicht etwas eher. Und Chee finden und rechtzeitig zurück sein, um gegen Mitternacht in Gallup anzukommen. Emma würde sowieso schlafen. Und es gab keine andere Möglichkeit.

»Fahren Sie nach Hause?«, fragte der Officer vom Nachtdienst, als Leaphorn die Treppe herunterkam.

»Ich fahre nach Piñon«, sagte Leaphorn.

20

Howard Morgan war gerade dabei, im KOAT-TV-Studio in Albuquerque zu erklären, wie sich nach den neuesten Meldungen die Wetterlage veränderte. Wäre Chee in seinem Wohnwagen gewesen, hätte er auf dem Bildschirm sehen können, wie Morgan vor dem Satellitenfoto stand und zeigte, was sich über ihren Köpfen zusammenbraute. Starker Höhenwind hatte feuchte Kaltluftmassen nach Süden getrieben. Dort waren sie auf eine breite Front feuchter Meeresluft gestoßen, die der Hurrican Evelyne über Baja California und die Wüstengebiete Nordwestmexikos nach Norden schob. »Endlich Regen«, fasste Morgan zusammen. »Gut für Sie, wenn Sie Rhabarber anbauen. Schlecht, wenn Sie ein Picknick geplant haben. Und denken Sie daran: Überschwemmungen sind heute Nacht vor allem in den südlichen und westlichen Teilen des Colorado-Plateaus zu befürchten und morgen im gesamten Norden von New Mexico.«

Aber Chee saß nicht zu Hause vor dem Fernseher, sondern er befand sich quasi in einem Rennen mit der Sturmfront und fuhr mit eingeschalteten Scheinwerfern durch die unter den dunklen Wolken früh eingebrochene Dämmerung. Kurz hinter Piñon war er in einen kurzen, aber heftigen Schauer geraten, pfirsichkerngroße Tropfen hatten auf der staubigen Straße vor ihm Schmutzfontänen aufspritzen lassen. Und kurz darauf prasselte ein Hagelregen nieder, der sich wie ein Vorhang über die Straße schlängelte und das Licht seiner Scheinwerfer wie Strass reflektierte. Nur hundert Meter weiter war wieder alles trocken gewesen, aber am grauschwarzen, von Blitzen durchzuckten Himmel hing schon der nächste Guss. Da oben lauerte er, über der Black Mesa, auf deren Nordosthängen Himmel und Erde zu verschmelzen schienen. Chee liebte den typischen Regen-Staub-Geruch, der durch die Lüftung in seinen Pick-up drang. Für Chees wüstengewohnte Nase roch Petrichor berauschend nach saftigem Weideland, Wasser und großen Pinienzapfen. Es war ein Duft, der gute Tage versprach, Vater Himmel segnete Mutter Erde.

Chee hatte vor sich auf dem Schoß die Skizze liegen, die ihm Alice Yazzie auf die Rückseite ihres Briefs gezeichnet hatte. Vier Vulkanfelsen ragten wie riesige verkrampfte Finger vor ihm auf – das musste die Stelle sein, an der er sich links halten sollte. Richtig, gleich hinter den Steinfingern bogen zwei Fahrspuren von der Straße ab.

Chee war früh dran. Er hielt an, stieg aus und streckte sich. Es machte ihm Freude, in der Einsamkeit unter dem unermesslich weiten Himmel zu stehen und die gewaltige Kraft der Natur zu spüren. Dann überzeugte er sich davon, dass der Weg noch benutzt wurde. Die tief eingegrabenen Furchen verrieten, dass er früher viel befahren worden war, doch das musste lange her sein, denn inzwischen waren Gras und Unkraut über diese Spuren gewachsen. Aber heute war jemand hier entlanggefahren, vor ein paar Stunden erst. Ein Wagen mit abgefahrenen Reifen, das Profil hatte sich nicht tief eingedrückt. Ein greller Blitz, noch einer, dann Donner, laut wie ein Kanonenknall. Und ein feuchter Wind, der ihm die Jeans an die Schenkel drückte, nach Ozon, Salbei und Piniennadeln roch und sich rasch wieder legte. Dann hörte er den Regen gedämpft vom Himmel rauschen, wie eine graue Wand kam er auf ihn zu. Eiskalt spürte er den ersten Tropfen auf dem Handrücken, als er wieder in seinen Pick-up stieg.

Noch knapp zweieinhalb Meilen, so hatte Alice Yazzie es

eingetragen. Während er fuhr, jagten die Scheibenwischer über die Windschutzscheibe, und der Regen trommelte aufs Dach. Die Fahrspuren führten ihn durchs Tal, stiegen dann zum Hochland der Black Mesa auf und wurden immer steiniger. Anfangs hatte Chee befürchtet, bei diesem Regen irgendwo stecken zu bleiben, aber auf dem steinigen Hang war diese Gefahr nicht mehr gegeben. Plötzlich riss der Himmel auf, es regnete nicht mehr, er fuhr ins Helle. Eine der unvermuteten Atempausen, die der Sturm im Hochland oft einlegt. Die Fahrspuren zogen sich einen Berghang hoch, rechts und links von großen Granitfelsen gesäumt, dann führte der Weg auf einmal steil bergab, und unten sah Chee Hildegarde Goldtooths kleines Anwesen liegen. Es bestand aus einem runden, steinernen Hogan, einem Holzhaus mit spitzem Dach, einem Lagerschuppen, einer an die Felsen gebauten Scheune und einem Schafpferch. Blauer Rauch kräuselte sich über dem Hogan; die feuchte Luft drückte ihn nieder, und einige Schwaden zogen träge durch die Sackgasse, in der die Goldtooths sich eingerichtet hatten. Neben der Holzbaracke stand ein alter Wagen mit offener Ladefläche, hinter der Baracke war gerade noch das Heck eines Fords zu sehen. Aus einem Seitenfenster des Holzbaus drang schwaches Licht, wohl von einer Kerosinlampe. Aber das Anwesen kam Chee trotz des Lichts und des sich kräuselnden Rauchs verlassen vor.

Er parkte seinen Wagen in einiger Entfernung von dem Holzhaus und blieb eine Weile sitzen; die Scheinwerfer ließ er brennen. Die Tür des Blockhauses mit dem Spitzdach ging auf, und im Lichtschimmer erschien eine Gestalt, eine Frau in weit schwingendem Rock und langärmeliger Bluse, der traditionellen Kleidung der Navajo-Frauen. Auch ihr Gruß entsprach den überlieferten Bräuchen. Sie winkte ihn herein und verschwand ins Haus.

Chee schaltete die Scheinwerfer aus, stieß die Tür auf, stieg aus und ging im Bogen hinter dem geparkten Kleinlaster auf das kleine Gebäude zu. Erst jetzt sah er, dass an dem Ford die Hinterräder fehlten. Es nieselte noch ein wenig. Die kühle Luft war voll intensiver Gerüche, die der Regen freigesetzt hatte, doch etwas fehlte: der Gestank von Schafdung, wenn Regen gerade erst über einem Pferch niedergegangen ist. Wieso roch es nicht danach? Es war bei Chee wie bei anderen auch, er hatte seine Stärken – zum Beispiel sein ausgezeichnetes Gedächtnis oder die Bereitschaft, sich durch Schönheit ablenken zu lassen –, aber auch seine Schwächen, zu denen die Neigung gehörte, sich in einen Gedanken zu verbohren. Eine seiner ausgeprägtesten Stärken bestand darin, eine neue Wahrnehmung blitzschnell mit einer gespeicherten Information zu verknüpfen und intuitiv die richtigen Schlüsse zu ziehen. So war es auch jetzt. Der Ort war ihm verlassen vorgekommen, er hatte das eher unbewusst empfunden. Und nun fehlte dieser spezifische Geruch. Keine Tiere. Alles sah unbewohnt aus, warum also ein Treffen an diesem Ort? Rasch klopfte er in Gedanken alle möglichen Erklärungen ab. Es blieb ein ungutes Gefühl. Eben noch war er unbekümmert auf das Haus zugegangen als jemand, der zu einer ersehnten Verabredung kam. Und auf einmal waren da ein Unbehagen und die Erinnerung an nächtliche Schüsse auf seinen Wohnwagen.

In diesem Augenblick bemerkte Chee die Ölspur.

Im diffusen Licht fiel ihm der blaugrüne Schimmer auf einer Pfütze unter dem Kleinlaster auf, eine Ölschicht, die auf der Regenlache schwamm. Er blieb stehen, starrte auf den Ölfleck, dann auf das Haus. Die Tür stand einige Zentimeter offen. Er spürte ein kaltes Prickeln unter der Haut. Etwas stimmte da nicht. Er wehrte sich dagegen, versuchte, sich einzureden, dass das nichts bedeuten musste, dass es ein Zufall sein könnte. Es gab viele solche uralte Pick-ups im Reservat, und fast alle verloren Öl. Aber war er nicht schon einmal zu sorglos gewesen?

Er drehte sich um und ging los, langsam erst, dann begann er zu traben, zurück zu seinem Dienstwagen. Im Handschuhfach lag seine Pistole.

Als er den Schuss hörte, traf er ihn auch schon. Chee stolperte gegen den Hogan, hielt sich am Türsturz fest. Da traf ihn die zweite Schrotladung, diesmal höher. Wie mit reißenden Krallen grub sie sich in seinen Rücken, in die Schultern und in den Nacken. Es riss ihn von den Beinen, er lag auf den Knien, suchte mit den Händen Halt im schlammigen Boden. Drei Schüsse, rechnete er in Gedanken – mit einer automatischen Flinte konnte man drei Patronen verschießen, ehe man nachladen musste. Drei Löcher waren es in der Wohnwagenwand gewesen. Also fehlte noch ein Schuss. Er raffte sich auf und warf sich gegen die Tür des Hogans. Als er halb drin war, hörte er den dritten Schuss.

Er drückte die Tür von innen zu, lehnte sich dagegen, versuchte, den Schock zu überwinden, wehrte sich gegen die aufsteigende Panik. Der Hogan war leer, völlig ausgeräumt. Auf dem festgestampften Boden unter dem Rauchloch glomm ein Kohlenfeuer. In seinen Ohren dröhnte es noch von den Schüssen, aber er hörte ein Patschen, jemand rannte durch den Regen über den Hof. Chees rechte Seite fühlte sich taub an. Mit der linken Hand tastete er nach dem hölzernen Riegel, schob ihn vor die Tür.

Etwas drückte von außen vorsichtig gegen die Tür.

Er hielt mit der linken Schulter dagegen. »Wenn Sie reinkommen, schieße ich!«, rief er.

Stille.

»Ich bin Polizist. Warum haben Sie mich angeschossen?«

Wieder blieb alles still. Das Dröhnen in Chees Ohren ließ nach, und er nahm ein leises Trommeln wahr: Regentropfen, die auf das Blech über dem Rauchloch fielen. Dann Schritte auf dem aufgeweichten Boden. Und metallisches Klicken. Er lauschte. Die Flinte wurde nachgeladen. Seltsam, dachte er. Wer da auf ihn geschossen hatte, war nicht auf die Idee gekommen, erst nachzuladen, bevor er auf den Hogan zurannte. Wahrscheinlich hatte er gesehen, dass Chee zusammengebrochen war. Er hatte ihn wohl für tot gehalten. Oder für so schwer verletzt, dass er sich nicht mehr wehren konnte.

Die Schmerzen nahmen zu, vor allem der Hinterkopf brannte höllisch. Chee betastete ihn vorsichtig, fühlte das Blut. Auch rechts rann es ihm warm über die Haut, von der Schulter über die Rippen. Chee drehte seine Handfläche so, dass der Feuerschein darauf fiel. Frisches Blut, fast schwarz im schwach flackernden Licht. Er würde sterben, nicht sofort, aber viel Zeit blieb ihm nicht. Und er wollte wenigstens wissen, warum. Diesmal schrie er.

»Warum haben Sie mich angeschossen?«

Stille. Chee überlegte, wie er den Kerl dazu bringen konnte zu antworten, wenigstens irgendwie. Er versuchte, den rechten Arm zu bewegen, das ging. Am schlimmsten waren die Schmerzen am Hinterkopf – als hätten sich zwei Dutzend Schrotkugeln in seine Schädeldecke gebohrt. Obendrein fühlte es sich an, als sei seine Kopfhaut verbrüht. Es war nicht einfach, sich bei diesen Schmerzen etwas einfallen zu lassen. Aber ihm musste etwas einfallen. Sonst würde er sterben.

Dann sagte eine Stimme: »Skinwalker! Warum tötest du mein Baby?«

Es war eine Frauenstimme.

»Ich bin keiner«, sagte Chee langsam und deutlich.

Keine Antwort. Er suchte nach einem Ausweg. Er würde verbluten, wenn ihm nichts einfiel. Oder er würde ohnmächtig werden, und dann kam diese Wahnsinnige herein und brachte ihn mit der nächsten Schrotladung um.

»Du denkst, ich bin ein Hexer. Wie kommst du darauf?«, fragte er durch die Tür.

»Weil du ein *adan'ti* bist«, sagte sie. »Du hast mir eine Knochenkugel eingeblasen, als mein Kind noch nicht geboren war. Oder du hast sie in das Baby geblasen. Und jetzt stirbt es.«

Ein erster Anhaltspunkt. Diese Frau kannte also viele Worte für Hexerei, für jede Erscheinungsform. Wenn sie von *adan'ti* sprach, glaubte sie, er besitze die Fähigkeit, sich in ein Tier zu verwandeln, zu fliegen, sich vielleicht unsichtbar zu machen. Eine sehr konkrete Vorstellung. Wie mochte sie darauf gekommen sein?

»Du denkst, wenn ich gestehe, ein Hexer zu sein, wird dein Baby gesund, und ich muss sterben. Ist es so? Oder denkst du, es genügt schon, mich zu töten, um die Hexerei aufzuheben?«

»Gestehe, dass du es getan hast«, sagte die Frau. »Sonst töte ich dich!«

Sie durfte nicht weggehen. Er musste sie reden lassen, bis ihm etwas eingefallen war. Bis er sie dazu gebracht hatte, etwas zu sagen, das ihm das Leben retten konnte. Vielleicht klammerte er sich an eine trügerische Hoffnung. Vielleicht hatte sein Sterben bereits begonnen, vielleicht entwich sein Lebensatem schon, strömte hinaus in den Regen. Vielleicht würde er nichts erfahren, was ihm helfen konnte. Aber Chee war auf Durchhalten gepolt. Sein Gesicht verzerrte sich vor Anstrengung, er versuchte, nicht auf den Schmerz zu achten, nicht darauf, dass ihm Blut an den Seiten herabrann, sondern nachzudenken. Und die Frau währenddessen am Reden zu halten.

»Mein Geständnis würde deinem Baby nicht helfen, weil ich nicht der Hexer bin. Wer hat dir gesagt, dass ich es sei?«

Sie schwieg.

»Wenn ich es wäre … wenn ich mich verwandeln könnte – weißt du, was ich dann könnte?«

Die Antwort kam zögernd. »Ja, das weiß ich.«

»Ich könnte eine andere Gestalt annehmen. Mich in eine Höhleneule verwandeln und durch das Rauchloch davonfliegen.«

Sie schwieg.

»Aber ich bin kein Hexer. Ich bin bloß ein Mensch. Ein Singer. Ein *yataalii*. Ich habe die Wege des Heilens erlernt. Einige Wege zumindest. Ich kenne die Gesänge, die dich gegen Hexerei schützen. Aber ich bin kein Hexer.«

»Man sagt, dass du einer bist.«

»Wer ist ›man‹? Wer hat das gesagt?«, fragte Chee. Doch er wusste die Antwort schon.

Sie schwieg.

Chees Hinterkopf brannte wie Feuer, und in diesem Lodern spürte er wie tiefe Nadelstiche einzelne Punkte, an denen sich der Schmerz konzentrierte. Dort offenbar hatten die Schrotkugeln ihn getroffen. Aber er musste nachdenken! So wie jemand Endocheeney in Roosevelt Bisties Augen zum Sündenbock gestempelt hatte, so hatte jemand dieser Frau eingeredet, von ihm gehe ein böser Zauber aus. Bistie hatte an einer tödlichen Lebererkrankung gelitten, und diese Frau sah ihrem Baby beim Sterben zu. Zwischen beidem erkannte Chee einen Zusammenhang.

»Wo wurde dein Baby geboren?«, fragte er. »Und als es krank wurde, hast du es da in die Badwater-Klinik gebracht?«

Chee dachte schon, sie würde nicht mehr antworten, da sagte sie endlich: »Ja.«

»Und Dr. Yellowhorse hat dir gesagt, er könne in einer Kristallkugel lesen und dir erklären, warum dein Baby krank ist, nicht wahr? Und er hat dir gesagt, dass ich dein Kind verhext habe.«

Das war keine Frage mehr. Chee wusste, dass es stimmte. Und glaubte nun zu wissen, wie er am Leben bleiben konnte. Wie er die Frau dazu überreden konnte, die Schrotflinte wegzulegen, hereinzukommen, die Blutung zu stillen und ihn nach Piñon zu bringen – oder an einen anderen Ort, wo man ihm helfen konnte. Er würde alle Kraft, die ihm verblieben war, darauf verwenden, dieser Frau zu sagen, wer der Hexer wirklich war.

Chee glaubte an Hexerei, aber in abstrakter Weise. Vielleicht gab es die bösen Geister aus den alten Legenden, die immer wieder in Gerüchten auflebten, Skinwalker, die Tiergestalt annehmen, fliegen, sich schneller als der Wind bewegen konnten, er wusste es nicht, er war ein Skeptiker, aber für einen Beweis wäre er offen gewesen. Was er aber wusste, war, dass die Diné unter einem anderen, weit alltäglicheren Fluch litten: unter der Abkehr vom Weg der Harmonie und Schönheit, unter dem freiwilligen Ja zum Bösen. Er sah es jeden Tag bei seiner Arbeit als Polizist – bei denen, die Whiskey an Kinder verkauften oder ihr Geld für Videorekorder ausgaben, während ihre Verwandten hungerten; bei Messerstechereien in Gallups Seitengassen; bei geschlagenen Frauen und vernachlässigten Kindern.

»Ich werde dir sagen, wer der Hexer ist«, begann Chee. »Aber erst werfe ich dir meine Autoschlüssel raus. Du kannst damit das Handschuhfach in meinem Wagen aufschließen, dort liegt meine Pistole. Vorhin habe ich gesagt, ich hätte sie bei mir. Das war nur, weil ich Angst hatte. Jetzt habe ich keine Angst mehr. Sieh nach, dann weißt du, dass ich nicht bewaffnet bin. Danach komm rein zu mir. Ich will nicht, dass du draußen im Regen stehst. Komm rein, hier ist es warm, hier kannst du mir ins Gesicht sehen, während ich rede, und dir ein Bild machen, ob ich die Wahrheit sage. Ich werde dir erklären, warum ich nicht der Hexer sein kann, der deinem Kind Schaden zufügt. Und ich werde dir sagen, wer der Hexer ist, von dem der Fluch ausgeht.«

Sie schwieg. Der Regen rauschte. Dann ein metallisches Klicken, es musste von der Schrotflinte kommen.

Chees rechter Arm fühlte sich wieder taub an. Mit der linken

Hand nahm er die Autoschlüssel aus der Tasche, schob den Riegel hoch und zog die Tür einen Spalt weit auf. Er war auf den nächsten Schuss gefasst. Aber die Schrotflinte wurde nicht abgefeuert. Auch nicht, als er sich vorbeugte und die Schlüssel nach draußen warf. Er hörte, wie die Frau über den aufgeweichten Boden davonging.

Chee atmete tief durch. Jetzt durfte er nicht an den Schmerz denken. Er musste sich zusammennehmen, durfte nicht schlappmachen. Jetzt kam es auf jedes Wort an.

21

Officer Leonard Skeet aus dem Ears Sticking Up Clan vertrat im dünn besiedelten, zerklüfteten Bergland rund um Piñon das Gesetz. Die Polizeistation war in einem überlangen Trailer untergebracht, in dem Skeet und seine Frau Aileen Beno auch wohnten. Skeet hatte den Standplatz auf dem kleinen Erdwall über dem Wepo Wash geschickt gewählt, von hier aus konnte man sowohl die Navajo Route 4 überblicken als auch die Straße nach Nordwesten, zum Gemeindehaus am Forest Lake und in die Gegend, wo sich das Goldtooth-Anwesen befand.

Leaphorn kam die Navajo Route 4 herauf, lenkte Emmas Chevy auf den schlammigen Platz vor dem Trailer, stiefelte durch den Morast und klopfte Skeet heraus. Nein, sagte der Officer, Chees Pick-up habe er nicht gesehen. »Vermutlich war er schon durch, als ich nach Hause kam. Aber zurück ist er bestimmt noch nicht, dann hätte ich ihn bemerkt.«

Den Chevy musterte er skeptisch. »Der taugt nichts für den Matsch da oben«, meinte er. »Überhaupt wäre es besser, wenn ich fahre. Sie sollten Ihren Arm schonen.«

Der Arm schmerzte, unter dem Gipsverband pochte es vom Ellbogen bis zum Handgelenk. Leaphorn stand im Regen und rang mit sich. Die eine Stimme plädierte dafür, alles unter Kontrolle zu halten, die andere vertrat den gesunden Menschenverstand und setzte sich durch. Skeets Geländewagen stand direkt vor dem Trailer, es waren nur wenige Schritte.

Sie fuhren los, Piñon – nicht mehr als eine Ansammlung

armseliger Gebäude – verschwand hinter ihnen, aus dem Asphaltband wurde bald eine Schotterstraße und schließlich eine unbefestigte Strecke, die sich im Dauerregen in einen Schlammweg verwandelt hatte. Skeet kannte sich aus, er befuhr diese Wege jeden Tag und wusste, wie tückisch sie bei solchem Wetter werden konnten. Leaphorn merkte, dass er mit seinen Gedanken wieder bei Emma war, riss sich davon los und überlegte, wie weit er Skeet einweihen sollte. Der Officer hatte keine Fragen gestellt, und der Lieutenant hielt sich gewöhnlich daran, keinem mehr zu erzählen, als er wissen musste. Aber ein bisschen musste Skeet eben wissen.

»Vielleicht ist es reine Zeitverschwendung«, begann er. Von dem Anschlag auf Chee musste er Skeet nichts erzählen, diese Sache hatte in der Navajo-Police längst die Runde gemacht, und sicher hatte jeder Officer eine eigene Theorie, was dahintersteckte. Also sagte er nur, es gehe um eine Absprache für einen rituellen Gesang, und Chee habe sich zu einem Treffen im Hogan von Hildegarde Goldtooth verabredet.

»Aha«, sagte Skeet. »Interessant. Vielleicht gibt es dafür ja eine Erklärung.« Er konzentrierte sich aufs Fahren, die Hinterräder waren im Schlamm weggerutscht. »Dass da keiner wohnt, wusste er also nicht. Na, woher auch? Aber wenn hinter mir jemand mit einer Schrotflinte her wäre …« Er ließ offen, was er dann getan oder nicht getan hätte.

Leaphorn saß hinten, wo er es bequemer hatte und den Gipsarm auf die Mittellehne stützen konnte, aber er merkte trotzdem jeden Schlag und Stoß bis in den zerschmetterten Knochen. Ihm war nicht nach Reden zumute, erst recht nicht danach, Chees Entscheidung zu verteidigen. »Kann sein, dass ich zu schwarzsehe«, sagte er. »Er wird schon seine Gründe gehabt haben, dorthin zu fahren.«

»Möglich«, sagte Skeet skeptisch.

An einer bizarren Felsnase aus Basalt verlangsamte er das Tempo. »Wenn ich mich recht erinnere, müssen wir hier abbiegen.«

»Dann sehen wir uns das doch mal an«, sagte Leaphorn. An einem klaren Tag hätte um diese Zeit noch das letzte Abendlicht über der Landschaft gelegen, aber im Dauerregen war es nahezu stockdunkel. Sie stiegen aus und schalteten ihre Taschenlampen ein.

»Da sind Leute gefahren«, stellte Skeet fest, »die eine Spur ist noch ganz frisch.«

Die Reifenspuren waren zwar mit Wasser vollgelaufen, aber recht gut zu erkennen. Eine Spur war tiefer in den Boden gegraben, demnach war das Fahrzeug erst hier vorbeigekommen, nachdem es schon eine Weile geregnet hatte und das Erdreich aufgeweicht war.

»Also ist er wahrscheinlich hingefahren und wieder weg«, meinte Skeet, aber während er das noch sagte, kamen ihm Zweifel. Unter der frischesten Spur lagen ältere von unterschiedlichen Reifenprofilen. Es waren also mindestens zwei Wagen hier entlanggekommen.

Sie fuhren weiter. Zuerst erfassten die Scheinwerfer einen Pick-up, das Dach der Fahrerkabine schimmerte regennass. Dann spiegelten sie sich in den Fenstern des Holzhauses. Alles schien dunkel zu sein. Fünfzig Schritte vor dem Gebäude hielt Skeet. »Was meinen Sie, soll ich die Scheinwerfer anlassen?«

»Ausmachen«, entschied Leaphorn. »Wir wollen erst mal sehen, ob es sich um Chees Wagen handelt. Und wer überhaupt hier ist.«

Sie fanden eine Menge Fußspuren, viele davon vom Regen fast völlig aufgeweicht. Aber draußen schien niemand zu sein. »Nehmen Sie sich den Wagen vor«, sagte Leaphorn, »ich sehe mich im Haus um.«

Er hielt die Taschenlampe möglichst weit vom Körper entfernt, als er den Lichtstrahl auf das Gebäude richtete. »Nach dem ersten Tritt wird man vorsichtig«, hätte seine Mutter gesagt. Und hier ging es nicht um Tritte, sondern um Schrotladungen. Einen Teleskoparm müsste man haben, dachte Leaphorn, wie Inspektor Gadget in der Zeichentrickserie im Fernsehen.

Die Tür stand offen. Der Lichtstrahl der Taschenlampe fiel ins Innere des Hauses. Vor der Tür lag etwas Rundes auf dem Boden. Leaphorn hob es auf, eine leere rote Schrothülse. Er knipste die Taschenlampe aus, schnupperte an der Hülse, roch das verbrannte Schießpulver. »Verdammt«, sagte er leise. Kalter Regen rann ihm den Rücken herunter, und er fühlte sich niedergeschlagen und besiegt.

Hinter ihm kam Skeet durch den Matsch.

»Der Wagen ist offen«, sagte er, »auch das Handschuhfach. Und der lag auf dem Sitz.« Er hielt Leaphorn einen 38er Revolver hin. »Ist das seiner?«

»Wahrscheinlich«, sagte der Lieutenant. Er roch am Lauf, mit der Waffe war nicht geschossen worden. Kopfschüttelnd zeigte er Skeet die leere Schrothülse. Sie mussten darauf gefasst sein, Jim Chees Leiche zu finden. Noch ein Mord. Obwohl es vielleicht angebrachter war, von Selbstmord zu sprechen. Oder von Tod durch Dummheit.

Das Haus war leer. Sogar von der Einrichtung war nichts übrig, nur einige Abfälle lagen herum. Sie fanden Fußspuren in der Nähe der Tür, Spuren von kleinen Schuhen, die feucht, aber nicht schlammig gewesen waren. Jemand musste hier herumgelaufen sein, bevor es richtig zu regnen begonnen hatte. Die Spuren führten nach draußen und nicht wieder zurück.

Leaphorn richtete den Lichtstrahl der Taschenlampe auf die Tür des Hogans gegenüber, sie stand halb offen.

»Ich sehe mal nach«, sagte Skeet.

»Wir sehen nach«, entschied Leaphorn.

Sie fanden Jim Chee gleich hinter der Tür, er war zu Boden gesunken, den Rücken an die Wand gelehnt. Der Oberkörper war ein wenig verkrümmt, halb nach Süden gedreht. Wie es sich für einen guten Navajo gehört, dachte Leaphorn grimmig, denn der Brauch wollte es, dass man sich in einem fremden Hogan bewegt wie die Sonne am Himmel: von Osten nach Süden – und weiter nach Westen, aber dazu war Chee nicht gekommen. Das Licht zweier Taschenlampen fiel auf seine Gestalt. Am Hinterkopf klebte geronnenes Blut, auch auf der rechten Seite, von der Schulter abwärts.

Skeet starrte ihn erschrocken an, sein Gesicht sah erschöpft und eingefallen aus. Trauer? Oder war ihm klar geworden, dass er in einem Totenhogan stand, in dem er sich mit dem *chindi* des Officers Jim Chee anstecken konnte? Leaphorn war dieser Geisterglaube schon lange fremd. Er versuchte, in Skeets Gesicht zu lesen. War das, was er dort sah, eher Schmerz, oder war es Angst?

»Ich glaube, er ist noch am Leben«, sagte Skeet.

22

Die Nacht vertrieb den Sturm, so ist das gewöhnlich auf dem Colorado-Plateau. Auf ihrem Weg nach Nordosten verloren die feuchten Luftmassen viel von der aufgestauten Wärme, am Schluss war vom Wolkengebirge nichts mehr übrig, nur noch klare, kalte Luft hing über den Cañons von Utah und den Bergen im Norden von New Mexico. Ehe es Mitternacht wurde, hatte das Donnergrollen aufgehört, und es regnete in feinen, dichten Schnüren – ein Landregen, der dem ausgedörrten Boden von der Painted Desert bis zum Sleeping Ute Mountain guttat.

Joe Leaphorn stand im Krankenhaus des Indian Health Service in Gallup an einem Fenster im vierten Stock und schaute in den tiefblauen Morgenhimmel. Wie frisch gewaschen sah er aus, wolkenlos klar, nur über den Zuñi Mountains im Südosten und über den roten Felsklippen, die sich bis zum Borego Pass erstreckten, hing ein wenig Dunst. Sollte jedoch vom Pazifik weiter feuchte Meeresluft hergetrieben werden, würde das Blau bis zum Nachmittag wieder von hoch aufgetürmten Wolkengebirgen verdeckt sein, und das nächste Unwetter mit Blitzen, Wind und Regen stünde bevor. Jetzt aber war es strahlend schön und fast windstill, ein herrlicher Tag.

Leaphorn nahm das allerdings kaum wahr. Ihm ging durch den Kopf, was die Neurologin, eine Ärztin namens Vigil, ihm gerade gesagt hatte. Emma litt nicht an Alzheimer, sondern hatte einen Tumor, der von rechts auf den Frontalhirnlappen drückte. Die junge Frau hatte ihm das mit vielen Worten erklärt, aber im

Kern lagen die Dinge ganz einfach. War der Tumor bösartig, würde Emma wahrscheinlich sterben, und zwar schon bald. Stellte sich aber nach der Operation heraus, dass es sich um eine gutartige Wucherung handelte, war Emma nach deren Entfernung geheilt. »Wie stehen die Chancen?«, hatte Leaphorn wissen wollen, aber Dr. Vigil mochte sich nicht auf Mutmaßungen einlassen. Am Nachmittag werde sie einen Kollegen in Baltimore anrufen, den sie aus der Studienzeit kenne. Er sei auf solche Fälle spezialisiert und könne die Frage eher beantworten.

»Ich möchte den Fall mit ihm besprechen, bevor ich mich äußere«, hatte die Ärztin gesagt. Anfang dreißig, schätzte Leaphorn, war sie und arbeitete ihr staatliches Stipendium im Indian Health Service ab. Sie war aufgestanden, hatte die Hände auf den Schreibtisch gestützt und Leaphorn zu verstehen gegeben, dass es im Augenblick nichts weiter zu sagen gab. »Hinterlassen Sie eine Nummer, unter der ich Sie erreichen kann.«

»Rufen Sie jetzt an«, hatte er gedrängt. »Ich muss wissen, wie es steht.«

»Vormittags kann ich ihn nicht erreichen, da operiert er.«

»Versuchen Sie es! Versuchen Sie es einfach!«

»Na ja«, hatte sie gesagt und nach einem Blick in Leaphorns Augen nachgegeben. »Schaden kann es ja nicht.«

Nun stand er auf dem Flur, genau vor Dr. Vigils Tür, und wartete. Er starrte in den blauen Himmel, aber seine Gedanken kreisten um das, was die Neurologin gesagt hatte. Keine schlechte Nachricht, wahrhaftig nicht. Dennoch brachte sie ihn aus dem Gleichgewicht. Auf einmal war wieder ein Funke Hoffnung da. Und zu hoffen war etwas, das er sich seit Wochen nicht mehr erlaubt hatte. Seit er zum ersten Mal die Broschüren über Alzheimer gelesen und begriffen hatte, dass da beschrieben stand, was er bei Emma beobachtete. Ein furchtbarer Augenblick, er wollte das alles nicht noch mal durchmachen. Darum zögerte er, durch die Tür zu gehen, die Dr. Vigils Worte ihm geöffnet hatten, die Tür, hinter der er den Hoffnungsschimmer sah. Vielleicht wurde Emma gesund, vielleicht. Hätte er da nicht feiern und vor Freude aufschreien müssen? Wenn nur die Angst nicht wäre.

So stand er da und wartete, und um nicht in die Falle der Hoffnung zu tappen, dachte er an Jim Chee. Vor allem daran, was Chee gemurmelt hatte, als sie ihn an der Badwater-Klinik aus dem Rettungswagen trugen. Es waren nur fünf Worte gewesen. Dennoch konnte es sich um eine wichtige Information handeln, sofern Leaphorn sie nur zu deuten vermochte.

»Eine Frau.« Chees Stimme war so schwach gewesen, dass er ihn nur verstand, weil er sich dicht über ihn beugte. Eine Frau. Leaphorn hatte ihn gefragt, ob er wisse, wer auf ihn geschossen habe. Und nachdem er erst kaum merklich den Kopf geschüttelt hatte, war das schließlich seine Antwort gewesen: »Eine Frau.«

»Alt oder jung?«

Leaphorn hatte keine Antwort bekommen und nur gesagt: »Wir werden sie finden.«

Da hatte Chee leise, aber deutlich gesagt: »Ihr Baby stirbt.« Murmelnd, fast schon tonlos hatte er die Worte auf Navajo wiederholt.

Offenbar hatte also eine Frau mit sterbenskrankem Kind oben am Hogan auf Chee geschossen. Wahrscheinlich hatte sie auch die drei Schüsse auf seinen Wohnwagen abgegeben. Sobald Chee die Operation hinter sich hatte, würde es leicht sein, sie zu finden. Er konnte ihnen das Fahrzeug beschreiben, und wenn er rechtzeitig misstrauisch geworden war, wusste er womöglich auch das Kennzeichen. Er musste mit ihr gesprochen haben, sonst hätte er das mit dem kranken Kind nicht wissen können. Vielleicht konnte er die Frau sogar beschreiben. Aber auch wenn Chee nicht durchkäme, würden sie sie finden. Eine junge Frau mit einem schwer kranken Baby, die sich in Hildegarde Goldtooths Hogan ausgekannt und gewusst hatte, dass er leer stand. So groß war der Kreis derer, die da infrage kamen, bestimmt nicht.

Doch, sie würden die Frau finden. Und sie würde ihnen sagen, warum sie Chee töten wollte. Dann wäre das Rätsel um all diese wahnsinnigen Morde gelöst.

Unterhalb von Leaphorn flog ein Schwarm Krähen Richtung Gallup; die Fensterscheiben dämpften ihr heiseres Krächzen. Weit dahinter rollte ein Güterzug, eine endlose Kette von Kesselwagen, Richtung Santa Fe.

Vielleicht fanden sie die Frau aber auch nicht. Oder tot. Oder sie würde ihnen wie Bistie absolut nichts sagen. Dann wären sie noch immer keinen Schritt weiter.

Der Krähenschwarm verschwand aus Leaphorns Blickfeld. Der Güterzug rollte unaufhaltsam nach Osten. Leaphorn überlegte, warum ihm die fünf Worte nicht aus dem Sinn gingen. Es kam ihm vor, als habe Chee ihm den Schlüssel in die Hand gedrückt; er musste ihn nur noch ins Schloss stecken und aufschließen.

Eine Frau, hatte Chee gesagt. Eine, die er nicht kannte. Unter den Mordopfern war nur eine Frau gewesen, Irma Onesalt. Und sie war mit einem Gewehr erschossen worden, nicht mit einer Schrotflinte. Wo sollte der Schlüssel da passen? Ihr Baby starb. Wahrscheinlich hatte sie Chee das erzählt. Warum?

»Mr Leaphorn?« Eine Schwester stand neben ihm. »Dr. Vigil möchte Sie sprechen.«

Die Neurologin kam ihm bis unter die Tür entgegen. »Ich habe jetzt die statistischen Daten«, sagte sie und lächelte leicht. »Erfolgsaussicht der Operation: fast neunundneunzig Prozent. In gut dreiundzwanzig Prozent der Fälle ist der Tumor bösartig, in knapp siebenundsiebzig Prozent gutartig.«

Da war er wieder, der Hoffnungsschimmer. Leaphorn ging in das Zimmer, in dem Emma lag. Sie schlief. Leaphorn hinterließ ihr einen Zettel, auf dem stand, was Dr. Vigil ihm gesagt hatte. Und er schrieb, dass er sie liebe. Und zurückkomme, sobald er könne.

Dann fuhr er los, es war weit bis zur Badwater-Klinik, und er wollte dort sein, wenn Chee aus der Narkose erwachte. Außerdem hatte er vor, sich mit Yellowhorse über Irma Onesalts Liste zu unterhalten; er wollte wissen, wie sie Yellowhorse ihr Interesse an den Namen und besonders an den Sterbedaten von Menschen erklärt hatte, die noch gar nicht gestorben waren. Als Chee eingeliefert wurde, hatte ein kambodschanischer Arzt Notdienst gehabt. Yellowhorse sei in Flagstaff, hatte er gesagt, und komme am frühen Nachmittag zurück.

In Ganado hielt Leaphorn an einer Tankstelle. Während der Tankwart das Benzin zapfte, rief er in der Klinik an. Chee habe alles gut überstanden, sagte man ihm, er liege noch im Aufwachraum. Dr. Yellowhorse sei noch nicht zurück, aber er habe angerufen, man erwarte ihn bald nach der Mittagszeit.

Es kostete Leaphorn Mühe, jetzt über Morde nachzudenken. Er war aufgewühlt, nie hatte er sich so erleichtert und glücklich gefühlt. Emma, die schon verloren schien, war ihm aufs Neue geschenkt. Sie würde leben und wieder sie selbst sein. Er sah noch, wie Dr. Vigil ihn angeschaut hatte, als sie ihm die hoffnungsvolle Nachricht überbrachte. Ärzte erlebten bestimmt oft, wie Menschen von ihren Gefühlen überwältigt wurden, häufiger noch als Polizisten. Ein schöner Beruf, bei dem man Zeuge wird, wie sehr ein Mensch von der Liebe zu einem anderen Menschen bewegt werden kann. So würde Dr. Vigil auch begreifen, dass der unaufhaltsame Tod eines Kindes das Motiv für einen Mord sein konnte. Vielleicht jetzt noch nicht, aber wenn sie älter wäre, würde sie es verstehen.

Das war es, was Leaphorn durch den Kopf ging, als er nach Blue Gap abbog. Und wie stand es um seine Gefühle? Eine Zeit lang hatte Emmas Schicksal alles andere bedeutungslos für ihn gemacht. Er hätte alles getan, alles auf sich genommen. Aber es hatte ja so ausgesehen, als könnte er nichts tun.

Nach der Abzweigung zur Whippoorwill School war die Frage wieder da, über die er zuvor schon nachgedacht hatte. Warum hatte die Frau Chee erzählt, dass ihr Baby starb? Um ihm zu erklären, warum sie ihn töten wollte? War es das? Natürlich. Sein Tod sollte den Fluch eines Hexers von ihrem Kind abwenden. Warum war er darauf nicht früher gekommen?

Plötzlich verstand er, wie alles zusammenhing. Die Nadeln auf seiner Karte – er konnte sie alle herausziehen und da hinstecken, wo die Badwater-Klinik lag. Viereinhalb Morde verschmolzen zu einem Verbrechen mit einem einzigen Motiv. Sein Wagen wäre auf der schlammigen Straße fast ins Schleudern geraten, so heftig trat er das Gaspedal durch. Wenn er die Klinik nicht vor Dr. Yellowhorse erreichte, wurden aus viereinhalb Morden fünf.

23

Für Chee war alles wie von Nebel verhangen. Die Schwester, die sein Bett aus dem Aufwachraum schob, zeigte ihm einen Pappbecher mit einem Esslöffel voll Schrotgeschossen. »Dr. Wu hat das aus Ihrem Rücken, Ihrem Nacken und Ihrem Hinterkopf geholt«, sagte sie. »Er meint, Sie möchten es vielleicht behalten.«

Chee, noch ganz benommen, verstand nicht, was sie meinte. Er hob fragend die Brauen.

»Als Andenken«, erklärte ihm die Schwester, »damit Sie nicht so schnell vergessen, was passiert ist.« Dann sagte sie noch, Dr. Wu sei Chinese, kambodschanischer Chinese. Als ob das erklärte, warum er dachte, Chee wolle ein Andenken.

»Mhm«, meinte er, und die Schwester sah ihn fragend an. »Natürlich nur, wenn Sie wollen«, sagte sie.

Sie redete weiter, er erinnerte sich hinterher kaum noch daran. Nur dass er sie unbedingt hatte fragen wollen, wo er sich befinde und was geschehen sei, das fiel ihm wieder ein. Und dass er sich nicht erkundigt hatte, weil ihm die Energie dazu fehlte. Dass die Wirkung der schmerzstillenden Mittel allmählich nachließ, half seinem Gedächtnis indessen auf, und er versuchte abzuzählen, auf wie viele Punkte sich das stechende Brennen im Hinterkopf konzentrierte, ungefähr auf sieben. Er musste daran denken, wie ihn vor vielen Jahren ein Jährling, dem sie das Brandzeichen aufdrücken wollten, vor das Schienbein getreten hatte. Wenn es an die Knochen ging, reagierte das Nervensystem offenbar besonders empfindlich.

Immerhin, er lebte. Ein Grund, dankbar zu sein. Und ein wenig linderte das sogar den Schmerz. Verblüffend genug, dass er davongekommen war. Er erinnerte sich schwach, wie die Frau zögernd in den Hogan gekommen war, den Lauf der Schrotflinte auf ihn gerichtet. Auch an die ersten Sekunden erinnerte er sich, er hatte geglaubt, sie würde einfach noch mal abdrücken, und das wäre das Ende. Vielleicht hatte sie das anfangs vorgehabt, aber dann hatte sie ihn reden lassen, und er hatte seiner Darstellung mühsam einen Zusammenhang abgerungen. Jetzt lag das alles im Nebel, und an vieles erinnerte er sich nicht einmal mehr. Die Ärzte sprachen von temporärer Amnesie nach einem Trauma. Chee wusste, wie das war, er hatte Ähnliches oft bei Opfern von Messerstechereien oder Verkehrsunfällen beobachtet. Jedenfalls hatte die Frau ihm offenbar geglaubt, denn es sah so aus, als hätte sie ihn zu ihrem Wagen geschleppt und hierhergebracht. Er konnte sich nicht daran erinnern, aber es musste wohl so gewesen sein. Wobei er sich gleichzeitig fragte, wie sie das geschafft hatte.

Er hatte auf sie eingeredet und ihr auf den Kopf zugesagt, was passiert war. Es fiel ihm nicht schwer, ihr die Szene anschaulich zu schildern, er wusste noch, wie man ihn als Kind einmal zu einem Hellseher gebracht hatte. Er sah noch die Kristallkugel vor sich und dahinter die Augen des alten Mannes, riesig groß und unheimlich verzerrt. Augen, die ihn durch das Kristall anblickten und ihm schreckliche Angst einjagten.

»Ich glaube, ich weiß, was geschehen ist«, hatte Chee zu ihr gesagt. »Dr. Yellowhorse behauptet, Hellseher zu sein. Du hast dein krankes Baby zu ihm in die Klinik gebracht, oder? Yellowhorse hat es gesehen, gleich die Kristallkugel herausgeholt und dir weisgemacht, er sei ein Schamane. Dann hat er dir erzählt, dein Kind sei verhext. Und er hat einen rituellen Schnitt angebracht und die Lippen auf die Brust deines Kindes gelegt, und

auf einmal hatte er eine kleine Knochenkugel auf der Zunge.«
Er erinnerte sich, dass ihn in diesem Moment allmählich die
Kraft verlassen hatte. Das Flimmern vor den Augen. Die Atem-
not. So schlimm, dass er kaum genug Luft bekommen hatte, um
die Kehllaute der Navajo-Sprache zu formen. Aber er hatte wei-
tergeredet. »Dann hat er dir gesagt, ich sei der Skinwalker und
hätte dein Baby verhext. Und es gebe nur eine Rettung für dein
Kind: mich zu töten. Er hat dir die Knochenkugel gegeben und
dir aufgetragen, sie unter die Schrotladung zu mischen und
damit auf mich zu schießen.«

Die Frau hatte einfach nur dagesessen und ihn angestarrt.
Chees Blick war nicht mehr klar genug gewesen, er hatte nicht
feststellen können, ob sie überhaupt zuhörte.

»Er will meinen Tod, weil ich den Leuten gesagt habe, dass er
gar kein Schamane ist. Dass er nicht über magische Kräfte ver-
fügt. Er hat vielleicht noch andere Gründe, aber das spielt keine
Rolle. Ich bin kein Skinwalker, das ist alles, was du wissen musst.
Yellowhorse ist der Skinwalker, er hat dich verhext. Er hat dich
dazu getrieben, dass du zur Mörderin werden wolltest.«

Er hatte noch viel mehr gesagt, so glaubte er jedenfalls. Aber
das gehörte vielleicht schon zu dem Traum, in den er hinüber-
geglitten war. Wirklichkeit und Traum – er konnte das nicht
auseinanderhalten.

Die Schwester kam wieder ins Zimmer und stellte ein Tablett
mit weißen Tüchern, einer Spritze und anderen Utensilien auf
den Nachttisch neben seinem Bett. »So, das brauchen Sie jetzt«,
sagte sie mit einem Blick auf die Uhr.

»Erst muss ich einiges erledigen und einiges erfahren«, sagte
Chee. »Ist jemand von der Polizei da?«

»Das glaube ich nicht. So früh am Morgen …«

»Dann muss ich telefonieren.«

Die Schwester sah ihn nicht einmal an. »Daraus wird nichts.«

»Dann muss jemand anders für mich bei der Navajo-Police in Window Rock anrufen und eine Nachricht für Lieutenant Leaphorn durchgeben.«

»Leaphorn?«, wiederholte sie. »Der war doch dabei, als Sie eingeliefert wurden. Wenn Sie ihm sagen wollen, wer auf Sie geschossen hat, hat das bestimmt Zeit, bis es Ihnen wieder etwas besser geht.«

»Ist Yellowhorse im Haus? Dr. Yellowhorse?«

»Der ist in Flagstaff, Besprechung dort im Krankenhaus.«

Chee fühlte sich schwindlig, ihm war auch etwas übel, aber vor allem fühlte er sich erleichtert. Er wusste nicht, warum Yellowhorse ihn töten wollte, nicht genau. Aber dass er in Gegenwart von Dr. Yellowhorse nicht in dessen Krankenhaus schlafen wollte, das wusste er.

»Hören Sie!« Er wollte einen amtlichen Ton anschlagen, merkte aber, dass das nicht einfach ist, wenn man flach auf dem Rücken liegt und Kopf, Arm und Oberkörper bandagiert sind. »Die Sache ist wichtig. Wenn ich Leaphorn nicht sofort einige Informationen gebe, entwischt uns ein Mörder und tötet womöglich demnächst wieder.«

Sie sah ihn misstrauisch an. »Meinen Sie das ernst?«

»Todernst.«

»Wie ist die Telefonnummer?«

Chee gab ihr die Nummer der Dienststelle in Window Rock. »Wenn er da nicht zu erreichen ist, rufen Sie in Piñon an. Sagen Sie dort Bescheid, dass sofort ein Officer hierherkommen muss.« Er versuchte, sich zu erinnern, wer in Piñon Dienst tat, vergeblich. Er spürte nur, dass die Augen immer stärker brannten und der Schmerz im Hinterkopf schlimmer wurde.

»Und wie ist dort die Nummer?«, wollte die Schwester wissen.

Er schüttelte den Kopf.

Sie ließ das Tablett auf dem Nachttisch stehen und wandte

sich zur Tür. Als sie schon auf dem Flur war, hörte er sie sagen: »Da kommt er ja!«

Leaphorn, dachte Chee. Großartig!

Dr. Yellowhorse kam schnellen Schritts ins Zimmer.

Chee öffnete den Mund zu einem Schrei, aber bevor noch ein Laut über seine Lippen kam, hatte Yellowhorse ihm schon die Hand auf den Mund gepresst.

»Bleiben Sie ruhig«, sagte er. Mit der freien Hand drückte er Chee etwas an die Kehle. Es fühlte sich scharf an und schmerzte.

»Eine Bewegung, und ich schneide Ihnen die Kehle durch«, sagte Yellowhorse.

Chee versuchte, sich zu lockern. Es gelang nicht.

Yellowhorse nahm die Hand von Chees Mund, langte zum Nachttisch und hantierte mit den Utensilien auf dem Tablett.

»Ich habe nicht vor, Sie umzubringen«, sagte er. »Ich gebe Ihnen nur eine Spritze zum Einschlafen. Und denken Sie daran: Ein Laut, und Sie haben einen Schlitz in der Kehle.«

Chees Gedanken rasten. Das scharfe Ding am Hals ließ es nicht ratsam sein, um Hilfe zu rufen. Im nächsten Augenblick spürte er den Einstich im Oberarm. Dann lag Yellowhorse' Hand wieder auf seinem Mund, das harte Ding an seiner Kehle.

»Ich tu das nicht gern«, sagte er, und seiner bekümmerten Miene zufolge meinte er das ehrlich. »Die verdammte Irma Onesalt ist an allem schuld. Aber letztlich ist die Bilanz positiv.«

Chee sah ihn zweifelnd an.

»Insofern die Klinik gerettet wird«, sagte Yellowhorse mit Nachdruck. »Gut, es hat vier Menschen das Leben gekostet, aber drei davon waren längst über die besten Jahre hinaus, und einer wäre sowieso bald gestorben. Auf der anderen Seite haben wir Dutzende Menschen retten können und werden weitere Dutzend retten. Wir können etwas gegen Geburtsfehler tun und uns rechtzeitig um Diabetiker kümmern.« Yellowhorse hielt inne und sah Chee in die Augen.

»Allein beim grünen Star«, fuhr er fort, »haben wir in mindestens zehn Fällen das Augenlicht gerettet. Und Irma Onesalt war drauf und dran, das alles kaputt zu machen.«

Chee war nicht in der Lage, etwas zu sagen.

»Fühlen Sie sich schon schläfrig? Es müsste eigentlich so weit sein.«

Chee fühlte sich tatsächlich sehr müde, obwohl er sich mit aller Willenskraft dagegen wehrte. Für ihn stand jetzt fest, dass Yellowhorse ihn töten wollte, sonst hätte er nicht all diese Rechtfertigungsgründe aneinandergereiht. Chee versuchte, die Muskeln anzuspannen. Vielleicht, wenn er schnell genug wäre ... vielleicht gelänge es ihm, das Messer an seiner Kehle wegzudrücken. Aber er merkte schon, dass er es nicht schaffte, er war zu schwach.

Yellowhorse hatte Chees kaum spürbaren Ruck bemerkt. »Lassen Sie das«, sagte er scharf. »Sie schaffen es nicht.«

Richtig, gestand Chee sich ein. Wenn es überhaupt noch Hoffnung gab, musste er auf Zeit spielen. Und wach bleiben. Er murmelte etwas unter Yellowhorse' Hand, es klang wie eine Frage. Er wusste, was er wissen wollte: Warum musste Irma Onesalt sterben? Und warum die anderen? Es ging offenbar darum, etwas zu vertuschen, das mit der Klinik zusammenhing. Aber was?

Yellowhorse lockerte seinen Griff. »Was ist? Sprechen Sie leise.«

»Was hat Onesalt gewusst?«, fragte Chee.

Die Hand verschloss ihm wieder den Mund. »Ich dachte, das hätten Sie herausbekommen«, wunderte sich Yellowhorse. »Als Sie den falschen Begay hier abgeholt haben, ist ihr zum ersten Mal ein Licht aufgegangen. Und ich dachte, Ihnen auch. Oder dass sie Ihnen alles erzählt hat.«

Chee murmelte wieder etwas. Yellowhorse hob seine Hand, und Chee sagte: »Sie haben uns den falschen Begay gegeben, und ich habe mich natürlich gefragt, was mit dem richtigen los ist. Aber dass Sie ihn noch auf der Patientenliste hatten, habe ich nicht gewusst.«

»Dann habe ich Sie überschätzt. Trotzdem, früher oder später wären Sie misstrauisch geworden, und dann hätte es nicht lange gedauert, bis Ihnen alles klar gewesen wäre.«

»Sie haben Rechnungen gefälscht?«, fragte Chee. »Und Geld kassiert für Patienten, die es gar nicht gab? Oder nicht mehr gab?«

»Ich habe mir nur von der Regierung geholt, was sie uns schuldig ist«, sagte Yellowhorse. »Haben Sie mal gelesen, was im Vertrag von Fort Sumner steht? Lauter leere Versprechungen. Schulklassen mit höchstens dreißig Kindern, genug Lehrer und alles Mögliche andere. Aber die Regierung hat nicht eines dieser Versprechen gehalten.«

»Geld für Patienten, die schon tot waren?«, murmelte Chee. Er konnte die Augen nicht länger offen halten. Aber sobald sie ihm zufielen, würde Yellowhorse ihn töten. Vielleicht nicht auf der Stelle, aber bald. Er würde ihn eine Weile schlafen lassen, dann fände er schon einen Weg, Chees Tod normal und unverdächtig aussehen zu lassen. Chee musste wach bleiben, er durfte die Augen nicht schließen.

Freundlich fragte Yellowhorse: »Na, fühlen Sie sich jetzt schläfrig?«

Chee fielen die Augen zu. Er schlief ein. Es war ein unruhiger Schlaf. Er träumte, dass etwas seinen Hinterkopf verletzte.

24

Dass es ein Behindertenparkplatz war, kümmerte Leaphorn in diesem Augenblick wenig, jetzt zählte nur, dass er direkt am Eingang lag. Aus alter Gewohnheit hatte er sich, bevor er zur Tür rannte, rasch umgesehen. Zwölf Fahrzeuge standen vor der Klinik, darunter ein Oldsmobile mit Arztplakette an der Windschutzscheibe, vielleicht der Wagen von Yellowhorse. Und drei alte Pick-ups, einer mochte der Frau gehören, die versucht hatte, Chee umzubringen. Leaphorn eilte ins Gebäude. Im gleichen Moment stieß die Frau am Empfang einen Schrei aus. Ihr gegenüber stand eine Schwester, offenkundig entsetzt. Beide sahen in den Flur rechts von Leaphorn, an dem Patientenzimmer lagen.

Leaphorn trabte nicht länger, er rannte.

»Sie hat ein Gewehr!«, rief die Rezeptionistin ihm nach.

Da stand die Frau, auf der Schwelle eines Krankenzimmers. Sie war tatsächlich bewaffnet. Leaphorn sah sie nur von hinten. Sie trug eine traditionelle dunkelblaue Samtbluse und einen weit schwingenden, knöchellangen Rock, hatte das dunkle Haar am Hinterkopf zu einem Knoten gebunden und hielt eine Schrotflinte unter dem Arm.

»Keine Bewegung!«, rief er und griff mit der linken Hand nach seiner Pistole.

Dass die Schrotflinte ins Zimmer gerichtet war, dämpfte den Knall. Ein Schrei, ein Poltern, splitterndes Glas. Die Frau verschwand über die Schwelle. Zwei Sekunden später stand Leaphorn mit gezogener Pistole in der Tür.

»Der Skinwalker ist tot«, sagte die Frau. Yellowhorse lag am Boden, sie stand über ihm. Der rechte Arm mit der Schrotflinte hing kraftlos herab. »Diesmal habe ich es geschafft.«

»Legen Sie die Waffe weg!«, sagte Leaphorn. Die Frau beachtete ihn nicht. Sie starrte auf den Arzt, der neben Chees Bett zusammengebrochen war. Chee schien zu schlafen. Leaphorn schob seine Pistole zwischen die Finger der rechten Hand, die aus dem Gipsverband schauten, und nahm der Frau die Schrotflinte ohne Gegenwehr ab. Yellowhorse atmete noch, ungleichmäßig und röchelnd. Der kambodschanische Arzt, der bei Chees Einlieferung Dienst gehabt hatte, tauchte in der Tür auf und murmelte etwas in seiner Muttersprache, das sich wie ein Fluch anhörte.

»Warum haben Sie ihn erschossen?«, fragte er Leaphorn dann.

»Ich habe nicht geschossen«, sagte Leaphorn. »Sehen Sie zu, ob Sie ihn retten können.«

Der Arzt kniete sich neben Yellowhorse, fühlte den Puls, untersuchte die Stelle am Nacken, wo der Schuss aus kürzester Entfernung getroffen hatte, und schüttelte den Kopf.

»Ist er tot?«, fragte die Frau. »Ist der Skinwalker tot? Dann hole ich jetzt mein Baby. Vielleicht ist es wieder lebendig geworden.«

Was natürlich nicht geschehen war.

Vier Stunden dauerte es, bis Chee erwachte. Etwas in ihm schien sich dagegen zu wehren, wieder in die reale Welt zurückzukehren, vielleicht eine unbewusste Angst vor dem, was ihn erwartete.

Er war allein im Zimmer, die untergehende Sonne schien auf sein Bett. Sein Hinterkopf schmerzte noch immer, auch die rechte Seite und die Schulter taten ihm weh, aber ihm war wieder warm. Er zog die linke Hand unter der Bettdecke hervor, bewegte die Finger. Es war alles in Ordnung, eine kräftige, gesunde Hand. Er bewegte die Zehen, die Füße, zog die Knie an. Keine Schwierigkeiten. Der rechte Arm allerdings war vom Ellbogen bis zur Schulter in einen dicken Verband gehüllt.

Wo war Yellowhorse? Anscheinend hatte Chee sich geirrt, als er annahm, der Arzt werde ihn töten. Es war ihm so zwangsläufig vorgekommen. Offenbar war Yellowhorse geflohen, oder er hatte sich gestellt oder einen Anwalt aufgesucht. Jedenfalls war es ganz unwahrscheinlich, dass er noch mal zurückkehren und Chee töten würde. Aber vielleicht doch? Also beschloss Chee, aufzustehen, sich anzuziehen und zu verschwinden. Zuvor würde er allerdings Leaphorn anrufen und ihm alles berichten.

In diesem Augenblick fiel Chee ein, wie er das Problem mit der Katze und dem Kojoten lösen konnte. Er würde die Katze in die Transportkiste packen, nach Farmington zum Flugplatz schaffen und an Mary Landon schicken. Natürlich musste er ihr alles in einem Brief erklären, ihr sagen, dass diese *belacani*-Katze einfach keine Chance habe, als Navajo-Katze durchzukommen, dass sie verhungern müsse oder vom Kojoten gefressen werde oder so. Mary war sehr klug. Sie würde das genau verstehen. Vermutlich besser als Chee.

Langsam und vorsichtig drehte er sich auf die gesunde Seite, schwang die Beine aus dem Bett und stemmte den Oberkörper hoch. Als er sich beinahe aufgerichtet hatte, wurde ihm schwindlig, und ein neuer Schwächeanfall ließ ihn zurück auf die Seite sinken. In seinem Hinterkopf dröhnte der Schmerz, und er hörte ein Metalltablett, das er vom Nachttisch gestoßen hatte, am Boden klirren.

»Ah, Sie sind aufgewacht«, sagte eine Frauenstimme und wandte sich dann an jemand anderen: »Verständigen Sie den Lieutenant, dass Officer Chee bei Bewusstsein ist.«

Als Leaphorn der Schwester ins Zimmer folgte, war seine Miene seltsam ausdruckslos. Er setzte sich zu Chee ans Bett und stützte seinen Gips behutsam ab.

»Die Frau, die auf Sie geschossen hat – wissen Sie, wie die heißt?«

»Keine Ahnung«, sagte Chee. »Wo ist sie denn? Und wo ist Yellowhorse?«

»Sie hat ihn erschossen«, sagte Leaphorn. »Hier an Ihrem Bett. Diesmal hat sie besser gezielt als bei Ihnen. Wir haben sie festgenommen. Aber sie will ihren Namen nicht sagen. Und auch sonst nichts. Sie redet dauernd nur von ihrem Baby.«

»Was ist mit dem Kind?«

»Es ist tot. Ein kleiner Junge. Die Ärzte sagen, er sei schon vor einigen Tagen gestorben.« Leaphorn positionierte seinen Gips anders. Der Verband sah schmutzig aus und war an der Unterseite mit Schlamm bespritzt.

»Sie hat geglaubt, das Kind sei verhext«, sagte Chee. »Deshalb wollte sie mich umbringen. Sie hielt mich für den Hexer und wollte durch meinen Tod den Fluch von ihrem Baby abwenden und auf mich zurücklenken.«

Leaphorn machte ein abweisendes Gesicht. »Das Kind hatte die Werdnig-Hoffmann-Krankheit. Angeboren. Das Gehirn kann sich nicht entwickeln. Auch die Muskeln nicht. Kinder, die damit geboren werden, leben nur wenige Tage.«

»Aber das konnte sie nicht begreifen«, sagte Chee.

»Man kann die Krankheit nicht heilen«, sagte Leaphorn. »Nicht mal, indem man Skinwalker wie Sie tötet.«

»Wissen Sie, warum Yellowhorse das alles getan hat?«, fragte Chee. »Mir hat er gesagt, er habe einen Teil des Geldes eintreiben wollen, das die Regierung uns schulde. Und Irma Onesalt sei dahintergekommen. Er dachte, auch ich wüsste schon zu viel und käme bestimmt ebenfalls dahinter.« Chee hielt inne und war ein wenig beschämt über das, was er nun eingestehen würde. »Ich glaube, er hat mich überschätzt. Bei seinen Anträgen auf Kostenerstattung waren Pflegekosten für Patienten aufgeführt, die längst gestorben waren. Und er dachte, ich würde das eines Tages entdecken. Wahrscheinlich war Irma Onesalt deshalb hinter den Sterbedaten her.«

»So ungefähr«, sagte Leaphorn. »Er hat nicht nur für Tote abgerechnet, sondern auch für Patienten, die längst aus dem Krankenhaus entlassen waren. Dilly Streib sitzt gerade über den Akten und geht die Abrechnungen durch.«

»Dass da etwas faul war, wurde mir langsam klar. Aber ich habe nicht verstanden, wieso er das macht. Hat er die Klinik nicht mit seinem Geld aufgebaut?«

»Hauptsächlich mit seinem Geld«, sagte Leaphorn. »Durch eine Stiftung. Er wurde auch von anderen Stiftungen unterstützt. Und von Medicare und Medicaid. Ich nehme an, es hat einfach nicht gelangt. Obwohl er sich die Ärzte schon aus dem Ausland geholt hat.«

»Und die Morde an Endocheeney und Wilson Sam? Warum hat er die begangen?«

»Streib vermutet, dass er immer noch Geld für sie kassiert hatte, obwohl sie schon monatelang entlassen waren. Und ich denke, die beiden waren nicht die Einzigen, bei denen er die Abrechnungen gefälscht hat. Aber nur Endocheeney und Sam standen auf der Liste, die Irma Onesalt sich besorgt hatte. Also musste er die Frau umbringen, das war das Erste. Danach konnte er hoffen, eine Weile Ruhe zu haben. Aber eben nur eine Weile. Er nahm an, Sie wüssten aufgrund Ihrer Zusammenarbeit mit Onesalt von der Liste und würden über kurz oder lang herausfinden, was hier gespielt wurde. Oder jemand anders käme ihm auf die Schliche. Darum wollte er Endocheeney und Sam loswerden. Und Sie.«

»Er hat mir gesagt, letztlich sei die Bilanz positiv«, meinte Chee. »Onesalt habe sein Lebenswerk zerstören wollen, obwohl die Klinik viel mehr Menschen gerettet habe als die vier, die er habe töten müssen.«

Leaphorn ging darauf nicht ein. Er hob den Gips, verzog das Gesicht und legte den Arm wieder aufs Bett. »*Anti'll*«, sagte er mürrisch, das Navajo-Wort für Hexerei.

Jim Chee nickte nur.

»Schlau ausgedacht«, sagte Leaphorn. »Es eilte nicht, also konnte er die Leute in Ruhe aussuchen. Hoffnungslose Fälle wie Bistie, der ohnehin sterben musste. Oder die Frau, die er Ihnen auf den Hals gehetzt hat. Die Leute reden nicht über Hexer, also musste er kaum befürchten, dass jemand die Spur zur Badwater-Klinik entdeckt.«

»Ich glaube, auf Endocheeney hat er zwei Leute angesetzt. Bistie war ihm wohl zu langsam, und er hat befürchtet, der alte Mann schafft es nicht.«

»Anscheinend«, sagte Leaphorn. »Und dann hat er erfahren, dass wir Bistie verhaftet haben. Da musste er ihn umbringen, ehe wir ihn womöglich doch zum Reden bringen würden.«

»Aber wen hat er wirklich zu den Morden an Endocheeney und Wilson Sam angestiftet?«, überlegte Chee halblaut. »Es muss noch jemanden geben, auf dessen Namen wir bisher nicht gestoßen sind. Wir müssten nur die alten Patientenlisten durchgehen und uns fragen, wer der Richtige für Yellowhorse gewesen wäre.«

»Theoretisch wäre das zu schaffen«, sagte Leaphorn.

Chee wusste, was er meinte. Das Ganze war eine Sache, die nur das FBI etwas anging.

»Glauben Sie, Streib macht sich ähnliche Gedanken?«

»Kaum.« Leaphorns Lachen klang bitter. »Mir sagt man nach,

dass ich Hexerei verabscheue. Aber Dilly schüttelt sich schon, wenn er nur daran denkt.«

»Auch egal«, sagte Chee, »es ist ja vorbei.«

Tony Hillerman

Tony Hillerman wurde am 27. Mai 1925 in Sacred Heart, Oklahoma, als jüngstes von drei Kindern geboren. Seine Eltern waren Farmer und führten einen kleinen Laden. Von 1930 bis 1938 besuchte er die St. Mary's Academy, ein Internat für indianische Mädchen, als einer der wenigen Jungen, die dort eingeschrieben waren.

1943 trat Hillerman in die US-Armee ein und nahm in Europa an den Kämpfen des Zweiten Weltkriegs teil. 1945 kehrte er schwer verwundet und mit mehreren Auszeichnungen (unter anderem dem Purple Heart) in die USA zurück. Er besuchte die University of Oklahoma und schloss 1948 sein Journalismus-Studium ab. Im selben Jahr heiratete er Mary Unzer, eine Kommilitonin, die Mikrobiologie und Sprachen studiert hatte. Bis 1962 schrieb er über Politik und war Polizeibericht-erstatter für Zeitungen in Texas, Oklahoma und New Mexico.

1963 zog das Paar nach Albuquerque in New Mexico. An der dortigen Universität machte er einen Master in Kreativem Schreiben und unterrichtete ab 1966 über zwei Jahrzehnte lang Journalismus.

1970 erschien sein erster Roman in der Serie der Navajo-Kriminalromane, die im und um das Navajo-Reservat im Nordosten Arizonas und im Nordwesten New Mexicos spielen und die Welt, die ihm von Kindsbeinen an vertraut war, aufleben lassen.

Seine Romane gaben der amerikanischen Kriminalliteratur bahnbrechende Impulse, sie wurden zu Bestsellern und vielfach ausgezeichnet: 1974 mit dem Edgar Allan Poe Award, 1987 in Frankreich mit dem Grand Prix de Littérature Policière sowie mit zahlreichen weiteren Preisen (unter anderen dem Macavity Award, Anthony Award, Nero Wolfe Award, Agatha Award). Die Auszeichnung Special Friend of the Diné, die Hillerman 1987 vom Navajo Tribal Council erhielt, war ihm persönlich die wichtigste.

Seine Romane wurden mehrfach verfilmt, zuletzt in der Serie *Dark Winds – Der Wind des Bösen*.

Tony Hillerman starb am 26. Oktober 2008 in Albuquerque im Alter von 83 Jahren.